A GOLDEN LION
AND A MOON DANCER

BEASTS GIVING LOVE

RASHIRAICHIGO

愛を与える獣達

A GOLDEN LION AND A MOON DANCER

茶《ちゃ》柱《ばしら》一《いち》号《ごう》

Illustrator 高嶋上総

金色の獅子と月の舞人

BEASTS GIVING LOVE

ABASHIRAICHIGO

この物語はフィクションであり、
実際の人物・団体・事件等とは、一切関係ありません。

CONTENTS

目次

愛を与える獣達

金色の獅子と月の舞人 P9

『絆の祭り』のその後で P243

チカユキさんのデートな日々 P259

愛に蕩ける獣達 P301

あとがき P318

BEASTS GIVING LOVE

A GOLDEN LION AND A MOON DANCER

主要人物紹介

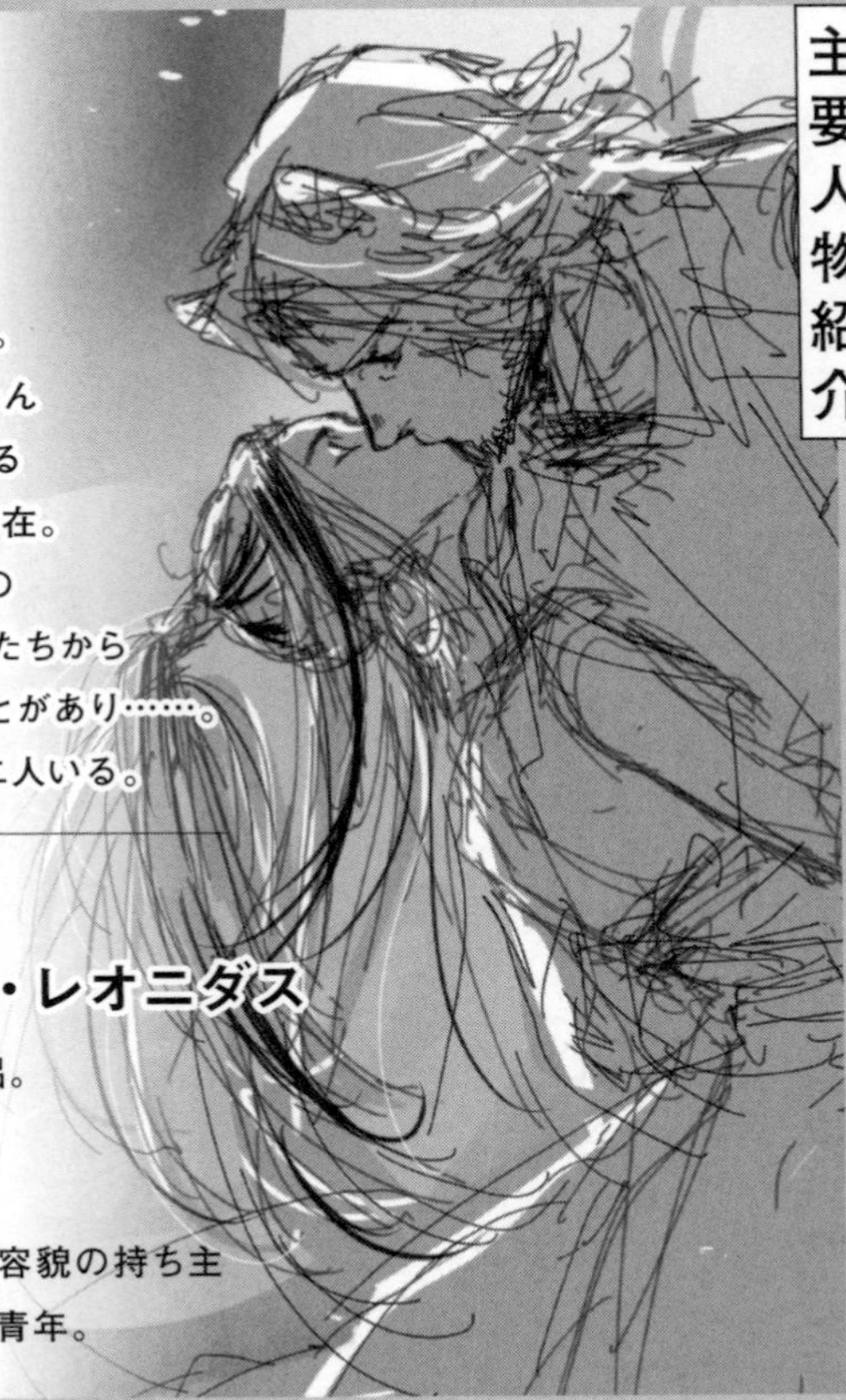

キリル

ヒト族。レオニダス王国の王妃。
伴侶であるアルベルトはもちろん
ダグラスやゲイル、前国王である
ヘクトルまでも叱り飛ばせる存在。
美しい容姿とはっきりした言動の
持ち主だが、過去、不逞の獣人たちから
自分の暮らす村を焼かれたことがあり……。
アルベルトとの間に子どもが二人いる。

アルベルト／アルベルト・フォン・レオニダス

獅子族のアニマ。キリルの伴侶。
レオニダス王国の現国王。
ダグラスの兄にあたる。
前王である父・ヘクトルと似た容貌の持ち主
ではあるが性格は真面目で好青年。

バージル

熊族のアニマ。
ゲイルの父親。
レオニダス王国の元騎士団長で、
現役時はリカムと共にアルベルトを
守り戦地を駆け巡っていた。
堅物のゲイルとは違い、
少々茶目っ気もある。

リカム

熊族のアニムス。
ゲイルの母親。
レオニダス王国の元副騎士団長でも
ある。優しく視野が広く気配り上手。
現在はレオニダス王国にて伴侶である
バージルと隠居中だが…？

チカ／
（日本名　森羅親之 しんらちかゆき）

現代日本では中堅の医師。
この世界ではアニムスとされる。
少年の姿で召喚されて
ダグラス、ゲイルと愛し合うようになり、
今では幸せな家庭を築いている。
『至上の癒し手』の持ち主。

ダグラス

チカの伴侶で獅子族のアニマ。
レオニダスのギルドで支部長を
務めている。自分のことを「おっちゃん」
と呼び飄々とした雰囲気だが
剣の腕は突出している。
こう見えてレオニダス国王・アルベルトの
王弟という身分でもある。

ゲイル

チカの伴侶で熊族のアニマ。
ギルドではダグラスの補佐官を
務めている。ダグラスとは
少年の頃からの付き合いで
本来なら主従の関係だが…？
寡黙で無骨だが紳士的で優しい。
剣の腕は一流で
ダグラスと並ぶと負け知らず。

introduction

ここは獣人達の世界『フェーネヴァルト』。
獅子族を王とし、繁栄を続けるレオニダス。
過去を断ち切り、未来へと歩み始めたキャタルトン。
希少種である竜族が住むといわれるドラグネア。
広大な樹海と自然を愛する者たちが住むウルフェア。
海の種族が多く住む南のフィシュリード。
雄しかいないこの世界では第二の性である
『アニマ』と『アニムス』が恋をし、子を得る。

そんな世界の
物語――…。

フェーネヴアレトの世界

BEASTS GIVING LOVE MAP
高山地帯
ドラグネア
・レオニダス国のはるか北方にある。
・標高が高い。高山地帯。
・竜族の長・ガロッシュが治めている。
・竜族のみで構成されている。
・チカとの親交が出来るまではレオニダス国はじめ
他の国々と国交はなかった。
・ガルリスの国。
こっちは樹海
こっちは砂漠
ヘレニアの森
・魔物が多く、
常人では近道する
ことは困難。
・難を逃れたヒト族
が隠れ住む集落が
あるらしいが…？
キャタルトン
・チカが召喚された地。
ここで性奴隷としての
暮らしを強いられた。
・ダグラス・ゲイルとはここで出会った。
・そこそこ栄えているが、
特に南地区は治安が悪い。
・未だにヒト族を奴隷として
扱うものもいるため、
他国とは折り合いが悪い。
レオニダス
・ダグラスの兄・アルベルトが国王として治めている。
・各国と比べても治安がよく、商業的に栄えている。
・ゲイルの実家がある。
・現在、ダグラス、ゲイル、チカはここに
生活の拠点を移し家庭を築いている。
・前国王ヘクトルの指図で「チカ」や
彼らの子ども達の名前を冠した通りなどがある。
ウルフェア
・森に囲まれている森林地帯。
・グレンの故郷。
・エルフ、狼族が多く住む。
火山地帯
フィシュリード
・着物風の衣装をまとう和風の国。
・水棲種族、人魚、半魚人などが多く暮らす。
・チカたちが作る和食に使うしょうゆや
味噌っぽい食材はこの国から購入している。
・唯一「海」に接している国。
SEA

金色の師子と月の舞人

序章

　はるか昔、『フェーネヴァルト』と呼ばれるこの地にどのような種族も存在しなかった頃。天空に鎮座《ちんざ》する二つの月、巨大な銀の月とそれに寄り添う小さな朱の月よりこの世界の全ての種族の祖となる存在が現れたと伝えられている。

　銀の月からは父たる存在であり、強きものである『アニマ』が。朱の月からは母たる存在であり、慈愛にあふれるものである『アニムス』がそれぞれこの地に降り立ち結ばれたと。彼らは『番《つがい》』であり、お互いを慈しみ、自らの子である全ての種族を等しく愛し、その子らは世界へと広がった。

　それは、受け継がれる昔話。

　誰もが知るおとぎ話。

　この世界『フェーネヴァルト』に伝わる古き神話。

『番』と結ばれた者、愛した相手と結ばれた者、愛するがゆえに結ばれることのなかった者。二つの月が見守るこの世界で、数多《あまた》の種族が恋をし、様々な形の愛を育《はぐく》み生きていた。

　そんな二つの月は気まぐれにその姿を変えることがある。満月に新月、上弦の月に下弦の月。互いの距離を僅《わず》かに変えて、不規則な明暗でこの地を照らし出す。

　新月なのに明るく、満月なのに暗い夜。満月なので明るく、新月なので暗い夜。

人々は月の気まぐれを神の心の表れと、その姿が変わることを喜び受け入れた。

だが、一つだけ変わらないものがある。それは二つの月が最も近づくその夜こそが月が最もこの大地を明るく照らし出す夜だというその事実。

二つの月に住むという神と呼ばれる存在が、互いを最も近くに感じている喜びの光だとされるそれ。

この地に住まう者は皆、その恵みに感謝を捧げ祈り願った。

二つの月、『アニマ』を象徴する銀の月と『アニムス』を象徴する朱の月が見守る地『フェーネヴァルト』。

これはそんな世界で数奇な運命に導かれる人々の物語。

第一章

「キリル様、それでは本日はこれで失礼いたしますが何かございましたらすぐにお呼びくださいね」

「ご苦労様でした。そんなに心配されずとも、私の出自はよく知っているでしょう？　身の回りのことなど一人でできますから安心して休暇を取ってくださいね」


本来であれば側仕《そばづか》えも必要ないと思うこともあるのだが、王の伴侶となるとさすがに一人ではどうにもならないことがある。彼はそんな私を陰から素晴らしい手腕で手助けしてくれるとても優秀な側仕えなのだが今日はどうしても一人になりたいという私のわがままを通させてもらった。

私は今この世界の中でも最も恵まれ、幸せな立場にあると言ってもいいだろう。

レオニダスの王であり、私の伴侶であるアルベルト・フォン・レオニダスは心から私のことを愛してくれている。私が今、こうして生きて幸せを感じられているのは彼の献身と愛ゆえに他ならない。

そして、命よりも大切な二人の子ども達。

まさか私があの人の子を産む日が来るなど、彼と出会った頃には思ってもみなかったことだ。皇太子である獅子族の長子テオドール、そんな兄を慕って兄の右腕として働きたいと望むヒト族のアレクセイ、親馬鹿と言われようとあの子達は私の誇りそのもの。

そんな愛する者達に囲まれ、何不自由ない生活を送っている私が幸せでないわけがないのだ。


豊かな大地に恵まれ繁栄を続ける大国レオニダスの王城。その一角にある自室で静かな時間を私は過ごしていた。この国の王の伴侶という立場をしばし忘れ、一人の人間——キリルとして。

今はまだ日が高いがあの太陽が地平線へと沈み、二つの月が天高く昇る頃、大切な祭りが始まる。それは、私達の祖である二つの月への感謝と祈りを捧げる祭り。様々な言い伝えやおとぎ話で彩《いろど》られる二つの月の物語だが、そのどれもが二つの月を神聖なものとして扱っているという部分は同じ。

レオニダスで行われるこの祭りでは、踊り手の舞う舞が二つの月へと捧げられる。

私の故郷の習わしと同じその神事の内容に驚いたことを昨日のことのように思い出す。

開け放した窓の側《そば》の丸机に置かれたカップから微《かす》かな湯気と茶の香りが漂い、きまぐれな風に煽られて消えていく。その動きに誘われるように窓の外へと視線を向ければ、緑鮮やかな木々や色とりどりの季節の花が美しい庭園を作り出していた。

その庭を囲むように立ち並ぶのは、このレオニダスの王城を形作る建物達。

政《まつりごと》の中心であり、王族の住まいでもあるこの王城は華美な装飾はないものの、レオニダスの長い歴史を感じさせる趣《おもむき》のある佇まいだ。

石造りのこの城は、日の光を受けて朝に夕に見る者の印象を変える。ここで長く暮らす私でもふとした瞬間になんとも言葉にはしづらい美を感じることがあるほどだ。

そんな王城のここより南、王の政務室では今も私の伴侶であるアルベルト・フォン・レオニダスが王としての政務にいそしんでいることだろう。


私が彼――アルによってここに連れてこられてから、もう二十年近く経《た》っていることを思い出せば、どこか感慨すらも覚えてしまう。

そこがレオニダスだったことさえ知らなかった山奥の小さな村で暮らしていた平民の私と大国レオニダスの当時は皇太子だったアルが出会うことなど、平時であれば万に一つもなかったはず。

だが私達は出会ってしまう。

それは運命だったのだろうか。

だとすれば運命というのはあまりに残酷だと私はどこへ向けるわけでもない怒りを覚えてしまう。

私とアルの出会いは私にとって決して忘れることの出来ない、残酷すぎる出来事の上に成り立っているからだ。

私の人生を変え、そして『私』という存在の根底を歪ませてしまったその出来事はアルと結ばれ、子ども達を授かった幸せな今をも侵食してくる時がある。それは獣人に対する怒りと憎しみへと形を変えて。

そういえばと、この城に来た頃のことをふと思い出す。

あの事件を境に私の世界からは色が失われていたことを。

この城に着いた頃、まぶたを開いて見た世界は灰色で絶望と憎しみ、怒りだけが私の心を支配していた。

そんな私を絶望の底からすくい上げてくれたのがアルという存在だったのだが、今思えば互いにあまりに若かったとあの日々を思い出せば苦笑すら浮かんでしまう。


不意に澄んだ音が鼓膜に響き、我に返った私は手に持っていたカップを見つめた。

持っていたカップを無意識のうちに受け皿へと下ろして響いた音が、昏《くら》い感情にとらわれかけていた私の心を現実へと引き戻してくれたらしい。香《かぐわ》しい芳香をさせていた琥珀色《こはくいろ》のお茶はすでに湯気を立てておらず、随分《ずいぶん》と長く過去へと意識がとらわれていたことを私に教えてくれた。

祭りでの大役を果たすため、心を落ち着けるために自室で一人過ごす時間を取ったはずなのに、今日という日がどうしても私を過去へと引きずりこんでしまう。

私は吹っ切れぬ昏い感情を持て余しながら、室内へと視線を移した。

窓を覆う布も壁に飾った小さな絵も、どれもこの城には似つかわしくないほどに質素で慎ましやかなものばかり。だが、それはアルが私へと贈ってくれた大切なもの。木の蔓《つる》で編んだ衝立《ついたて》、荒い毛玉を残したままの薄絹の風除け。庭の花を乾燥させ香りづけして収めた小さなつぼは城下の雑貨屋で目にしたもの。

もとより田舎育ちの私の好みをここまで理解してくれたアルには感謝をしてもしきれない。

大切なものに囲まれ、美しい庭の景色を眺めることのできるこの部屋は、時には私達家族の憩いの場にもなる。

落ち着いた薄緑の壁材に、調度品は草木染めによる柔らかで素朴な色が中心。窓から見える景色は澄んだ青空の下で美しい緑や花々が持つ鮮やかな色で私の目を和ませてくれる。

こうやってまた世界に色が戻ったきっかけも私にとって忘れられない思い出だ。

色を失っていたのは決して長い時間ではなかったはず、それでもあの頃の私にとってそれは永遠に続く地獄のように思えた。

失われた色の中で唯一わかるその色。それが指し示すものがなんなのか、それを思い出すことは私にとって吐き気すら伴う耐えがたいものだったことを思い出す。

そういえば、唯一と言うのは間違いだ。二度と見たくないその色とは対照的に、私の灰色の視界の中で色づくその色の持ち主に何度救われたことだろう……。

「ああ」

深いため息を吐き出して、私は軽く首を振った。

一度始まった過去への回想はとどまることを知らず、私を追い立てる。

「……今日は一人でいるのは駄目ですね」

再び昏い思考に陥《おちい》りかけたことに気がついた私は、少しでも気分を変えようと明るい日射しが差し込む窓の下の庭園へと再び視線を移した。

私がここにやってきてから新たに植えられた若木も着実に成長し、その中の一本は毎年赤みの強い黄金色の果実をたわわに実らせている。私の部屋からもよく見える、今は青々と葉を茂らせているのがそれだ。

アラゴという独特の芳香を持つその果樹。香りが強すぎるゆえに嫌う獣人も多いらしいが、濃厚な甘い果汁も柔らかい果肉も私の家族は皆大好きだ。

アラゴはこのレオニダスでは育ちにくい果樹らしく、あの一本を育てるために随分とアルと庭師は苦労をしたらしい。

だが、私の故郷では珍しくもなく、特にこれといった手をかけることなく自然と根付いたアラゴの木がたくさんあった。季候や土壌が違うからだろうが、今でももしかしたら誰もいなくなったその地で人知れずあのアラゴは実を付けているかもしれない。

アラゴの木が生えていた高台から見たあの村の美しい風景はなくなってしまったというのに……。

アラゴをここに植えたのはアルその人だ。私の故郷の様子を知ってか知らずか、皇太子が自らの手でその若木を植える様子を不思議な気持ちで見ていたことを思い出す。

弱々しかったあの若木は子ども達とともに成長し、今ではたわわに果実を実らせる巨木へと育った。

そんなアラゴを見れば、過去に失ったものだけではなく子ども達やアルとの幸せな思い出が浮かんでくる。ヒト族であるアレクは高いところに実る果実を手に取ろうと必死に手を伸ばすが届かず、兄であるテオがよく獲ってやっていた。

アラゴの木の下で獅子族であるテオとアルの獣体に包まれて、アレクと四人ひなたぼっこをしたこともある。アルやテオの獣体にもたれかかり、アレクとともにその毛並みを櫛《くし》で梳《す》いてあげたりもした。

レオニダスの王族らしく見事な鬣《たてがみ》と体躯《たいく》、毛並みを持つ獅子である二人。私とアレクの前では二人ともその立派な姿とは裏腹に、喉を鳴らし、伸びきったなんとも言えぬ姿を晒《さら》す。そんな彼らに、穏やかな笑みで寄り添う幼いアレクの表情や、まどろむアルやテオの姿を見ることはひどく幸せに感じたものだ。

その獅子をかつては憎んで殺したいとすら思っていたことを自分の中に押し隠して……。歪んでしまった『私』は些細なことでその姿を見せてしまう。

豊かな緑、澄んだ青い空、小鳥のさえずり、そよぐ風が運んでくる花の香り。

そんな中で自らもアルの獣体に触れた時のことを思い出す。

そっと豊かな鬣を撫でればそのくすぐったい感触に無意識のうちに笑みが零《こぼ》れて、すぐに私の頬にアルの肉厚な舌が触れる。鋭い牙も爪も怖くはなかった。愛しい獣の存在をそこに感じるただそれだけだったのだ。

時にはそこに子ども達の祖父であり、かつてはこの国の王であった義父上が顔を出す。国民に愛され畏怖《いふ》される『静かなる賢王』のヘクトル様ではなく、そこにいたのはただのヘクトルお祖父ちゃんだった。

アレクとテオが気づいて声をかければ、アルと変わらぬ立派な獣体にもかかわらず随分と軽やかな足取りで近づき、孫がかわいくて仕方がないという表情ですり寄って腹すら見せる。その様にアルは呆《あき》れたようにため息を吐き、アレクもテオも明るい笑い声を上げながらその獣体に縋《すが》りついていた。

アラゴの木を見ているとそんな日々を思い出して、私は知らず笑みを深めていく。

時に故郷のことを思い出すこともあるが、そんな時にはアルがいつでも側で抱き締めてくれた。その温もりに何度癒やされたかわからない。忘れられぬ憎しみと哀しみを否定するわけでなく、ただ全てを受け入れてくれる彼の存在こそが、憎悪にとらわれ負の感情に飲み込まれそうになる『私』を私でいさせてくれた。ともに怒り、嘆き、時には私が放つ八つ当たりとしか言いようのない言葉も全て飲み込んでくれるアルの優しさに私は何度も救われてきた。

あえてアラゴの木を植えたアルの思いが今の私には理解できる。

この場所はそんな思い出がたくさん積み重なった場所だ。私のとっておきの場所、決してなくしたくない場所の一つ。

そうして少しずつ、今日という日に向き合う覚悟ができてきた頃、ふと人の気配を感じて頭を巡らせた。耳に届く呼びかけに諾《だく》と返せば、すぐに軽い足音が二つ近づいてくる。

「母上、お待たせしました。チカさんをお連れしましたよ」

明るくはきはきとしたアレクの言葉に頷《うなず》き返し、私は立ち上がって同じヒト族である私よりも随分と小柄なチカさんへと微笑みかけた。

異世界からこの地へと招かれた彼もまた数奇な運命に導かれてこの世界で生きている。きっと私と同じくらいに……いや、それ以上に悲惨な過去を抱えていながらその笑顔は屈託がない。

「ご招待ありがとうございます」

「随分とお久しぶりですね、チカさん。こんなに近くに住んでいるのになかなか会えないというのも寂しいものです」

「母上もチカさんも随分とお忙しい立場ですからねぇ。

国王の伴侶である母上と医師の頂点であるチカさん。多分この世界で一番忙しいアニムス二人なんじゃないですか？」

「アレクさん……。ただの医師である私とキリル様を比べるのはちょっと……」

苦笑したチカさんがアレクの言葉を必死に否定する。あながちアレクの言葉も間違ってはいないとは思うのだが、それがチカさんらしいといえばチカさんらしい。

「せっかくですからね。今日はのんびりと、そして楽しんでいってほしいのですがお家のほうは大丈夫ですか？」

「はい、ダグラスさんもゲイルさんも楽しんでこいと送り出してくださいました。子ども達もお二人に遊んでもらえてうれしそうでしたから、今日は私もお言葉に甘えて一人を楽しみたいと思っています」

「本当にそれだけですみましたか？」

私の言葉にチカさんは再び苦笑を浮かべる。

「えーっと、ベスティエルの件もあってダグラスさんとゲイルさんは冒険者ギルドの責任者として、そちらにかり出されることが多いんです。そのせいで私との休日が合わないことも多いもので今回は大分悔しがっておられましたけど大丈夫ですよ」

「まぁ、チカさんとお二人はレオニダスとベスティエルの国交再開に当たっては立役者なので仕方がないといえばそうなのですが……。アルにはあまりお二人とチカさんの時間を奪うと大変なことになりますよと伝えておきますね」

「いっ、いえ。そんなことはないですし、本当に大丈夫ですから」

そう言ってチカさんは笑ってくれるが、彼のことを溺愛している二人の伴侶。ダグラス殿とゲイル殿にすれば、忙しいチカさんの貴重な休みは彼らにとっても大切なもののはず。それを譲《ゆず》ってくれたお二人に私は心の中で感謝を捧げる。

今日この日にチカさんとアレクをここに招いたのは

私の意思であり、自分にとってのけじめ。

過去に引きずられどこか歪んだままで生きてきた『私』。

悲惨な過去を恨むことなく、この『世界』を愛しているどこまでも真っ直ぐなチカさん。

優しく守られた『世界』で育ち、この先の『未来』を見据えて生きるアレク。

同じヒト族なのにどうしてここまで違うのか。二人のことが決して妬《ねた》ましいわけでも、うらやましいわけでもない。

けれど彼らと私が違うからこそ、同じヒト族として語っておくべきこと、知っておいてほしいことがあった。


チカさんとアレクがそれぞれ椅子に座り、私が用意した爽《さわ》やかな香草の葉を浮かべたお茶と焼き菓子を味わいながら、しばらく互いの近況を話した。

私のほうはさして代わり映えしないが、チカさんの子ども達の様子は聞いていていてとても楽しい。そんな幸せな話を聞いているせいか、一人でいた時に浮き沈みしていた昏い感情はもう消え去っていた。

アレクも同じ医師として仕事中のチカさんのことや、チカさんの二人の伴侶がチカさんを中心に起こした騒ぎなどを面白おかしく話してくれる。自然と明るい笑い声が部屋に満ちていく。

そしてチカさんは、私が準備した焼き菓子に興味を示す。


「キリル様、この焼き菓子……私の知っているものだとパイ生地を重ねたものなんですけど中に入っている甘く煮詰めた果物、これは……」

「それは荒く切ったアラゴの実をジャムのように煮詰めたものなんです。独特の風味で苦手な方もいらっしゃるんですがチカさんは大丈夫でしたか？」

「これは母上が最も得意な焼き菓子なんですよ。小さい頃はねだって良く作ってもらってましたし、生のアラゴも私の大好物です」

それに答える前にチカさんはもう一つだけアラゴの焼き菓子を口に含んで味わってから飲み込んだ。

「いえ、とても美味しいです。キリル様の手作りということにも驚いているんですが何よりもこのアラゴという果実の味が……」

「アラゴはレオニダスではなかなか育たない果実ですからやはり珍しいですか?」

「いえ、私のよく知っている果実にとても似ているんです。私の世界でも暖かい地域でしか育たない果実なんですが黄色い果肉が独特で濃厚な甘さを持っていて、マンゴーと呼ばれていたんですけどそれが少し懐かしくって」

「それは……、そういえばこの世界の食べ物はどこか違いがあってもチカさんの世界の食べ物に似ているものが多いっておっしゃってましたね」

「ええ、不思議なものですね。ですが、そのお陰で故郷の味を味わえるのはとても幸せです」

そして話はまたたわいもないものへと戻っていく。

そんな最中、大事なことを思い出したような顔つきでチカさんが私の名を呼んだ。

「ところでキリル様、今日開かれるのは確か『絆の祭り』という名前でしたよね? 確か神事も兼ねているのだとか、それがどういう意味合いを持つものなのか教えていただけますか? ダグラスさんとゲイルさんに伺《うかが》ってもキリル様に聞くのが一番いいだろうと言われてしまって」

あのお二人がその由来を知らないわけがあるまい。あえてそれを語らずに私の下へチカさんを送り出したのは彼らの気遣いか。

「そういえば私もあまり詳しいことは知らないんですよね。名前や何をやるのかってことぐらいは知ってるんですけど。王族として学んできた中にもなかったような? テオ兄さんならもっと詳しく知ってるのかな……」

「あの子も、テオもあなたと同じ程度のことしか知りませんよ。この祭りは口伝ではなく、実際にそれを見ることで次代へと繋ぐもの。そこに明確な答えはなく、

何を感じ取るかはそれぞれです。それに、この祭りはとても不規則です。二つの月が最も近づき輝く年に行われる。それしか決まっていることはこの祭りにはないんですから」

「なんだか不思議なお祭りなんですね……」

「そして、二つの月に対する信仰というのはこの世界でも各地でその形を変えます。レオニダスでは建国の祖である黒獅子王が二つの月の子であったと。そして、その黒獅子王の偉業を讃《たた》えて、彼が亡くなった直後から始まったと言われています。ですが同じような神事は各地で行われていますし、私の村でも……」

自分の言った言葉で思い出されるたくさんの明るい思い出の中にあるたった一つの闇。今ではとても小さくなった闇なのに、それでもいつまでも私の中に居座り、ともすれば全てを侵食しようと枝葉を伸ばしてくるそれ。

「二つの月という同じ起源を持つ神事は世界中で行われているけれど、それは後から様々な理由付けが行われどれが正解だとかそれは間違っているとか断じられるものではないということなんですね」

「ええ、二つの月に対する信仰はとても自由なものです。天を渡る二つの月はそれぞれがアニマとアニムスを象徴し、この世界の数多の種族の繁栄の元であるという言い伝えはチカさんもご存じでしょう?」

「はい、子ども用の絵本でも読んだことがあります」

私の言葉はチカさんの知識欲を刺激したのか彼は私の言葉に聞き入っている。

「大きな銀の月はアニマを、小さな朱の月はアニムスを象徴しており、その二つの月は常に寄り添っているというのがよくあるおとぎ話の締めですね」

「あっ、でも……」

「ええ、実際には仲良く並んで寄り添って存在しているわけではないんです。あちらとこちらに遠く離れるわけではありませんが、それでも二つの月の位置は日々変わります」

「チカさん驚いてましたもんね。月が二つあって、その二つの距離によって夜の暗さが違うってことに」

アレクの言葉にチカさんが興味深げに頷いた。

「ええ、私の世界では月は一つでしたから。それに満ち欠けという現象はあっても二つの月の距離で……というのは確かにとても不思議に思いました」

「どうしてそうなっているのか、本当の理由は誰にもわかりません。一説にはそれぞれの月に住まう我々の祖の感情が影響しているのだと言われていますが」

「まぁ、確かに神様達が『番』だったとしたら、別々に暮らすのすら辛いでしょうからね。その距離が遠ければ寂しくなって、近ければ嬉しくなって光っちゃうっていうのもわからないでもないかなぁ。チカさんと叔父上達の姿を見ていると……」

私の言葉をうまいことアレクが補足してくれる。異世界という常識の違う場で育ったチカさんにはそのほうがわかりやすいだろう。

「数年から長い時では数十年に一度、二つの月は重なり合うほどに近づき最も明るく輝きます。それがたまたま今年ということですね」

私は、広がる晴天を窓越しに見上げた。

青く澄んだ空はどこまでも高いが陽は大分傾いてきている。まだ見えない二つの月は、日の入りとともに昇り始めてこの天空を寄り添いながら輝き渡っていくだろう。

「今日の祭りは王都のみならずレオニダスの主要な都市や小さな農村でも行われてるはずです。この世界に住むものにとって二つの月の重なりはとても重要なものだと考えられているんです。おかしいですよね。そこに明確な理由があるわけではないのに、特別なことだと私達は自然と思っているのです」

「いえ、別におかしい……ということはないんじゃないでしょうか？　私の住んでいた国は宗教とか信仰とか比較的自由で私自身も特別何かに縋っていたことはありません。ですが、キリル様のおっしゃるように多分私にもそういう他の人から見れば不思議だけど自分にとっては当たり前ということってあると思うんです」

チカさんの言葉にアレクも大きく頷いている。私はそんな彼らに笑みを返した。

「まぁ、そんな言い伝えはさておき今日王都で行われる『絆の祭り』では二つの月へと舞を捧げることになっています」

「月に舞を捧げる……？　それはどんな舞なのですか？」

「舞の内容も奏者が演奏する曲も全ては舞い手と奏者に託されています。決まったものはただ一つだけ、二つの月が最も天高く昇った時に舞い手が舞うことただそれだけです」

「曲も舞の種類も決まってないんですか!?　それで一体どうやって……」

私の説明にチカさんが唖然《あぜん》としたように呟く。

「チカさん、それだけで驚いてちゃ駄目ですよ！　なんと歴代の舞い手と奏者の中には、祭り当日の本番まで互いがどんな曲を弾くのか、どんな舞を舞うのかすら知らずその場の即興で行われたこともあるそうですから！」

確かにアレクの言うとおり、そういうこともないわけではない。ただ、それは例外中の例外だ。本来であれば奏者と舞い手がそれぞれの解釈の下に打ち合わせを行い、曲と舞を合わせておくのが当然の流れ。

「なんというか想像をはるかに超えるというか……。ならばその、今年の舞い手と奏者というのは」

「ええ、私が舞い手を務め、アルが奏者を」

「やっぱり!?　いえ、祭りの主役をお二人が務めるということは伺ってたのですがその内容までは教えてもらえなかったんですよ。ダグラスさんは、兄貴の顔が見物だぜとおっしゃってましたし」

「そんなたいそうなものではありませんよ。それに私は二回目ですから」

「えっ？」

「えっ!?　二回目ってことは前回も!?」

チカさんとアレクの驚きは私が思っていた以上のものだった。二人で見つめ合い、なぜか互いの手を握り合っている。

「ええ、あなたが生まれる前に一度。前回の『絆の祭り』の時の舞い手を務めました」


あれは私が今のアレクと同じぐらいの年の頃だったか。今のアレクとよく似ていたはずだが、あの時の私にはこの子のような明るさはなかった。笑みを浮かべることすらできず、ただ冷たく凍《い》てついた心の闇の中で見えぬ先を探して足掻《あが》いていた。

それでも、それを乗り越えられたのはあの人がいたから。


「母上、私は母上の過去をあまり知りません。そう、今のように舞い手を務めたことがあることすら……。もちろんまったく知らないわけではありませんが、それを母上に尋《たず》ねることは私の中である意味禁忌《きんき》だったんです。私の好奇心や私がそういう疑問を持つこと、それ自体が母上を傷つけるのではないかと思っていました」

「アレク、あなたはそんなことを……」

「父上と母上が出会ったのは、母上の過去があったから……。そう思うと私は母上が辛い目に遭《あ》ったから生まれてきたのではないかと……」

「そんなことはありません！」


私はアレクの言葉に思わず声を上げていた。

「アレク、確かに私の過去は……あまり楽しい話ではありません。ですが、あの過去の元に自分があるなどと決して思ってはいけません。あなたは、私とアルが愛し合い望んだからこの世に生まれてきてくれたのです。それだけは信じてください」


私の言葉の勢いに逆にアレクが驚いてしまっている。

だがそれでもアレクに誤解をしてほしくはなかった。

「私が過去を秘していたのは私が弱いから……。私が過去と未だに真正面から向き合うことができない……、ただそれだけの理由なんです」

「キリル様、ご自分を責めないで下さい。過去と向き合うこと、過去を忘れること、それはとても難しいことです。私はそのことをよく知っています」

「チカさん」

「私はともかくアレクさんはもう子供ではありません。キリル様さえよろしければアレクさんに何かお伝えできることはありませんか？　それはキリル様にとっても大切なことだと私は思います」

ああ、本当に二人を今日ここに呼んでよかった。

我が子であるアレク、そして異世界の民であるチカさん。

彼らは同じヒト族であってもまったく違う存在だ。その生い立ちもその過去も……。

それは私とて同じこと。

チカさんの言葉にアレクは口ごもり、眉根を寄せた。その窺《うかが》うような二人からの視線に私は「ええ」と頷く。

心の優しい二人は悩んでいるのだろう。私の過去に踏み込むことを。

それを分かっていてなおチカさんは私を導いてくれる。それはきっと彼には私と同じ口に出したくもない過去があるから……。

そんな二人の心遣いに感謝こそすれ、怒りや不快な思いが湧いてくることはない。なぜならそのために私は二人を今日ここに呼んだのだから、そして私は言葉を続ける。

「ええ、大丈夫です。アレクもチカさんもありがとう。私は二人に私の抱えているこの闇を聞いてほしいとずっと願っていたのだと思います」

こうやって淡々と答えることができるようになるには長い年月が必要だったが、今の私なら大丈夫。感情に飲み込まれて取り乱すような真似はしない。

それに、目の前にいるチカさんは私よりはるかに過酷な目に遭っていたと聞いている。長い性奴隷生活で彼が生き延びてゲイル殿に救い出されたことは奇跡に近い。だがそれを言ったら私が無垢な身体のままにアルに助けられたことも今思えば奇跡のなせる業《わざ》だったのかもしれない。

ふとそんなことを思い、私は恐縮している二人へできるだけ穏やかな笑みを作って返した。

目の前にいるアレクとチカさんは互いを見やり、戸惑っていることは明らかだ。

「母上?」「キリル様?」

二人の呼びかけに、大丈夫と言ったつもりだが言葉にならなかった。

私の過去を詳しく知っているのはアルと義父上、救出隊を率いていたバージル殿とリカム殿、そして騎士達だ。

話すと決めたのだろう? と誰かが言っている。それは闇の中で足掻く私の声のようにも聞こえたし、アルの声にも聞こえた。その声が次第に大きくなる。

いつかは伝えなければいけないことだという声は、このまま黙っていればという声にかき消される。それでも、この『絆の祭り』という節目の日だからこそ話さなければ駄目だという声が自らの内から湧き上がってきた。

私の様子を見つめ続けていたチカさんの視線がふと窓の外に向かう。つられて私も外を見やれば、鮮やかだった青は深く濃い闇が混ざり始めていた。どうやら楽しい茶会は思いのほか時間が進むのが速かったようだ。

空に浮かぶ月に誘われるように視線を向ければ、その二つの月が瞬いたように見えた。

アニマの銀の月とアニムスの朱の月。

あの時空に浮かんだ月の下で舞うことを決意したときのように、声なき声が語りかけてきているようだった。

そんな月を見ていると、不思議と心が凪《な》いでいく。静かな光と静謐《せいひつ》な空気が私を包み込み、勇気を与えてくれているようだった。

私は、視線を二人へと戻した。

過去と決別し、幸せな現在から未来へと歩みを進めるチカさん。

ただひたすら前を見て、そこにある幸せを摑むためにに歩むアレク。

幸せを摑んでなお、過去を振り返らずにはいられない私。

同じヒトという種族だからこそ聞いてほしい。

私の話で彼らに何か教訓を与えたいわけではない。

幸せな二人の心に、私を哀れんでほしいわけでもない。

だけど、ただ知ってほしかった。

私の中で歪んでしまった『私』の胸の内の思いを伝えたかった。

「アレク、チカさん」

私の呼びかけに、二人が真剣な面持ちで視線を合わせてきた。知らず力が入った声音に、二人も何かを感じ取ってくれたのか。

「まだ、私の出番まで時間はあります。もし二人がよろしければ、私の昔話を聞いてもらえますか？　長く、そして楽しい話ではありませんが」

その言葉にアレクが目を瞠《みは》り、チカさんへと視線を走らせた。チカさんもどこか呆然《ぼうぜん》とした面持ちで私を見つめ、ためらいがちに反応した。

「お聞きすること……私は大丈夫です。ですが、キリル様は大丈夫ですか？　私から促してしまっておいてこのようなことを言うのもおかしいのですが、過去を言葉にするということは、己とも向き合うことになってしまいます。それはとても辛いことだと私は知っていますので……」

「ええ、とても辛いと思います。ですが、胸の内に秘めているというのも同じくらい辛いことです。それでも……、いえ、だからこそ私はあなた方に私のことを知ってほしいのです。この重荷をともに分かち合っていただけますか？」

今からする話は私の不幸自慢のようなものだ。今を前向きに生きる二人が聞きたいわけがない。そんな私の手を伸びてきたアレクの手が摑む。

「今まで私は、皆に守られてとても幸せに生きてきました。同じヒト族でありながら、私は本当に恵まれていると思っています。だからこそ知りたい。いえ、知っておかなければいけないことなのだと思います」

アレクが力強く真剣なまなざしを私に向けてくる。

ああ、やはりこの子もあの人の血を引いたこの国の王族。私似のこの子の中にアルを感じる日が来るなんて思ってもみなかった。

そのことが感慨深く、私はアレクに向かい微笑み頷いた。

「……私も、その一人に加えていただけますか？」

チカさんが自分の胸にその手を置いて、言葉を継いだ。

「乗り越えられない過去、乗り越えられる過去。それは人それぞれで、どうするのかはその人が選ぶことだと思います。ですが、過去を乗り越えるための一助に私がなれるのであれば私はそれを受け止めたい。それに、私は自分以外のヒト族のことを知らなすぎますから……」

「ありがとうございます。あなた方ならそう言ってくださると思っていました」

私に向けられた二人の強い決意が込められた言葉と瞳。

不意に胸の奥から熱いものがあふれ出す。だがそれは決して辛さだけから来るものではなかった。思わず押さえた胸の奥にあるのは……、なんだろう。哀しみも辛さも確かにそこにあるが、それよりもはるかに大きく温かなものがそこにはあった。

目の前の空になっていたカップに新しいお茶を注ぎ、ゆっくりと口にした。下ろしたカップが小さな音を立てる。

その音を合図に私は口を開いた。脳裏に浮かぶのは懐かしい、在《あ》りし日の故郷の姿。

「私が暮らしていたのは、レオニダスの国境に近い山奥の小さな村です。その頃私は、このレオニダスという国自体も、自分が暮らす村がそんな国の中にあることも知らなかったんですよ。いいえ、村の誰もが村のことしか知らなかった。その村に生まれたものは、村で育ち、村で暮らし、村で死ぬ。そんな狭い世界に暮らしていたのが私達です」

思い出せば必ず痛みにも似た感情に襲われる記憶。それでも言葉にしようとすればこうやって鮮やかに思い浮かべることができた。

私の大切な、とても大切な故郷とそこで暮らしていた大切な時間。

「四方を山々に囲まれた村で私は生まれました。その村で外界と繋がっているのは狭い獣道のような山道だけ。よそから訪れる者はまずいませんでした。けれどもそのことを別に不便には感じていなかったんですよ。そういうものだと思っていたからです。そして、その村の住民はヒト族が多かった……」

穏やかな村だった。平和な村だった。

あの時はそれがどんなに大切なことか気がついていなかった。

そして、ヒト族が多いということがどれだけ危険なことなのかもまったく知らなかった。

「山の中でしたが太陽と月の光が十分に降り注ぎ、豊かな水源と村人を養うだけの肥えた農地、潤沢な山の資源に恵まれ、暮らし向きは苦しいことはありませんでした。凶暴な魔獣の類いも少なく、ヒト族も多かったですがその伴侶として獣人もいて魔獣を狩るぐらいでしたから」

そう、あの事件が起きるまであの村は本当に素晴らしい場所だったのだ。

その事件が起きたのは二つの月が近づき始める少し前。小さな村で行う月に感謝を捧げる祭りの準備を始めた頃だった。

第二章

「やあキリル、用事はもう終わったのかい？」

急ぎ村の外れに向かっていると兎族の隣人に話しかけられて足を止めた。村長でもある父さんの仕事を手伝っていたら家を出るのが遅くなってしまったのを指摘され、私は苦笑を浮かべながら頷いた。

薄桃色の長い耳が頭上で揺れている彼は、その背に乾燥した薬草が入った背のうを背負っており、その手には水の入った容器を抱えていた。彼はこの村で唯一の薬師《くすし》で、薬草の採取も調合も彼が指示して行っている。

「ええ、やっと終わったところなんです。あ、そういえば皆はもう行っちゃいましたか？」

「うちの子ならカヤソウの束を持っていかないとってもう行ってるけどね。朝から張りきっちゃっててねえ」

カヤソウは舞台桟敷の敷布代わりに使うためのもので、兎族の彼らが刈り取って祭りのために貯め込んでいたもの。今日の準備には一緒に運ぶつもりだったが、せっかちな子ども達はもう行ってしまったらしい。

「だったら私も急がないとですね。皆待っているでしょうし」

「ああ、でも気をつけておくれ。まだ準備は始まったばかりなんだからくれぐれも無茶はしないように皆に言っといておくれ」

苦笑気味に言う彼は薬師という立場から『月夜の祭り』の準備で度々発生する怪我にはいつも頭を悩ませている。大きな怪我は薬草では治せずに命に関わることもあり、そんなことで大切な村人を失うなんて嫌なことだと私も思っていた。

「私が言って聞いてくれればいいんですけど……。レブラン兄さんあたりは、張りきりすぎていそうなのでよく言い聞かせておきますね」

私の言葉に苦笑いを浮かべて頷く彼に手を振って、きびすを返す。向かうのは集落を抜けた先にある高台。村を一望できるその場所で皆が祭りの準備をしているのだ。

祭りというだけで心が躍る気分になるのは子どもっぽいと思うけれど、自分の心に嘘はつけないのだからしょうがない。そんな気持ちも相まって私の足取りは軽く、意識はもう皆が集まっているそちらへと向かっていた。

気が急《せ》く私の視界に広がるのは、生まれた時から見慣れた風景だ。

四方を山に囲まれた村はそれほど広くはない。だが私達の祖先が木々を伐採して切り拓いた土地は、今の村民が暮らすには十分な広さがあり、山間ではあっても陽光は十分に降り注ぐ。

そんな拓いた土地の一角に私たち村人が暮らす集落があり、小さな広場を囲むように家々が建てられていた。近くには皆が共同で世話をしている家畜小屋もある。

集落部の周りには村人が丹精込めて手入れをしている畑や果樹園が広がり、山から流れてくる小川ではたくさんの魚が心地よさそうに泳いでいた。

その水の流れをさかのぼるように小川沿いのあぜ道を私は足早に歩く。

道の両隣の畑ではみずみずしい葉物野菜が育ち、その隣では豆の蔓が立てた枝に絡み、赤紫の小さな花を咲かせている。畑を通り過ぎ、一角でたわわに黄金色の実を実らせている果樹園の横を通り過ぎれば、少し急な坂道がある。そこを越えれば村全体を見晴らせる高台があって、この距離ならば人の姿がちらほらと見え始めていた。

村人が視界に入れば私の足は自然とその速度を増していく、小走りで進めばすぐに高台にしつらえ中の櫓《やぐら》と舞台が視界に入ってきた。その周りにはすでに何人もの人が集まっていてとても賑《にぎ》やかだ。

その一角で兎族の耳がひょこひょこと揺れている。その中に茶色の耳の友人を見つけて駆け寄れば、彼はカヤソウの束を舞台の一角に積み上げているところだった。

「ごめん、遅れたみたいだね」

「あー、キリル。皆待ってたんだぜ」

振り返った彼が屈託なく笑う。

「ほらほらこっちこっち、今年はキリルが舞い手だろう？　だから舞台を確認してもらおうと思ったんだけどさ。いい加減年季が入りすぎてて傷みが激しいんだ。ほら、そこだけ直すか、全体を直すかって」

彼が指さす板張りの舞台は確かに何ヶ所か穴が空いていた。

「随分とひどいね、これ。でもこの前見に来た時はここまでひどくなかったはずだけど何かあったの？」

仲の良い相手だからこそつい出た本音に彼が苦笑を浮かべる。

「あー、そこらの大穴はさっきレブランの兄貴が踏み抜いたせい」

「え……レブラン兄さんが？」

思わずあたりを見回せば、私達の会話に気がついたのか舞台の端っこから村一番の巨体を持つ熊族のレブラン兄さんが手を合わせて頭を下げていた。兄と言ってもレブラン兄さんと私は本当の兄弟というわけではない。昔から私の面倒をよく見てくれて兄弟同然に育ったゆえに自然と兄さんと呼んでしまう。といっても、彼の力強さと温厚な人柄がらか年下の者達は皆兄と呼んでいた。

「すまねえ、キリル。だがこの舞台だが結構あちこち傷んで危ないのは確かだからな」

「そのようですね。このあたりは私の体重でも床板が軋《きし》んでいる音がしますし」

レブラン兄さんに比べれば半分以下の体重の私でも足の下でミシミシという不気味な音が響く。

この板張りの外舞台は、一年に一度月を讃える祭りの舞踊奉納を行う場所だ。それほど激しい舞ではないが、踊っている最中に踏み抜くなんてことになれば祭事そのものが台無しになってしまうし、ここで踊ることになっている者達も無事ではすまない。

何より初舞台の私としてもそんなことで無様な失敗などしたくない。

「全部張り替えるとして、祭りの当日までに間に合いますか？」

大工仕事を担当する村人に尋ねれば、彼は「ああ」と頷いてくれた。狐族の彼は豊かな毛並みの尻尾を揺らしながら積まれた木材を指さす。

「そろそろやばいかと思って材料の準備だけはしていたからな。七日もあれば全部張り替えられるだろう。それまで舞の稽古は客席用の広場でしてもらうしかないだろうが」

「それならば全面張り替えるということでお願いします。父にも話をしておきますね。後ほどここに来ると言ってましたから」

「わかった。なんせ今年はキリルの初舞台だからな、最高のしつらえをしてやろう」

力強い言葉に私は感謝を込めて頷いたところで不意に大きな気配が背後に近づいてきた。振り返ればそこにいたのは大穴を空けた張本人だ。

「キリル、そこは危ないからこっちに来い」

太い腕が伸びて私の腰へと回される。その動きは大きな身体に似合わず速く、気がつけば私の身体はレブラン兄さんの肩へと腰掛けさせられていた。

「だっ大丈夫ですから、下ろしてくださいっ」

「いや、ほら、櫓造りの材木が転がってるし。それにあちこち木材の切れっ端が落ちてるしよ」

私の言葉を一切聞かないレブラン兄さんは時々とて

も過保護だ。それは彼の面倒見のいい性格のせいもあるが、彼がアニムスである私に好意を寄せているからだということにもいつの頃からか気づいてしまった。

レブラン兄さんは優しく頼もしく、私も嫌いではない。だけど、それが愛や恋といったものなのかそれは私にはまだわからない。それに、私はアニムスだからと特別扱いされることがあまり好きではなかった。

何を言っても、多少語気を強くしてもその肩から下ろしてくれないまま、レブラン兄さんは軽々と私をいち早く組み立てられた櫓の上へと上げてしまった。下ろせとは言ったがこんなところに下ろしてもらうつもりなどなかったのだが……。

「なんでこんなところに……。兄さん、下におろしてください」

はしごはまだ地面に横たわっているし、だからと言って飛び降りるには高すぎる。身は軽いほうだとは思うが、この高さは少々危険だ。祭りまで半月もない今、怪我などしたくない。

「ちょっとそこで待っててくれ。稽古場の準備もすぐにすむ」

下手な目配せをする彼に不機嫌丸出しの視線を送ったが、その時視界の片隅に入った村の様子に目を奪われた。ここは高台にある祭り会場のさらに高い櫓の上。そうなれば見える景色はいつもと違っていた。

寒い季節が終わって暖かい風が心地よい時季ということもあって、見渡すことのできた村のあちこちに薄桃色や紅色、黄色の花が風に揺れている。この季節ならではのその風景に村人達の営みが重なって美しい。

特に高台からほど近いところにある大木とそれに寄り添う数多の若木。先月小さな淡い色の花が満開となったその木は、今は黄金色の実がたわわに実っていた。昔旅人が残した幾つかの種から育ったアラゴの木々だが、その実はとても美味しくて村人皆で育てている大切なものだ。

さっきその横を通り過ぎた時にはいつもの景色だと気にも留めなかったのに、こうしていつもとは違う場所から見れば、なんてこの村は美しいのだろうと胸の奥で温かな喜びが満ちていく。

そんな果樹が育つ果樹園、小さいけれどしっかりとした造りの家々の幾つかからは煮炊き用のものか薄い色の煙がたなびき、畑ではクワを持った人が土を耕《たがや》していたがいつもよりはまばら。祭りの準備だからと子ども達も含めて働き盛りの者達のほとんどがここに来ているせいだが、だからこそ今はここが一番賑やかだった。

そんな村人達へと視線を移せば、そこかしこで壊れかけていた舞台をどうするか、観客席の準備、祭壇のしつらえ方などを話し合っており、少し離れたところでは作業に加われない子ども達が楽器や踊りの稽古を始めていた。まだ幼い獣人の子ども達は獣体であたりを走り回り愛嬌のある姿を披露して周りの大人の笑顔を誘っている。

甲高い声も音程が外れた音色も不協和音のはずのバラバラの調べも、不快どころかなぜだか胸の奥を甘く刺激する。その後ろで聞こえる賑やかな笑い声のせいだろうか。


いやこれは、幸せなのだと両手の指を胸の前で絡ませて祈るように味わう。言葉になどしなくても今ここにいる皆が味わっていること。

喧嘩めいた激しい言い争いがあっても恨みを残すことなく、次の時にはまた笑い合う。恐ろしい病気も魔獣の侵入もなく飢えることも少ない。こんな恵まれた生活ができるのも村人が協力し合って生きているから。そして村の長である父さんがきちんと采配を振るっているから。そんな父さんを尊敬するとともに、いつかその地位を引き継いだら自分も同じようにこの村を守りたいと願う。

高い山に囲まれても自給自足ができるだけの耕地の中、恵みをもたらす山の風が花びらを舞い上がらせる。

もしかしてレブラン兄さんはこれを私に見せたくてここに上らせたのだろうか？　兄さんへと視線を向けるが別の作業で忙しそうにしていてその表情は見えなかった。


「あ……」

強い風にほつれた髪がたなびいて、慌てて手で押さえた。その指先が髪に挿《さ》していた母の形見の髪飾りに触れる。白銀細工の繊細な彫りが施された髪飾りは先端が尖った長い軸を持っていて、私はその軸の部分をほつれた髪を押さえるように挿し直した。

早くに亡くなった母に私はよく似ていると父さんは言う。母はずっとこの祭りで舞い手をやっていた。かろうじて記憶に残る繊細で艶やかな舞は私の記憶にあって、いつか母と同じように祭りの舞台に立つことは私の夢でもあった。

＊＊＊

空へと届けとばかりに奏者が奏でる音楽が響き渡る。美しい旋律はこの舞のために奏でられる私もよく知った曲だ。

今はまだ青い空の下で、私はもうずっと長く練習してきた舞を披露していた。

軽やかに身体を動かすたびに視界に入る父や世話役の人達。彼らの強い視線を感じながらも、私は小さな失敗一つしないようにと気を張っていた。

今日は仮設の舞台を使って初めて人前で舞を披露することになっており、特にこの祭りの責任者たる父の目は鋭く、私の舞の所作の一つも見逃さないという強い意思をそこに感じた。

もっとも私とて生半可な気持ちで舞い手を引き受けたわけではない。

空に伸ばす手もしなやかに、翻《ひるがえ》す身は軽やかに。脳裏に浮かぶ今は亡き母の美しい姿を思い出しながら舞っていく。母も、私の年の頃には舞い手を務めていたからだ。

『月夜の祭り』で奉じられる舞の最初の記憶は随分と昔のことだ。

まだ幼い私は父の腕の中にいて、やたらに材木の香りがする白い舞台の上で踊る美しい人の姿を見ていた。

舞台に上がる寸前まで私を抱いていた優しい母の腕が、今は月に差し伸べられ、降り注ぐ光を浴びている。空から舞い降りた、人でないもののように、私もそしてそこにいた誰もが魅入《みい》られていた。

あの日から、私は毎年母が舞う姿を舞台袖から見つめていた。

母のように美しくも神々しく舞ってみたいと願い始めたのはいつからだったろうか。

もっときれいに、美しく、風に舞う花びらのように軽やかに舞いたいと、風を意識する。

重さを感じないようにとふわりと着地すれば、軽やかな音が響く。

ああもっと母は軽やかな音だったと、次の跳躍《ちょうやく》にはもっと足先まで意識を向けた。

今年ようやく舞い手として選ばれてどんなに歓喜したことか今でも昨日のことにように思い出せる。

その誇らしい気持ちのままに私は旋律に合わせて舞の型を完璧になぞりながらその舞を披露していった。

音から外れないように、指先まで意識して、月へと捧げる舞を舞っていく。

美しい舞い手であった母の子として、無様な舞はしたくないと何度も何度も練習してきた舞。

ああ調子がいい。これならば父も認めてくれるのでは――と思うのだが、私を見ている父の視線は鋭いままなのが気になった。


長いようで短い旋律が最後の音を残して消えていく。音とともに軽い跳躍をして、そのまま膝を曲げて上体を仮設の舞台上に沈めた。

準備に寄っていた数人の人達から拍手が響く。

大きく息を吐いて、伏せた姿勢のままに顔を上げた。

自分ではなかなかの出来だと思っていた。

祭りの舞の善し悪しは舞い手の技量がそのまま反映されると知っているから、暇を見つけては練習をし続けていた。いつか舞い手に選ばれることを夢見ていた私にとって、皆の前で見せる初めての舞はさすがに緊張はしていたけれど、大きな失敗はなかったと思ったのだが……。

それでも窺うように舞台袖から私を見ている父さんへと視線を走らせた。

獅子族である父さんは村でも大柄なほうだ。他にも二人ほど獅子族はいるけれど、その二人よりも一回り以上大きい。レブラン兄さんには身体の大きさで負けるが貫禄《かんろく》は父さんのほうが上。鬣を思わせる豊かな髪は茶色の中に黒みを帯びた筋が入り、そこから覗く耳も周囲だけが黒い。私など一振りで揺らめかすほどに力強い尻尾にも同様に黒が混じる。髪の色が濃いのは魔力が強い証《あかし》だが、父さんの場合はその獣性の強さを表しているように思えた。

その父さんが半眼で私を見据えた後、きっぱりと言い切った。

「駄目だな」

父さんが浮かべていた表情から決していい反応は得られないとは思っていたが、その言葉に堪えようとしても自分の顔が歪むのがわかる。

「その程度では舞は任せられない」

今回の祭りの取り纏め役でもある父さんの言葉は絶対だ。奏者が奏でる曲に合わせて舞うこの舞は、祭りの中で最も重要。だからこそ厳しい目で見られるのはわかる。

ここ数年、奏者は変わっていないので曲はそれほど大きくは変わらない。前に聴いた時より調べが明るめになったとかそんな程度の違いがなんとかわかる程度。それに合わせる舞は要所要所に基本の型はあっても、そのほとんどは自分が感じるままに舞う。舞い手の想いを込めて月に捧げるためで、今年初めて舞う私も試行錯誤の上で自分の舞を作り上げていっている。

だが初めて通して披露したその舞を、練習段階とはいえ父さんにきっぱりと駄目出しをされてしまったのだ。

「何が駄目でしたか？　型もきちんと取り入れているし大きな失敗もしませんでした。どこか間違っていましたか？」

準備のさなかで集まった人達は、私が舞い終えると惜しみない拍手をくれたばかりか、もったいないほどの賛辞もくれた。なのに難しい顔をした父さんは、腕組みをしたまま笑みの一つも浮かべない。

私よりもはるかに背の高い父さんは少し見上げないとその表情は窺えない。その顔を見つめる私の視線は自然と強いものになってしまったが父さんの薄茶の瞳は揺らぐことなどない。
睨み合う時間はほんの僅かではあった。互いに一歩も引く気配はないと感じられた時、父さんの固く引き結ばれた口元が不意にほどけた。

「お前はなんのために舞っている?」

なんのために? それはと即座にその答えを放とうとして、それは父さんが望むものではないと気がついた。いや、私は正しくそのことを考えていなかったことに唐突に気がついたのだ。
舞う理由は知っていた。この祭りを行う理由も知っていた。
自分達がこの世界に生きている、そんな自分達を生んでくれた二つの月への感謝。互いを愛し愛されるアニマとアニムスを生み出し、今を生きる私達に先を照らしてくれることへの感謝。それは神へと捧げるものであり、私の舞にはその気持ちが込められていないのだと指摘されてようやく気がついたのだ。自らのために踊りたい、皆にその舞を見てもらいたいという、そのことばかりが頭の中を占めていたことに。

「感じたのはうまく舞いたいという上っ面《つら》の感情のみ。月に捧げる舞はそういうものではない」
「それは……」

一番肝心なところが駄目だと言われたのだと気がつき、唇を嚙んだ。技が駄目だと言われれば直すことは簡単だ。練習すればいいだけでまだ時間がある。だが父さんはそうではないと言い放つ。

「この舞はただ舞えばいいというものではない」

そんなつもりはないと言いかけたが、重ねられた言葉に反論を飲み込んだ。

「この舞の意味をおまえは忘れているのではないか? この舞は、いつも我らを見守ってくださる神々への感謝を込めて捧げるもの。決しておまえの舞の技術を見せびらかすためのものではない」

「……それは……はい」


何度も何度も子どもの頃から聞いている。幼い頃に語り部から教えてもらったこともあるし、母さんが舞った時にもどういう舞なのかということを聞いていた。この祭りへの村人の思いを何回も私は聞いていたはずだった。

そんな大切な舞なのだとわかっていたはずなのに忘れていた。舞い手に選ばれて、前の人よりもっとうまく踊って村の皆に褒められたい、一人前だと認められたいとそんな思いばかりにとらわれていた。

そのことを指摘されて——いや、指摘されたことではなくて、自分で気づかなかったことが腹立たしくて下ろした拳を掌《てのひら》に爪が立つほどに握り締める。

知らず歯が食い込んだ唇の痛みすら気にならないほどに、自分の愚かさが悔しかった。

「昨年の舞に負けたくないという不純な想いは不要だ」

なのに父さんは私の心を容赦なく暴き、傲慢《ごうまん》な心を見透かされていたようで気持ちは沈むばかり。

脳裏に去年までの舞い手の姿が浮かび上がる。鳥族の彼は背にある大きな翼も使い、軽やかで見事な舞を見せていた。水面で月の光が煌《きら》めき遊んでいるような、美しくも優しい舞を得意としていた。この儀式でもう何年も舞い続けた彼は今年は子どもを宿しているからと辞退したのだ。そうでなかったら彼が今年も選ばれただろう。

実力で選ばれていないという思いがあったからこそ負けたくないという思いが強くなってしまっていた。父さんの言葉に、私は何も言い返すことができずに立ち尽くす。

「もう一度、よく考えろ」

最後に一言、父さんは言葉を残して背を向けた。反射的に上げた視界の中去っていく父さんの大きな背に何か言い返したいのに言葉が出ない。今口を開ければ無様な泣き言が零れそうで、ただ唇を噛み締める。

できたことといったら、父さんの長い尾がその背でゆらりと揺れるのを見つめることだけだった。


図星だからこそ何も言い返せない。怒りとも苛立《いらだ》ちとも哀しみともつかぬ雑多な感情が胸の中で荒れ狂っている。噛み締めた奥歯が嫌な音を立てるのは、そんな感情が表に出ないように必死になって抑えているせいだ。

だが感情は抑えても抑えきれず、私は舞台から離れた巨木の根元に座り込んでいた。村ができた時からその大きさのままにここにあったというある意味村の象徴のような巨木。

その荒々しい木肌にもたれ、太い根っこをまたぎ空を仰ぐ。今はただ一人でいたかった。この胸の中で荒れ狂う感情を無様に見せないためにも今は放っておいてほしかったのだが。


『キリル』


低い声とともにのそりと大きな身体が巨木の陰から現れる。焦げ茶の獣毛が短く、その巨体を覆っていた。丸みを帯びた顔に頭上の丸い耳は大きくはない。伸ばした首の下には白い三日月状の体毛。太い脚が私の傍《かたわ》らに下ろされ、身体がすり寄せられる。

レブラン兄さんが獣体の姿になる時はたいてい私が落ち込んでいる時だ。優しいけれど照れ屋の兄さん。獣体になると表情が読みづらいとわかっているからで、私を慰めてくれる時に決まってこの姿になる。

今も私のためにわざわざ獣体となって来てくれたのはわかるのだが。


「何も言わなくていいです」


幹から身体を起こし、私を包み込むほどに大きな熊の身体に身を寄せる。伝わる温もりにこみ上げる嗚咽《おえつ》を飲み込んだが、身体の震えまでは止められない。

この村に熊族は少ないし、獣体を取れるほどに力のある熊族はレブラン兄さんしかいない。熊族もいろいろな体格のものがいて、兄さんはそんな熊族の中ではやや小さめになるらしい。だがそれでもレブラン兄さんの身体は大きい。私の身体を受け止めてすっぽり覆うほどの人は、父さんの獣体以外ではレブラン兄さんだけだ。

首筋に柔らかい腹毛を感じ、その温もりに目を閉じる。じわりと涙がにじんだが、気にしないことにした。

「父さんの言っていることはわかるんです。それでも、上手に舞いたいって……誰かに褒められたいって思ってしまうんです……」

舞の意味やこの祭りの意味。そのことはよくわかっている。それでも音を感じ、腕を伸ばすともっときれいに、もっと美しくと願ってしまう。それはいけないことなのだろうか……。

空を見上げれば二つの月が薄く見える。

少しだけ離れた二つの月の明かりはどこか儚《はかな》く感じられた。

『キリルが思うように舞えばいい』

頭が触れた胸元が震えて、言葉が下りてくる。

『俺はキリルの舞はきれいだと思う。キリルが舞えば風が絡み、木々の葉先からまるで水しぶきが飛んでいるように見えた。うまく踊りたいと思うことは悪いことじゃないさ。それに、音に慣れれば月への思いも自然とその指先へ乗せられるようになると俺は思うよ』

レブラン兄さんの言葉が私の中に染み渡るのだが、その言葉は少しばかり気恥ずかしい。

「レブラン兄さんは私を甘やかしすぎです」

『ん？　なんか言ったか？』

ぼそりと口の中で呟《つぶや》いた言葉が聞こえなかったのが、レブラン兄さんが問いかけるように私の顔を覗き込んできた。

「何も」

そっぽをむいたが耳が熱い。だがその耳に触れる熱い吐息にぞくりと肌が粟立《あわだ》ち、慌てて立ち上がった。だが盛り上がった根っこに足が滑り、ぐらついた身体は即座にレブラン兄さんに抱き留められる。獣毛に覆われた太い前脚は、私の肌を傷つけないように鋭い爪が触れないようにしている。

私はありがとうと呟きながら、体勢を整えた。


「もっと練習します。父さんが認めてくれるようになるまで、まだ時間はありますから」

『そうだな。キリルなら大丈夫だ』


その声音がどこまでも真っ直ぐで、当然のように伝えられる。本当にこの人は、人の姿であればとても照れて言えないことも獣体だとすらすらと言ってくれるのだ。

私は返事はせずに、もう一度だけレブラン兄さんのお腹に顔を埋めてからその場を後にした。


あれから自分の舞を見直してみた。それでも答えと言う答えにたどり着くことはできず、少しずつ祭りの日は近づいてきていた。

焦りが少しずつ私を追い詰めていたそんなある日、村の人間に声をかけられ呼び出された。

「なあキリル、今時間あるか？　子ども達の練習なんだけど、教える人手が足りないんでキリルも手伝ってくれると助かるんだが」


ほらと指さす手の先で、群舞を踊る子ども達の中でも特に小さな子達が「キリルお兄ちゃーん」と私を呼んでいる。

「お兄ちゃん、ねえ、舞型でわかんないとこがあるんだ。教えてよ」

一緒に踊ろうと誘うのは大きい子から小さい子まで五人。その中でも一番勢いよく手を振っているのはレブラン兄さんの甥っこで、熊の耳が愛らしい赤毛の子だ。その子が私のところまで走ってきて手を握り引っ張っていく。

「あのね、わーってやるとこ、わかんないの」

「わーって？　ああ」

逆らえないままに仮設舞台の上まで連れていかれ、その「わー」というところを踊ってみる。皆で手を上げながらくるりと回るところで、随分前から子ども達によって「わー」と呼ばれている動きだ。今では教える大人も「わー」と呼んでいる踊りは、少し足さばきが難しい。私も小さい頃はよく踊っていた動きを思い出しながらゆっくりと動く。

目の前で踊る熊族の子の小さな耳と丸い小さな尻尾がひょこひょこと動いていて、強張っていた頬も緩んでいく。向こうでは獣体のレブラン兄さんがせがまれて子ども達を乗せて踊っているものだからなおさらだ。

さすがに仮設舞台の上で足踏みはやめてほしいけど、子ども達は揺れる足下にきゃあきゃあ喜んでいる。もっとも大人達も苦笑いを浮かべているが特に止めはしなかった。

たとえ壊れても後でレブラン兄さんがよく働いて直してくれるだろうことを知っているからだ。

「じゃ音楽に合わせて、足はこう。こっちの足は引き寄せて」

「はぁい」

見本を見せればてんでバラバラではあったけれど楽しそうに足踏みをしながら手を揺らす。

私と同じヒト族の子は年は上でも小柄で足さばきも今一つ。だが曲に合わせて歌を歌うその声はとても澄んでいる。鳥族の子はふわりふわりと風に乗るように踊り、犬族の二人はとても力強い足さばきで安定している。そしてもう一人のヒト族の子がくるくるときれいに回転して踊りに花を添えていた。

それぞれが好きに踊っているようで不思議と揃っている。かわいい舞い手達に大人達もやんやの喝采《かっさい》を送り、場は再び盛り上がった。

「キリル兄ちゃんっ！」

楽しく軽快に踊る子どもの手が私に伸びてきた。思わず伸ばして取ろうとしたのに、その手がするりと抜けていく。伸びやかな笑い声の中で、柔らかな布を首に巻いたヒト族の子どもが風に戯《たわむ》れる木の葉のようにするりとするりと私から逃げていく。

そんな彼を追いかける私も足で拍子を刻み、腕を伸ばしてたなびかせて音楽に乗る。岩場で弾ける水のように跳ねる子ども、蕾《つぼみ》から花開くように円を描く他の子ども達。打ち鳴らす足が新たな拍子を刻み、背後で聞こえる金槌やのこぎりの音すら音楽の一部となって高台の舞台を彩っていく。

そのうちに奏者がやたらに陽気な曲を奏でるものだから、今度はそれにつられて子ども達が飛んだり跳ねたりと舞とは関係ない踊りに熱中し始める。

かわいくも滑稽《こっけい》な仕草にあちらこちらから笑い声が上がる中、いつの間にか私も笑っていた。

ただ汗を流すことが楽しくて、皆とともにいることが嬉しくて、舞えることが幸いで。この幸せが永遠に続いてほしい。

気がつけば、私は無心で子ども達とともに舞っていた。

太陽の光が注ぎ、風が梢《こずえ》を鳴らす中で、私は無心で身体を動かしていたのだ。

身体がとても軽く、背中に翼でも生えたように感じられる。袖が舞衣裳のようにふわりと風にたなびくことすら楽しかった。

視界に入るのは準備の手を止めた村人達。彼らの顔に浮かぶのは満面の笑顔だ。

ああ、なんて幸せなのだろう。

そう思ったら全身の力が自然と抜けた。

ああそうかと浮かんだその言葉に私は大きく頷いた。

私が望む未来は今までと同じこの幸せがずっと続くこと。小さな村だけど大禍もなく幸せに暮らせるこの日々がどんなに得がたいものか。

伸ばした手の先で今は見えない二つの月に私は祈り

を捧げよう。

伸ばした手が宙を描き、小刻みなステップの後に跳躍。舞の技法のとおり勝手に身体が動いた。だけど単に技法をなぞったのではない。

奏者が流す曲は編曲された子ども向け。けれども私は私が舞う時に流れる曲が頭の中に響いていた。

掌を広げ、摑んだ大気を集めるように胸元に向ける。抱え込んだ見えないものは人々の思い。子ども達の笑顔の中で私は舞い、こみ上げる衝動を月へと向かって投げ放つ。

何かがそこにあるわけではないのに、私は何度も手を伸ばしていた。

身体が自分のものではないように軽く動く。まるで風が助けてくれるように滑るように舞えるのだ。

子ども達の曲が変わると、私の頭の中の曲も終わる。だがいつもより短い時間でも、私は遅れることなく跳躍し、爪先から床へと下りる。遅れて身体が柔らかく下りてきてふわりと沈んだ。

しんと全ての音が消える。

村人達がそこにいるはずなのに、賑やかな子ども達すら言葉を忘れて私を見ている。

私自身いつもより何倍も充足感のある舞に、大きく息を吐いてからきつく自分の身体を抱き締めた。

途端《とたん》に沸き起こる歓声に震え、視線を子ども達へと向けた。


「すごい、キリル兄ちゃんっ！」

「きれー、とってもきれーだった」


迎えてくれる子ども達の笑顔と歓声、そしてレブラン兄さんの安心したというようなまなざし。

自然に顔がほころんで笑顔で手を振れば、手を上げて小さく振り返してはくれた。だがすぐに踵を返すと足早に木々の中へと入っていく。

きっと人の姿に戻りに行ったのだろう。だが、喜んでくれているのは耳と尻尾を見ればわかる。

いつでもレブラン兄さんは私のことを気遣ってくれていて、そのことに感謝の念は尽きない。その優しすぎる気持ちに時に反発もするけれど、今はそれに甘えていたいと思うほどに。そしてここにいる人や子ども達、村人全てに感謝をしたく私は腰を深く折った。

「無理することはない。時間はまだあるんだ」とレブラン兄さんは言うけれど、掴みかけたそれを手放したくなくて、私は日が暮れるギリギリまで仮舞台で練習していた。

そんなさなか、大きく振り上げた腕が自分の頭にあたり、髪に挿していた髪飾りが飛んでしまった。

あっと思わず止まった私を制して、レブラン兄さんがその飾りを拾いに行ってくれた。

「大丈夫だ。ほら、着けてやる」

母の形見だと知っているからか丁寧な手つきで拾い上げ、壊れていないぞとばかりに掲げて見せてくれた。

互いに歩み寄ればレブラン兄さんの大きな手が私の髪に触れ、緩んだ髪紐を結び直して髪飾りを挿し直す。

「これでもう落ちないだろう」

「ありがとうございます。レブラン兄さんは本当に器用ですよね。私が自分で結《ゆ》うよりも上手かも」

緩みもなく飾られた髪飾りに指を伸ばし、触れる。

「長い髪をしているのに結うのが苦手なやつがいつも側にいたからな。舞の時にはもっと複雑に結うんだろうが、大丈夫なのかね」

「からかわないでください、舞と一緒に結い上げる練習もしてますよ」

自覚がありすぎることへの指摘に思わず言い返した。それに対する笑い声に、つられるように自分も笑みを浮かべる。

練習に熱中している間に随分と時間は過ぎていて、日はほとんど山の陰に入っており、反対側の山からは月の端が見え始めていた。準備をしていた村人も、大半がもう帰宅している。

さすがにもう帰らなくてはならないと、私は最後まで付き合ってくれたレブラン兄さんとともに家路につくことにした。

月の光も弱々しく陽が沈めば明かりが少ない闇夜となるが、高台から家まではゆっくり歩いても十分とかからない。山に囲まれたこの村は日暮れは早く、夕焼け色に空が染まるとすぐに闇が迫ってきていた。

祭りの日には舞台を組んだ高台から家々を結ぶこの道にかがり火が設置され、この時ばかりは子ども達も遅くまで起きて楽しむのだ。

その光景を思い浮かべながら歩いていると、急にレブラン兄さんが立ち止まった。

「なんですか？」

「ちょっと待っててくれ」

不審に思う私を置いて、駆け出したレブラン兄さんがたどり着いたのはアラゴの木。その木は、今年もたくさんの実をつけていたがもう収穫は終わり、あとは高いところに数個が残っているだけ。

「頑張ったご褒美《ほうび》だ」

私には絶対届かない場所にあるアラゴの実を、レブラン兄さんは背伸びをしてもいで私へと放った。慌てて受け取ったそれは、果皮の色を見なくても強く甘い匂いが漂ってきた。

「勝手に獲ったら怒られますよ」

「一つだけだ。それに今年の管理人は俺だしな。よく熟《う》れてるからな美味いぞ」

掌に載る黄金色の果実。私の掌から再度それを取り上げたレブラン兄さんは、器用にその皮をむいて半分にしたその実を私へと渡してきた。零れた果汁が地面に染みを作っていく。

「ほら早く食べないと、零れちまう」

笑みを深めたレブラン兄さんに促されるままに、柔らかな果実に食いついた。途端に口いっぱいに広がる甘さに食欲をそそられて、味わう間もなく飲み込んでしまう。柔らかな果肉が崩れて指の間から落ちそうで最後にはするように口の中に持っていく。口角からあふれた果汁が喉を伝い、慌てて持っていた布で拭《ぬぐ》った。口の周りはそれで拭いたが、手にもべったりと果汁が付いている。

その手を拭おうとした時、大きな手が私の手首を摑んだ。

近づいたのは丸い耳を持つ頭。持ち上げられた掌に触れた熱くて柔らかな何か。

垂れるほどについていた果汁が舐め取られていく感触に、私は身動きもできずにその場に固まっていた。

ちらりと見上げる熱のこもった視線から、目が離せない。

ゆっくりと指の間まで舐め取られてから外された手を、私は庇《かば》うようにもう一方の手で覆っていた。

「キリル、俺の気持ちは知っているはずだ。祭りが終わったら返事をくれ……必ず」

それは私が成人した直後からずっと言われていたことだ。それでも今はこの祭りの舞い手という大役だけに集中したいと返事の先延ばしをお願いしていた。

だが待ってもらっても私の返事は変わらないことを、私もそしてレブラン兄さんもわかっている。この村で生きるものとしてレブラン兄さんの申し出を断る理由は私の中にはなかったのだから。

だが私の中には僅かな戸惑いがあった。兄さんに向けるこの情が家族や兄弟に向ける親愛なのか、それとも伴侶となるものへの愛情なのか……。それがわからないのだ。

だからと言って、この村にいる限り私の選択肢は限られている。その中でもレブラン兄さんとだったらずっと仲良く暮らせるだろう。彼の熊族らしい過保護さと執着が少しばかり重いと思うことはある。それでも兄さんとなら父さんの後を継いでこの村を盛り立てることができるだろうとは思っている。

この迷いもきっと舞の大役があるせいだろう。だからお願いしたのだ、祭りが終わるまで待ってほしいと。

「わかっています。その時には必ず返事をします。だから、あと少しだけ待ってください」

甘いアラゴの香りの中で、囁くように私は言葉を返すことしかできなかった。

冷たい夜の空気に冷えた頬を掌で覆う。開けていた雨戸を下ろし、片隅で灯《とも》していた明かりを消すと途端に部屋の中は暗闇に覆われた。

星が目立つ夜空を見ていた間ずっと父さんに叱られた内容が甦《よみがえ》っていた。あれは確かに図星だったと今でも思う。あの時激しく苛立ったことは申し訳なく、だが時が戻らない以上どうしようもない出来事ではあるのだが、未だに父さんとはどこかギクシャクしたままなのは問題だった。

月へ捧げる意味が見ている人にも伝わるようなそんな情感が込められているべきだと指摘した父さんの言葉は正しい。けれど、素直でない私はどうしても父さんとの間にあるわだかまりを消すきっかけが摑めなかった。

村長の家ということで他より広いこの家では、父さんと私の部屋は離れている。聞き耳を立てても父さんの気配は感じられないのは、今は見廻りにでも出かけているからだろうか。

交代制の見廻りに出る時はいつもなら私から声をかけて見送っているけれど、今日は夕飯を終えるとすぐに疲れを理由に自室へと引きこもってしまった。そんな自分に対する自己嫌悪もあって、余計にいたたまれなく布団に入り上掛けを頭まで被る。

この暗い意識を切り替えるためにも今日はもう寝て、明日朝起きたら今度こそ父さんと話をしよう。そして先日のことを謝って、自分なりに摑んだ答えを父さんにも伝えよう。

二つの月が離れると、星の光は鮮やかになるが闇が濃くなる日でもある。そんな夜は見廻りの人数も増やして警戒するのが常だ。

獅子族の父さんや熊族のレブラン兄さん、他の大型の獣人達も参加するその見廻りは、ヒト族が多い村では普通のことらしい。それに闇夜は魔獣が村に入り込みやすいから警戒は怠らないのだと聞いている。

ヒト族は外の獣人に狙われる。そんな話をされたことはある。

だが生まれてからずっとこの村を出たことがないし、よそ者がほとんど来ないこの村では実感があまりなかったのも事実だ。

だから、そんなことが起きるなんて夢にも思っていなかったのだこの時までは。


暗くて澱んだ空気に全身をまとわりつかれて、息苦しさに喘いだ自分の声で目が覚めた。嫌な汗がまとわりついていてたまらずに腕で額を拭う。

悪夢を見たのかと思ったが、実際に息苦しさを感じていることに気がついた。喉と鼻を刺激する異臭に遅れて感じ、誰かが騒ぐ怒声のような声が聞こえてくる。

なんと言っているかまでわからないが、尋常でない雰囲気がここまで伝わってきた。

慌てて立ち上がって外を覗けば空の一角がやたらに赤い。


「火事っ？」


悲鳴を上げそうになったのをなんとか飲み込んで、私は慌てて外へと飛び出した。乾いた季節ではないにしても、山に囲まれたこの村では火事は危険だとさんざん教えられていたからだ。

目の前の建物越しに赤い空が見え、荒々しい声が私を急き立てる。それ加えて焦げた臭いはさらに強く、大地が揺れる重い音が響き渡る。

慌てて家の角を曲がった私の目の前で、狼の獣体へと姿を変えた隣人が高く通る声で皆を急き立てていた。


『逃げろっ！　早く山の中へっ、行けぇっ!!』


その向こうで転ぶようにして家から出てきた人が悲鳴を上げて立ち尽くす。

似たような悲鳴が増え、その原因が視界に入った途端に私はよろよろと後ずさった。


「な、に……あれ？」

背を家の壁に当てたまま信じられない光景に呻《うめ》く。

視界の中に見たこともない人達がいた。獣人だとその頭上にある耳の形と背後から覗く尻尾でわかる。その手にあるのは細長く、明かりに煌めく刃物。

一人、二人という数じゃない。少なくとも十人以上はいる。

呆然と立ち尽くす私の視界の片隅に、見慣れた姿が入ってきた。いや、あんな険しい表情など過去一度も見たことがない父の姿だ。

その手には抜き身の剣を握り、片腕で激しく咳をしている村人を抱えていた。彼の髪は焼け焦げたところがあって、その顔は見たこともない色に焼けただれている。

「父さんっ！」

「キリルか、こいつを連れて逃げるんだっ！」

悲鳴にも似た声で叫んだ私が続けて何か言うより先に彼を押しつけられた。その重さにたたらを踏んでいる間に父さんが背を向けてしまう。

「待って父さん、私も行きますっ！」

慌ててその背を追おうとしたが、振り返った父さんの殺気走った視線に足が縫いつけられた。

「あれは奴隷狩り、狙いはキリル……おまえ達ヒト族だ」

吐き捨てるような語調は、私ではなく侵入者に向けられていた。父さんが言う奴隷狩りという言葉に喉の奥が嫌な音を立てる。

「狙われているおまえが前に出るのは危険だ。それよりも村人を先導しなさいっ！」

「は、はいっ！」

強い言葉に背中を押されるように、私は傷ついた村人に肩を貸しその場から歩みを進めた。ともに戦いたい思いはまだあるが、それでも父さんの言葉が正しいことも理解できていた。

しかし、数歩も進まないうちに肩を貸したその村人はその場へと崩れ落ちる。慌てて抱き起こそうとしても彼の命の灯火が消えているのは明らかだった。

悔しくてたまらない。獣人の力を持たない私自身が悔しくて、胸に澱む激情に視界が歪みそうになる。

だが己の無力を嘆くより先に、私にはしなければならないことがあった。

私だっていずれこの村を引き継ぐ血筋に生まれた人間であり、父さんとともに皆を守らなければならない。その決意で身の内にある恐怖を抑え込んであたりを見渡した。

こんな闇夜ではいつもより視界が狭い。獣人ならば見通せる夜目をヒト族は持っていない。それでも託された想いを無視できるはずもなく、私は家の土間にかけていた鉈《なた》を取り外すとそれを握って走り出した。

だが村人の避難誘導をすると固い決意をしたものの、私が思った以上に村人を見つけることは容易ではなかった。やっと彼らを見つけた後も、奴隷狩り達は村の奥まで入り込んでいて、逃げようにも道のあちこちが塞がれていて思うようにいかない。

「見ぃつけたぁ！」

それでもなんとか獣道へと逃れようとした寸前、近くの幹が切り裂かれ、不快な声が響いた。

慌てて向き直れば、三角耳が目立つ獣人がじりじりと近づいてきていた。

「皆、下がって」

その男から庇うように一番幼い子を背後へと追いやる。構えた鉈は男が持つ剣よりも小さいがないよりはマシだ。

「上玉だなあ」

喜色《きしょく》に歪んだ獣人の声に不快感と怒りが湧いた。

汗でぬるつく柄を強く掴み、奥歯を噛み締める。

「来るなあっ！」

思わず叫び、完全にこちらを舐めてかかっている獣人に向かって鉈を振り上げた。

「がっ！」

だが目の前にいた獣人が、不意に横へと吹っ飛んだ。大木の幹に頭を打ちつけ、そのままずるずると地面に落ちていく様を呆然と見つめ、視界の片隅に入ったその姿にはっと気がついた。

「レブラン兄さんっ」

『ここは任せろっ』

獣体の兄さんから放たれる力強い言葉に、そんな場合ではないのに安堵の涙が出そうになった。だがなんとか堪え、安堵にへたり込みそうになっている村人達を促した。

「早く、先に行って。ここから山の中に入れば闇に紛れることができるはず」

「ああ、でもキリルは」

「キリル兄ちゃんっ」

「私もすぐに行くから、ね」

彼らの背を押して、私達を庇うようにして村の中へと睨みを利かせるレブラン兄さんを振り返る。

『キリル、おまえも早く行け』

そんな私に気がついたのかレブラン兄さんが促すけれど、私は首を横に振った。

「いいえ、私も戦います。一人より二人というではありませんか」

『馬鹿言え、やつらは獣人だぞ、おまえでは太刀打ちできないっ』

「そんなことわかってる。でも兄さん達を残したまま、私だけなんて……嫌ですっ！」

『そんなこと言って――っ！』

いきなり兄さんの身体が吹き飛ばされた。あの巨体が軽々と横へと押しやられたのだ。

「兄さんっ！」

慌てて追いかけようとした私の目の前に、人の姿のレブラン兄さんと遜色ないほどの巨軀の獣人が立ち塞がっていた。

「いいねえ、こりゃ」

何かを言ってるその言葉に背筋に激しい悪寒が走ったが。

『キリルに手を出すなっ！』

身体が力強い腕に摑まれ担ぎ上げられた。衝撃に目を瞑《つむ》った次の瞬間、激しい勢いで身体が運ばれるのを感じる。それが誰か、馴染《なじ》んだ感覚で間違えようもない。

だが彼の名を呼ぼうにも四本の脚で走る震動は激しく、私にできることといったら必死になって縋りつくことだけだった。

このまま逃げられるのだと思った。だがやつらの手の者が道を塞ぎ、山道から逸《そ》れたレブラン兄さんに、あの獣人が迫ってきていた。

感じたのはどすんという衝撃。

『あうっ！』

その瞬間私はレブラン兄さんの腕から抜け落ち、私の身体は山の斜面を転がった。頭の中がぐらぐらと揺れる気持ち悪さに蹲《うずくま》り、それでもなんとか腕をついて身体を起こした。

「に、いさん……」

視界に入ったのは、見慣れた熊にのしかかる獣人の姿。片耳だけが歪《いびつ》な猫科のそれ、長い尻尾と先端の房。
そしてその手が握る両刃の剣。
月光に煌めくその刃が、レブラン兄さんの腹へと吸い込まれていく。

『グ、ウ、ウゴォォォッ』

それは決して聞こえてほしくなかった声だった。
思わず振り返った私の視界に、兄さんの——熊の身体に深く突き刺さった剣が影絵のように映った。

「レ、ブラン……兄さんっ！！！！！」

慌てて痛む身体を追い立てるようにして、レブラン兄さんへと必死に駆ける。

『来るな!! ……逃げろ……おまえだけでも逃げてくれ……』

掠《かす》れた声が響く。すぐ近くで獣人が私へと視線を向けて、にたりと嗤《わら》った。
その横でレブラン兄さんの身体がぐらっと傾いて山肌に——消えた。

「兄さんっ、レブラン兄さぁぁんっ！」

近づけば、今まで見えなかった崖がそこにあった。
吸い込まれるように消えたレブラン兄さんの姿はもう見えない。気がつけば私はそこにぺたりと座り込んでいた。

「あ、あ……っ」

震える喉が意味をなさない言葉を吐いた。
恐怖だけでない感情に身体が震え、喉の奥が鳴った。
恐怖のせいではない。この身にこみ上げるのは怒りだ。あいつが殺したと間違いなく思える状況に、私の中にあったのは確かな怒りだけだった。
レブラン兄さんを、皆を、よくも……よくも……。
大切な仲間、大切な人達。村長の家に生まれた私にとってともに暮らしてきた村人は家族も同然で、何よりも守っていかなければならない人達。その人達に害を為す輩《やから》を目の前にして、なぜ私はこんなふうに座り込んでいるのか。

怒りが私を奮《ふる》い立たせ、鉈を杖にゆっくりと立ち上がった。鉈の柄を持ち直し胸の前で両手で掴み身構える。


「よくも皆をっ！」

「そんなおもちゃを振り回して俺に傷を付けられるとでも思ってんのか？」

怒りのままに叫んだ言葉は嘲笑《ちょうしょう》とともに返されて、喰い縛った奥歯がギリギリと音を立てる。

私よりずっと高い位置にある瞳は孤を描き、レブラン兄さんを切った剣の腹で肩を叩く獅子の獣人。

猫科の耳と細い尾の先だけに長い毛をまとう尾、あれは父さんと同じ獅子族。その片耳が歪であることに目がいった。

動いてもいないのに呼吸が荒くなる。

構えた腕が震えていた。きつく握り締めた指が思うように動かないことに気がついたのもすぐだ。

「ほーら、どうしたどうしたぁ、そんなおもちゃで遊んでねえでこっちに来なぁ。特別に遊んでやるぜぇ」

余裕があるのか、終始その表情から笑みが消えないのが悔しくてたまらなかった。

「ほらほら、そんなおもちゃは、こっちに――っ」

「喰らえっ!!」

伸びてきた手に向かって、思いっきり鉈を振り回した。だがそいつは驚くほど素早く、かわした鉈の下をくぐり抜ける。気がつけば足下から見上げていて、慌てて後ずさるが遅かった。

伸びた手はもう目の前でたまらず目を閉じた私の身体が、いきなり強く突き飛ばされた。私と対峙《たいじ》していた獣人が呻き声を上げその場に倒れるのと同時に聞き慣れた声が鼓膜に届く。

「え、あ……。父さんっ！」

地面に転がった痛みより視界に入った凜々《りり》しい獅子の姿に目を瞠った。村人に獅子族は数人いるが、今目の前にいる獅子が誰か私が間違えるはずもない。だが思わず縋ろうとした父さんの姿を見て取って、発しかけた悲鳴をかろうじて飲み込んだ。威風堂々とした姿は変わりないが、その鬣が赤黒く染まり、身体には血を流す傷が無残にも口を開いていた。ちらりと私を見やる視線は鋭いが、その背が大きく波打つのは疲労の色が濃いからだ。

信じられない姿に私は首を横に振ってその背にそっと触れる。

熱い身体はよく見れば何ヶ所も獣皮がめくれ、滴《したた》る血は多い。

「こんなにいっぱい怪我を、早く手当てをっ。それにレブラン兄さんが！」

『私達のことは気にするな、それより早く逃げろ。いいかできるだけ遠くへ……。村人のことも構うな、おまえだけでも逃げ延びれば私はそれで……』

だがその言葉と父さんの身体が波打つほどに震えているのに気がついて、私は絶句した。この荒い呼吸音は父さんから聞こえるもの。父さんの匂いに紛れているこの血の臭い。先ほどから私に触れてこない理由。

「あ、あ……父さん……父さん……」

後ろ脚を伝う多量の液体、肉の狭間《はざま》から見える白いもの、明らかに震えている身体。私の呼びかけに応えることができないほど余裕がないことは、すぐにわかった。

そんな父さんの姿を前にして、あの獣人が笑みを浮かべて変化していく。

輝きの中から現れたのは、父さんと同じく獅子。太く長い尻尾が上機嫌に動いている。だがその耳はやはり歪で、傷を負ったのか欠けていた。

『ははっ、くたばりぞこないは退場の時間だぜぇ』

響き渡る高笑い。父さんは頭を下げて低く唸《うな》り返す。その威嚇《いかく》はどこか弱々しく、後ろにいる私にすら父さんが限界なのは伝わっていた。ましてや真正面にいるあの獅子がわからないはずもなく、余裕綽々でその口角は上がり尻尾がからかうように揺らめいていた。

「にげ……て、逃げて父さん、逃げてっ！」

聞いてもらえるはずもない嘆願だとわかっていた。私がここにいるのに父さんが逃げるはずがない。なのに私の身体はなんとか立ち上がっても、足は生まれたばかりの魔獣の子のように弱々しく、縋りついた木から離れられない。すでに体力は限界で気力だけでここまで来ていたのだと、今さらながら思い知る。

『終幕としゃれ込もうぜっ！』

仕掛けたのは父さんか、向こうだったのか。離れることに意識が向いていた私にはわからない。

地面を蹴る音、風を切る音、枝葉が散らされる音。

さっきまですぐそこにいた父さんが今は遠く離れた岩の上に、そして片耳が傷ついた獅子の獣人が山肌を駆け上がっていた。雑木が揺れ、小枝を踏み砕く音が響く。

岩から唸り声を上げながら父さんが相手に飛びかかった。二頭の獅子が牙をむき出し、暴れ回る。近くで木の幹が嫌な音を立てて裂け、私は頭を抱えて蹲った。父さんを助けなければ、父さんが死んでしまうとわかっているのに私などが手の出しようもない。こんなふうにただ見ていることしかできないことが悔しくて、頰を流れる涙が止まらなかった。

二頭の獅子は互いが互いの身体に爪を立て、首筋へと牙を打ち立てようと激しく絡み合う。

「……とう……さ……」

獣が獣を襲い、その身が持つ凶器で相手を倒す。その凶暴さに圧倒され、恐怖に襲われる。

『はあっはっはっ！　どうしたどうしたっ、遅せーぞっ！』

　空が陰り、細かな雫《しずく》が山肌に降り注ぎ始めた。肌に突き刺さるような冷たさがあるのに、二頭の獅子はその身体から湯気すら立ち上がらせている。そんな姿が村を燃やす炎の中に浮かんでいた。
　一体どれぐらい攻防が続いたのか、逃げることなど出来もせずにただ見ていることしかできなかった私は、不意に息を呑んだ。荒い呼吸を繰り返しながらも父さんが岩肌で足を踏み外したのだ。木の陰に隠れて見えない父さんに、もう一頭の獅子が飛びかかる。その姿に私の喉から悲鳴が迸《ほとばし》る。その瞬間視界の中が朱に染まったように思えた。
　ただ途切れた悲鳴の後で父さんが私の名を呼んだような気がした。

「い、……やだ……、いやだ……」

　両目から滂沱《ぼうだ》のごとく涙が溢れて流れ落ちていた。

　掌で覆った口が戦慄《わなな》き、同じ言葉を繰り返す。圧倒的な力の差がそこにはあり、伏した父さんはすでに前脚一つ撥《は》ね返す力もない。

『ほらよっ！』
「いやぁ……いや……いやいやいやいや……」
　さらに牙を突き立てられ、断末魔の痙攣《けいれん》を繰り返す身体。
　獅子の大きくて鋭い白い牙が再び父さんの身体にめり込んだ。

「い、いやあぁ――――っ」

　噴き出した血に視界が赤く染まったように感じた。喉から迸る悲鳴が止められない。見たくないのに硬直した身体は瞬きすらもままならなかった。閉じられない視界の中で柔らかな果実の実に食い込ませるように食い込んでいく牙。赤い色と黒い色の入り交じった狂った光景と感情に理性が焼き切れ私の意識も薄れていく。

父さんの身体の動きが弱くなり、小刻みな痙攣を繰り返しているのが私の見た最後の姿。

「と……うさん……」

口元にあった手が知らず身体の横に落ちて地に伏した。冷たい地面が私の涙を吸い込んでいく。

『キリル』

音も何もかも失った世界でただその声だけが届いた。父さんの声、でも父さんはもう……。

『キリル』

私を呼ぶ声がいつまでも聞こえる。

その声は私が意識を失っても頭の奥深くでこだまし続けていた。

第三章

身体が揺れている。不規則な揺れは時折強くて身体が跳ねてしまうほど。耳障りな音も断続的に響いていてゆっくり休んでいられない。一体誰が家を揺らしているのだろうかと唸りながら寝返りを打ったが、板敷きの床は寝心地が悪い。

なんで私はこんなところで寝ているのかと考えながらも、睡魔にとらわれているせいで意識は覚醒にはいたらない。

木材が擦り合う音がするから、レブラン兄さんが何本もの木材を一気に運んでいるのだろうかとか、この音は踏み抜いた床板を剝がすために釘を抜いているせいかなと考える。荷車が地面を進む音もしているし、賑やかな声も響いているから皆働いているのだろう。私もいい加減目を覚まして手伝わないと、とは思ったのだが、動こうとしたら身体に痛みが走った。

ひどいのは膝や肩でなんでそんなところが痛いんだろうかと考えるが思い出せない。ただその痛みによってようやく重いまぶたが動いて、あたりが見えるようになってきたのだが。まだ夜だったのかと思うほどに暗くて奥が見通せない。奥を見通そうと何度も瞬くが動いた拍子に饐《す》えた臭いが喉を刺激して咳き込んだ。

なんの臭いだと考えて、私はようやくその原因を思い出したのだ。それこそなぜ忘れていたのかと思ったほどに、衝撃的な記憶。

死闘の場に漂った濃厚な臭いの正体がまぶたの奥で甦る。

「あ……あっ……、い、あっ……やっ……」

頭を抱えて、言葉にならない悲鳴を私は上げ続けた。力任せに摑んだ髪が手の中で音を立てて切れていく。

——キリル、おまえも早く行け。

——逃げろ……おまえだけでも逃げてくれ……。

腹を剣で貫かれてなお、私を逃がそうとしてくれたレブラン兄さん。

――狙いはキリル……おまえ達ヒト族だ。

――お前だけでも逃げ延びれば私はそれで……。


村の長として最後まで戦い抜いた父さんの力強い言葉も思い出した。私を助けようとして、ひどい怪我なのにあいつに立ち向かって。

『キリル』と私の名前を呼んで息絶えた。血まみれで、あの獅子に嚙み殺された。


親しい者達が無残に傷つけられ、息絶えていく光景がフラッシュバックを起こす。私は闇雲に自分の髪を摑んでは引き千切った。そうしないといられない衝動が後から後から湧いてくる。髪に留めていた髪飾りが落ちても、痛みに生理的な涙があふれても止まらない。だって胸の奥の痛みはもっと痛い。辛くて、ひどく苦しい。

そのままだと全部の髪を引き千切るまで私は自分が止められなかっただろう。

だが「おい、起きたみてえだぜ、上玉が」という声に私はそのままの姿勢で硬直した。


「おいっ、頭を呼んでこい」

「はいよっ！」


私を覚醒させたダミ声が誰かを呼んでいて、その方向にぎこちなく首が回る。

外にいるのだあいつらが、村を襲った連中がそこにいる。


「よかったぜ。せっかくの上玉、ぶっ倒れたまんまじゃ値が下がるからな」

「あー、てめぇそいつ見たのかよ？」

「おおよ、ちらっとだけだが、かなりイイ線いってんじゃね？　なんせお頭が絶対に傷をつけるなって厳命したぐれえだしよお」

「えー、それって味見もできないってことかよ、ちっ」

「くさるなくさるな、その分、高値で売れるってもんよ」

聞きたくなくても至近距離のせいで否応なく入ってくる言葉と舌打ち、それに続く下品な笑い声はひどく耳障りで私の中の怒りを助長する。外にいるのは、あの獅子の仲間、父と村人達の仇《かたき》に違いなかった。

食い縛った歯の奥から唸り声が漏れた。身体の奥にある痛みは消えるどころかますます強くなり、髪から離れた腕で身体をかき抱いた。両の二の腕を摑んだ指が深く食い込み、爪が肌を傷つけてもなお止まらない。

「邪魔が入ったせいで上玉はこれ一匹ってのは残念だが、お頭がそこまで太鼓判を押すんだった相当稼げるかな?」

「ああ、もちろん。キャタルトンに着くのが楽しみだぜ」

そのためにこいつらは村を襲い、レブラン兄さんを、父さんを殺した。

昨日まで皆で祭りの日を楽しみにしていたというのに。

そんな情景が一瞬頭に浮かんだが、その次の瞬間全てが血と悲鳴へと変化した。レブラン兄さんの顔は血の色に塗り潰され、父さんの身体は傷だらけで地に伏した。

怒りと憎悪と哀しみに胸が苦しい。視界が赤く染まり他の色が消えていく。

「おう、どんな感じだ?」

いきなり視界が白く弾けた。数秒遅れて曇り空が視界に広がったが、ずっと暗いところにいたせいで目がなかなか慣れない。たまらず手をかざして遮った日射しの向こう、大きな黒い影が視界の半分を占めている。

「おいおい、なんじゃこりゃ。ちっ! こいつ自分でやりやがったのか、このまんまじゃ価値が下がるぞ」

怒りのままに檻に被せられた布が全て取り払われる。ようやく広がった視界の中、五、六人の獣人が荷台の周りでくつろいでいた。

荷車の前方にいたのは熊族か。熊族と言えばレブラン兄さんやその家族ぐらいしか知らなかったが、彼らは皆おしなべて優しい目をしていた。だがその熊族はつり上がった三白眼でイヤらしい笑みを隠そうともしない。猫族の視線は身震いするほど好色なもの。他の獣人も似たようなものだった。

「ヒト族は日焼けしやすいっつうから日除けをかけたが、こりゃ見張ってねえと駄目だな」

腹立たしさを隠しもせずに檻のすぐ外で私を睨む獣人は獅子族。しかもあまりにも聞き覚えのある声、そして欠けた耳と尻尾の房。

「あ、なたが……」

喉の奥から絞り出した声は小さかった。それでも目の前の獣人には十分だったようだ。欠けた耳が音を探るように蠢《うごめ》き、腰から前へと回っていた尾が揺れた。

間近で見たのは父さんと対峙した獅子の姿の時、だが遠目とはいえ私はレブラン兄さんに剣を突き立てた獣人の特徴を今さらながらに思い出していた。何より、目の前の獅子族は傷口を布で覆っていたのだ。血の滲む布がある場所は、あの時父さんが噛みついた場所。

「あなたが父さんをっ！　レブラン兄さんをっ!!」

左手で檻を掴み伸ばした右手は檻の格子の隙間から獣人の厚い革細工の服に爪を食い込ませた。引き寄せたいのに相手はびくりともせず、高い位置から私を睥《へい》睨《げい》するばかりだ。

私の言葉に考え込むような仕草をしたがすぐに獣人は「ああ」と納得がいったかのように頷いた。たが続けた言葉は私には信じがたい言葉。

「獅子族のくせして小さいなりで力も下の下。戦い慣れてねえのがバレバレの弱っちいやつだったぜえ。よくもまあこの俺様にたてつこうなんて考えたもんだ」

ガハハハと高笑いをした獣人の言葉に、視界を染める赤い世界が昏く濁っていく。

父さんは強かった。確かに獅子族としては小柄な部類だと父さん自身も言っていたが、村では父さんに敵う人はいなかった。ものすごく強くて立派で、村人のためにに必死になっていつも頑張っていた私の大切な父さん。それをこいつは！

獣人が鬱陶《うっとう》しげに身体を揺するだけで私の指が外れた。それでも身を乗り出すように伸ばした指先が宙を掻く。

「父さんを殺したおまえを私は許さないっ！　絶対に許さないっ、絶対に!!　今度は私がこの手でお前を!!殺すっ！　殺してやるっ！」

「おお、おお、おお、威勢がいいねえ。だがてめぇの行き先は変態じじいのところだ。てめぇみてーなきれいなヒト族のアニムスをいじめ抜いて犯しまくるのが大好物っていう変態じじいのな。てめぇみてーな上玉だったら、他の捕まえたやつらなんか二束三文でも元が取れるっていうものよ」

その言葉に、沸騰《ふっとう》しかかっていた私の中の血の気が音を立てて引いていくのがわかる。

「ほ、他の人たち……。村の人達を……!?　私以外にも誰か捕らえたということですかっ！」

「はん、当たりめえだろ、金の成る木をどうして放置してこれる？　まあそっちを売る市場は別だから、ここにはもういねえけどな」

奴隷は鮮度が大事と歌いふざける獣人に私は呆然と呟く。

「皆……なぜ……こんなことに」

「歯向かって自滅したやつもいたがなあ、まあこんな山奥にしちゃなかなかの成果だったなあ。ただ思った以上に大型獣人が多かったせいでこっちも殺《や》られたやつが多いのが面倒くせぇ」

脳裏に父さんとレブラン兄さん、警備も担っていた村人達の姿が浮かんでは消えていく。家族を、仲間を守るために敵に向かっていったであろう人達。彼らがどんなに頑張ってくれたか。

「おい、餌と水を入れてやれ。毛艶がよくねえと値が下がる」

檻が震え、檻の一角が開く。水入れを持ってきたのは毛深い腕で爪は鋭かった。私の手とは明らかに違う獣人の手。その手を見た瞬間、私の中の何かが爆発した。唸り声が迸り、その手を摑むと同時に嚙みついた。

「ぎゃっ！　このっくそがぁっ!!」

「ぐっ！」

力をこめた歯先が皮膚を貫く。だが次の瞬間には私の身体は床へと叩きつけられていた。頭も打ち付け、衝撃に視界がぶれて頭の中で鈍い音が鳴っているようだ。完全に意識が消える前になんとか自分を取り戻せたのは怒鳴り声が聞こえたから。

「てめぇっ、上物に傷をつけやがったらてめぇを売り飛ばすぞっ！」

「し、しかし、そいつが俺の腕をっ」

「ヒト族なんざにやられてんじゃねぇよ。弱ぇおまえが悪い」

自分としては肉を食い千切る思いで嚙みついたというのに、与えられた傷はほんの掠り傷。お頭だというう獅子族の男に怒鳴られているほうが効いているようにすら見えた。そんなやつらの周りにいるのは全て獣人で、その獣人達が私に向ける瞳は手負いの魔獣の子が暴れているとでも思っている表情で、私の攻撃など意にも介していないことがはっきり伝わってきた。

未だぶれる視界の中で、檻の中を覗き込んできた獅子族の獣人が、私と視線が合ってにやりと口角を上げた。

「まっ、いきがれるのも今のうちだ。せいぜい尻を振る練習でもして媚びでも売りゃあ、少しは長生きできるかもなあ」

その顔に浮かぶ下劣な嘲笑に嚙み締めた奥歯が軋む。伸ばした指先がその顔を摑むより先に、おっとと仰け反られ噛われた。それどころか伸びた舌が楽しげに私の指を舐めたのだ。

何が起きたかわからなかったのは一瞬で、すぐに引き寄せた手を胸にかき抱く。驚愕とともに襲ってくる嫌悪は激しく、不快さに全身が小刻みに痙攣していた。

そんな私に向けて獅子族の男が高笑いを響かせた。

「かわいいもんだ」などと言われても、今の状態ではそれは明らかに侮蔑《ぶべつ》の意味だと伝わってくる。複数の噛い声があたりに響き、私は悔しさに奥歯を嚙み締めることしかできない。

そんな私を放置して荷車が動き出す。

しばらくして雨が降り始め、再び檻に布が被せられた。空から降ってくる雨が布に当たり跳ね返っていた。私が流すことを忘れた涙のように、空が泣いてくれているのか。地面がぬかるみ、思うように進めぬと獣人どもが喧嘩をしている。ああいい気味だと浮かぶ笑みはすぐに消えた。もっともっと苦しめばいい。もっと失敗すればいいとただそんなことを願うことしかできなかった。

ガタゴトと足場の悪い道を荷車が揺れるのも構わずにひいていくせいで、私の身体も激しく揺れた。それでなくても衝撃から回復していない身体が振り回され、頭痛と吐き気に襲われる。それでも泣き言など吐きたくはなく、私は檻の中で蹲り必死に不調を堪えていた。

考えるのは獣人達に立ち向かう方法、この檻から逃げる方法、そればかりだ。視界に入るのは自身の細い指、短い爪。口元を覆う掌に触れる歯は衣服すら嚙み切れなかった。牙と呼べるものもないあまりにも脆《ぜい》弱《じゃく》な身体が、今はどうしようもなく悔しかった。

どうしてこの指に鋭い爪がないのか、この口に大きな牙がないのか。ヒト族の脆弱なこの身一つではあいつら全員を八つ裂きにすることは叶わない。愚かしくも愚劣な獣人どもを、今この場で根絶やしにしてやりたいのにそれができない。憎悪と憤怒《ふんぬ》、そして焦燥に支配された私は周りの獣人を睨みつけ、何度も何度も呪詛を繰り返す。特にあの獅子族の獣人からは決して目を離さなかった。いつか必ず復讐を果たすその最たる相手の全てを、私はしっかりと記憶に刻み込んだのだ。

　だが同時に頭の隅では懸命に祈りを捧げることも忘れていなかった。せめて誰か一人でも生き延びてほしいと。私の大切な仲間達、レブラン兄さんや父さんが守ろうとした村人の誰か一人でも。

　お願いだから……誰か生きていてと、絶望に打ちひしがれる中でもそれを願うことだけは忘れていなかった。

＊＊＊

　水皿が音を立てて割れ、細かな破片が私の腕を掠めた。跳ねた水は着の身着のままの私の服を濡らし垂れた水にしみ出た汚れが床を茶色に染める。水を差し入れようとした獣人の怒声が響き、無様な男を嗤うやつらの声がひどく耳障りだ。

　村を襲われてから二日が経ち身体はずっと不調を訴えていた。それでも私は力の入らない腕で破片を掴むと、怒りのあまりに檻を摑んでいた男の指へとそれを突き立てた。だが狙いを付けられぬほどに弱った身体では闇雲に檻を掠めただけで、指の中から破片が落ちていく。この野郎と怒鳴られ、隙間から入ってきた腕が私を突き飛ばした。

　檻の反対側にしたたかに打ちつけた身体に走った痛みに渇ききった喉は掠れた呻き声を漏らすだけ。そうするとこの奴隷狩りの頭だと知ったあの獅子族の男が私を突き飛ばした熊の獣人を叩き伏せ、それを見た周りの獣人どもがドジ野郎と騒ぎ立てる。

　あいつらにとって余興でしかないこの光景は食事休憩のたびに繰り返されていた。

　獣人に施されるものなど身体が受け入れるはずもなく、もうずっと何も食べていない。水分も頭から被った水のうち、口内に入った数滴が喉を潤しただけだ。食事休憩と言っても時間は短く、夜も眠らず先を急ぐ荷台の上は絶えず揺れていて身体が休まる時間がない。そんな状態で私は身体を起こすのも辛いほどに怠さが増していた。濡れたまま夜を過ごしたせいか今日は夜明けから全身を寒気すら襲っている。

　そんな私を突き動かすのは獣人どもに向ける憎悪だけだ。暇さえあれば呪詛の言葉を呟き続け、少しでも手の届く範囲にその身体があれば摑みかかる。
視界の片隅で別の獣人が差し入れた皿を、なんとか伸ばした足で蹴り飛ばした。スープの容器が音を立てて檻に当たり跳ねて、肉塊が私の胸元へと落ちる。脂《あぶら》ぎったそれから漂う臭いが腐臭のように感じて、込み上げる吐き気に慌てて叩き落とした。

「てめぇっ、いい加減喰えっ！　でねえとたどり着く前に死んじまうじゃねえかっ！」
「うるさい……！　うるさい！　うるさい！」

業《ごう》を煮やした頭が怒鳴りつけるのに、体内の力を振り絞るように返した。それだけで喉が激しく痛む。渇ききった口内で舌が貼りつき、大半の力を使った身体が床へと崩れ落ちた。それでも腕を突いて、強く頭を睨みつける。

「負けない……私は絶対におまえ達に負けないっ！　絶対に……殺してやる！」

たぐり寄せた皿を摑み、頭に向かって投げつけた。
だが金属の柵に遮られ届かない。硬い音を立てて皿は床を転がっていった。

「くそっ、このままじゃ売り飛ばす前にくたばっちまうか。獣体で背に縛りつけて走りゃ変態んところまで一日とかからねえだろうが、こいつの身体がもたねえ可能性もあるか」

どうしたものかと算段をし始めた頭の言葉に喉の奥で獣のごとく唸り返す。

「食いもんはともかく、水は飲ませねえと」

水さえあれば命は繋げるだろうという言葉に私は固く口を閉じた。死ぬつもりはないが、やつらから与えられる一切のものを受けつける気はなかった。
頰に水が垂れ落ちる刺激に、無意識のうちに袖で拭う。だがその袖にじわりと染み込む赤い色に、私は目を見開いた。

それは久しぶりに見た色だった。鮮やかな赤。いや、確かこの色は最近見たことがある。だがよく考えてみれば、頭も他の獣人どもも。転がるスープの野菜らしきものも今見えているのは全て灰色。濃淡だけで形作られた世界。

そんな中でにじむ赤色は私の額から流れ落ちたもの。触れた指を目の前に持ってくると白っぽい灰色の指先に、それだけは鮮明な赤色が見える。

色が……、と呟いた私の独り言は獣人どもには届かなかったようで、どうやったら水を飲ませられるか、それすらも賭け事として騒ぎ立てていた。ただ濃淡だけの灰色の世界に、時折赤色だけが見える。それは包帯に包まれた腕ににじみ出ている色、あるいは馬鹿笑いする獣人が口にする血の滴る肉の色。血の色だけが私の視界の灰色の世界に染み込んでいるのだと、鈍い思考の中で理解した。

全てを奪われた私は目に入る色すらもこいつらに奪われた。

だからと言って、それは私にとって些細なことだった。この身がどうなろうと別に構わない。私が望むのは復讐だけ。この身を犠牲にすることなど厭《いと》わない。

耳障りな獣人どもが興を得ている中で、私は落ちていた破片を何個も拾い集めた。今度差し込まれた腕を傷つけることのできる破片を選び、手の中に握り締める。

「誰かが羽交い締めにして手足を柵に括《くく》りつけようぜ、そのほうが面倒がなくて楽だろうが」

その言葉に従った獣人が檻の隙間から私へと手を伸ばした。その手に破片を突き立てる。体重を乗せて食い込ませたそれに、さすがに獣人も叫び声を上げて離れた。だがやったと思ったその瞬間、背後から伸びた手が私の首を摑み、引き寄せた。均衡《きんこう》を失った身体が背から檻へと叩きつけられ、身体の中の空気が一気に吐き出される。打ちつけた腕が痺れて動かせないうちに、別の手によって檻へと叩きつけられた。伸びた掌から赤色をまとった破片が床へと落ちて音を立てた。

「また傷を作りやがってくそっ！　おい、傷薬を寄越《よこ》せっ」

広がった掌に横一文字に入った傷から赤い色が噴き出していた。あいつのかと思ったのに、突き立てた男は数度腕を振っただけで赤色は付いていない。傷つき血にまみれたのは私の掌だった。

薬を塗るために触れた手がおぞましい。牙も爪も恐ろしい凶器だが、それよりもヒト族とは屈強さが違う獣人の身体に怖気が立った。生理的な嫌悪感は時間が経つにつれて激しくなり、今では視界に入ることすら受け入れがたい。

その手が私の身体に触れている。それだけで全身が悪寒に激しく震えていた。その身体を容赦なく獣人が触れ、両手首と腰を檻へ繋ぎ止めてしまう。

こうなるとどんなに暴れても、背中や頭を檻に打ちつけるだけ。

「許さない！　許さない！　おまえ達獣人は絶対に」

もう何度叫んだだろう。次第に声が掠れ、声から力が抜けても、それでも私はあいつらを睨みながら同じ呪詛を繰り返す。

「はっ相変わらず気が強え野郎だな。だがいい加減こっちも我慢の限界だ。気性が多少荒くともこの見た目ならゲスなお貴族様には高く売れるったって、こうも手間がかかればやってられねぇ。はぁ面倒くせぇ、それに獣人獣人うっせぇんだよ。おまえの村にも獣人がいただろうが」

「っ！　おまえ達のような獣人と私の大切な家族を一緒にするな!!　汚らわしい獣人め……！」

「ああ、好きにわめいてりゃいいさ。てめぇは俺に売られるまで生きてさえいりゃいいんだよ。傷だらけで痩せ細って息も絶え絶えだろうが、ヒト族ならそんなんでもいいって野郎はいくらでもいるが、やっぱりこっちとしては高く売りてぇしなあ」

噛みつく私をからかいながら、頭は荷車をひく獣人に急ぐように言い放ち「薬を使え」と下っ端に命令した。その言葉にそれを言われた者も、そして私も目を瞠り頭を凝視する。その薬がろくでもないものだというのは容易く想像がついた。薬の中には強い常習性がある禁忌のものもあるのだと村の薬師に聞いたこともある。それは人を滅ぼすものだと、だから決して村には入れてはいけないと何度も何度も聞いたものだ。

「薬ですかい、だが中毒者は値が落ちるんじゃ」

その言葉だけで、私が考えたものと同様だと理解した。

「ふん、死なせるよりはマシだ。生きてりゃ金になるんだからな。それに中毒になったらなったで、禁断症状に苦しむ姿でお貴族様は楽しむらしいぜ。もう普通の性交じゃ満足しねぇやつに売りつければいいだろうよ」

頭の言葉に下っ端は納得したように頷き、頭は蒼白となった私へと向き直った。

「イイもん飲ませてやるよ。イー気持ちになって、頭がぶっ飛んで、全身が性感帯みたくに敏感になる代物《しろもの》だ。いつでもどこでも犯されることばっか考えるようになって、犯してくれるなら逆らおうなんて思わなくなる代物だ」

性奴隷を作る薬だと嗤う頭のイヤらしい表情に思わず後ずさった。

「そういやてめぇみてぇに逆らいまくって薬漬けになったやつは、薬欲しさになんでも言うことを聞いて随分と楽しませてくれたぜ。てめぇもそうなりてぇか？」

背後から檻越しに伸びた手が私の顎《あご》を摑み、口の中へと親指を入れてきた。鋭い爪が舌を傷つける。嫌悪のあまり吐き気すら感じながら、それでも毛むくじゃらの指へと嚙みついたが賊の頭は嗤うだけだった。そのまま指が舌の奥を押しつけて、たまらずに嘔吐《えず》いた拍子に指が抜けた。

その指を私の視界の中でねっとりと舐め上げていく。

憎い男の性的な仕草に込み上げる不快感は激しく、震える身体が檻をガタガタと揺らした。

「いい子でいたら優しく飲ましてやるぜ」

「だ、れがっ、誰がお前達などの言うことを聞くものですか！」

嫌悪のままに放った声は震えていて、相手を楽しませただけ。それが悔しくて私は後ろ手で檻を掴んだ。全身を揺すって荷台から檻が転がり落ちるほどに揺らそうとしたのだ。だが檻はしっかりと固定されていて僅かに揺れるだけ。そんな足掻きを嗤われて、私にできることは奥歯を噛み締めることだけだった。

「さあ、気持ちよくなるお薬だ。大きなお口開けてごらーん」

明らかに馬鹿にした口調とともに檻越しに顎を掴まれた。音がするほどに強く、食い縛ることもできずに口が開いてしまう。そこに差し入れられたのは大きな瓶の口。

慌てて背後から伸びた腕から逃れようとしたが、数人がかりで押さえつけられた。今まで皿なり容器なりを差し出してきたのは一人だけだったから私でも逆らえたのだと理解してももう遅い。こいつらは困ったと言いながらも、まだ遊んでいたのだ。

その薬瓶をなみなみと満たしているのはどろりとした液体。

「ぐがっぁ、あっ」

慌てて瓶の口を押しやろうと舌を動かしたが、顎と口をしっかりと固定されて、舌だけでは吐き出すことも叶わない。流れ込んでくる苦い液体を飲み込まないように耐えていたのだが、ギリギリと軋む顎の痛みと呼吸できない苦しさに負けた瞬間、一気に喉の奥へと液体が流れ込んだ。

悲鳴を発することもできず、胃の中に入り込む忌避すべき存在を感じた。口角からあふれた液体が喉から胸を濡らしていることにも気づかず、飲んでしまったことに呆然とする。

「すぐに身体が熱くなって、全身がビリビリと感じるようになる。そうすると、意識は薄れて俺達の言いなりになるかわいいお人形さんの出来上がりってわけだ」

そこに私の意思はなくなるのだと、頭の言葉に悔しくも涙があふれた。

絶対にそんなことにはならないと、嘔吐きながら言い返したのだが、すぐに身体が熱く息苦しくなって意識が薄れていき。

次に気がついた時には、私は手首を身体の前に縛られて床に横になっており、渇ききっていたはずの喉は潤っていた。

檻には再び布が被せられて、外は夜なのか一ヶ所から松明《たいまつ》らしき光だけが布越しににじむように見えていた。ガタガタとただ揺れる音と疲労をぼやく誰かの声。

そんな音と揺れの中、私は薬に我が身が侵されていた間の記憶を思い出していた。曖昧《あいまい》ではあっても、私は確かにあいつらに言われるままに水を飲みスープを口にし、そして多幸感に包まれて無防備にも眠っていた。

幸いにも身体をどうにかされた気配はないが、自身が容易く従った記憶が私を苦しめる。

その記憶は激しい屈辱を沸き起こさせ、私は衝動的に音が立つほどに額を床板へと打ちつけた。そんな痛みでも今の私の悔しさは癒やせない。薬という存在のせいだとしても、それでもあいつ達に僅かでも従ってしまったことが受け入れられなかった。

ゴン、ゴンと繰り返し打った額は傷を作り血を流す。その血とあふれた涙が混じり合い、赤い色を視界に映した。

そんな私のぼんやりとした視界の中に見えるのは括られた自分の手。

相変わらず世界は灰色で、闇に慣れた視界の中で掌から流れた血の色だけが赤黒く見える。それが自分が流した血だとわかるのに、どうして流れたのかがよくわからない。

痛みは薄く、私は強張った指をゆっくりと動かした。

さっきよりは動きが良くなった指に力を入れて、ひどく怠い身体を起こす。

だが胸の奥からあふれた吐息はひどく熱く、起き上がった身体は相変わらず熱っぽく倦怠感がひどい。額に触れた掌が濡れた感触を拭いながら力なく床に落ちる。

身体は檻を背に再びずるずると床に伏せた。

その拍子に何かが指先に触れて無意識のうちにそれを摑んだ。

指に馴染んだその感触に私は無意識のうちにそれを目の前にかざす。


「……かあさん……」


かろうじて視認できる形状は母さんの形見の髪飾りだった。横になった拍子に胸元から落ちたのだろう。

私の身以外には興味がないのか獣人どもは見向きもしなかったようで、取り上げられなかったのは幸いだったと私は両手でそれを包み込んだ。

私を産んでくれた母さんはヒト族で父さんとはとても仲睦まじかった。病気で亡くなってしまったけれど、最後まで私に笑いかけてくれていた。父さんのような力はなくても強かった母さんが私は大好きだった……。

あんなふうになりたいとずっと思っていたのだ。

そんな母さんを愛した父さんはもういない。厳しかったけれど、それでもたくさんの優しさを与えられたことは覚えている。

その父さんが、逃げろと言った。生きてくれと願っていた。

だから私は決して諦めない。たとえこの身が汚され、薬に侵されようとも、決して。


必ず復讐をしてやる。

幸せな村の日常を奪ったあいつらから私も奪ってやる。

あいつらの幸せをあいつらの命を、あいつらが大切だと思うものを……。

レブラン兄さんや父さんが受けた痛みを苦しみを何十倍にもしてあいつらに与えてやる……。この身が滅びようとも必ずその報いは受けさせてやると薬の影響でうつろな意識の中で私の意識を繋ぎ留めたのはそんな負の感情だった。

「父さん……、母さん……」

小さく呟き、私が縋るように形見の髪飾りを握り締めたその時、不意に耳が怒声のような音を捉える。同時に金属を打ち合うような音、それに何かが弾ける音。吹きつける風は焦げた臭いを運んでくる。

荷車が速度を速めたのか震動が激しくなり、私は転がりそうな身体を固定するために檻の中の支柱を拘束された手で握り締めた。そんな中、怒声と悲鳴が次第に大きく激しくなる。四本脚の獣が駆ける音と金属が打ち鳴らされる音が近づき、慌てて身を固くしたのと同時に荷車が激しい震動とともに止まった。その拍子に床の上を何度も転がり反対側へと叩きつけられる。

「う、あ……」

衝撃と痛みに唸り、打ちつけた腕や頭を抱え込みながらずるずると床へと転がった。意識が朦朧《もうろう》として気持ち悪さが増している。外の様子は気になるが、うかつに動く危険性も感じていて、私は外から聞こえる物音に耳を澄ませた。

「くそったれがっ！　ここまで来て、渡すかよっ‼」

すぐ近くで激しい怒声が聞こえて身体が震えた。あいつらが誰かと戦っている。耳に響く甲高い金属音は刃を交わす音だ。それはあの時と同じ、村が襲われた闇の中で聞こえてきた怒声と悲鳴、剣を打ち合う音に家が燃える音。黒と赤が視界を染め上げ、血の臭いでいっぱいになったあの時と同じ。

「……あっ……い、やだ……、嫌だ……」

頭を抱え聞きたくない音を閉め出すように耳を塞いだ。呼吸が荒く速くなり、心臓が抱え込んだ胸の中で激しく鳴り響く。

荷台が激しく揺れるが、力の入らない指では檻に摑まることもできずに何度も転がった。零れそうになる悲鳴は唇を嚙み締めて堪えて、ただ嵐が過ぎ去るのだけを願った。最後に大きく揺れた荷台がそれっきり動かなくなっても私はただ身を縮こまらせていた。

それがどれだけ続いたのだろうか。

気がつけば怒声は消え、代わって別の勢いのある声ばかりが響く。命令する声とそれに応える声。私はそっと耳から手を外して見えぬ外を窺った。被せられた布はこんな時でもしっかりと檻を覆い、隙間一つない。ただ考えたのは、今ならば逃げられるのではないかということ。

檻の鍵がどうなっているのかと手探りすれば、残念ながらしっかりとかけられているようで武骨な塊《かたまり》は外れそうになかった。何か細長いもので鍵穴を探れば外れるだろうか？

細長いものと探った懐《ふところ》にあったのは髪飾り。髪に挿して使う軸が伸びていて、ちょうどそこならば鍵穴に入りそうだと手に持って鍵に向かった時。

不意に視界が白く染められた。

「！」

目の前が爆発したような感覚にとっさに腕で目を覆った。縛られた腕が檻に当たり、痺れを伴う痛みに呻くより先に強い声が響く。

「いたぞっ！　ヒト族だっ！　檻の中にいるっ！」

金属の檻すら震わせる野太い声がびりびりと肌に響いた。途端に歓声のような雄叫びが上がり、私はまぶたを固く閉じたまま身を竦める。私ではびくともしなかった檻が簡単に揺れていた。

一体何が起こっているのだろうか。

まさか……あの獣人達から私を奪い取ろうとしているのか。いや、でも……まさか。

あり得ないと、浮かんだ考えを否定しようとした思考は響いた激しい音と、大きく揺れた檻に立ち消えた。

ああやはり獣人だ。しかも今度の輩はこの檻を壊そうとしている。

どんなに憎んで逆らっても、それでも今までは檻越しだった。だがその鍵が開けられてしまう。あいつらの手が私を引きずり出してしまったら。

「俺に任せろ」

今までと違う声が響いた。低く落ち着いた声にあたりの喧噪《けんそう》が波が引くがごとくさあっと静まり返る。見るのは怖い。だが見ないと何も始まらないと、私は強張るまぶたをゆっくりと上げた。

「あ、あっ……」

声が押し出されるように喉から零れ落ちた。
視界に入ってきたのはまばゆい光を遮る黒い影。人の形をしたその影が檻の前に立ち、私を窺っている。それだけだったらまだよかった。私のなけなしの理性はまだあったのだから。
だがその人の影を縁取るまばゆい金の色、ちょうど床に伏せた私の目の前にある尾。短毛に覆われた太くて長い上に先端が房になっている種族を私は一つしか知らなかった。

「下がっていろ」

強い言葉にびくりと震えた私は、それでも手の中にあった母の髪飾りを固く握り締めたままその尾から視線が外せなかった。
あいつだ……いや、声は違う。違う獣人……だけど、また私を奪おうとする同じ獣人……。私を蹂躙《じゅうりん》する獅子の獣人!!
ガンッ!!
激しく響いた音に私の身体は硬直した。思わず向けた視線の先で、あれだけ頑丈だった鍵が壊れて、扉の部分が崩れ落ちていく。
残った破片が乱暴に取り除かれ、間髪《かんはつ》を容れず伸びてきた腕が私の腕を掴んだ。

「い、やっ!」

骨太な指、金色に光る体毛、太い腕が私を掴み、引き寄せる。

恐怖に硬直した身体では抗《あらが》うことなどできなかった。

顔が布を感じ、こんな時なのに甘い匂いが一気に私を包み込んだ。

その瞬間、私は自分が何をしたかったのか、何をしようとしたのか、その記憶は曖昧だ。

ただ私は悲鳴を上げた。喉が張り裂けそうなほどの声を響かせ、闇雲に腕を振り回した。

怖い、嫌だ、誰か、誰か、嫌……。

捕まえる、捕まって、ああそうだ。また捕まる、また奴隷狩りに捕まった。

目の前の獣人が何か言ってる。暴れてもびくともしない身体で、私を捕まえている。


「いやあああああああああ！」


もう限界だった。私は渾身の力を込めて髪飾りを目の前の獣人に振り下ろしていた。

それはその獣人の胸元へと突き刺さる。肉を穿《うが》つ感覚が生々しく髪飾りを通して私の手にも伝わってくる。

憎い獣人、私をもてあそぶ獣人、皆皆死んでしまえばいい。

生まれて初めて人を傷つけた感覚と限界まで張り詰めた私の意識はそこでぷつりと途切れてしまう。

第四章

檻を開け、鳥の羽のごとく軽い身体をこの腕で抱き上げた。俺の腕の中でひどく暴れる青年をなだめようとしたその時、胸に鋭い痛みを感じ彼を落としそうになったほどに油断していた。

もっともすぐに落ちかけた彼の身体を抱きかかえ直した。

痛みとは言っても、たいしたことはない。痛みよりも驚愕のほうがはるかに大きい。

さらに何か声をかけるより先に彼の身体は力を失い、一瞬強い光を浮かべた瞳が青白いまぶたに覆われたことにひどく慌てた。

「アルベルト様っ！」

最も近くにいたバージルが、彼らしくない動揺しきった声を上げて私に手を伸ばす。その手の向かう先が彼だと気づいて、俺はとっさに自らの身体でバージルの手から彼を庇った。

渡してはならぬと考えるより先に身体が動いたのだ。そんな私の行動に、バージルが戸惑いを浮かべたのは一瞬だけだ。

「アルベルト様、その者をこちらへ」

迫るバージルの考えもわからないでもない。騎士団筆頭として皇太子たる俺の身を傷つけられるなど、その矜持《きょうじ》にかかわるものだったろう。

だがそれよりも俺は、青ざめた彼の顔から視線を外すことができなかった。

暴れるさなかの理性を失していたかのような瞳、震えていた身体、そのどれもが彼の精神が崩壊寸前だったのだと私に知らしめており、そんな彼の状況に胸の奥で煮えたぎるような怒りが暴れていた。

そんな彼を俺を傷つけられたことで気が立っているバージルに渡すことなどできはしない。いや、そうでなくても……。

「下がれ、この者に触れることは俺が許さない」

俺の威圧が込められた言葉にバージルが顔色を変えた。

バージルだけでなく、他の誰もが息を呑むほどに有無を言わせぬ言葉だ。

意図していなかったとはいえ殺気すら混じった俺の言葉に、バージルは耐えている。

「ですがこやつはあなたに刃を向けたのですよ!?」

「これは皇太子としての命令だ。バージル、頼む」

俺は腕の中の青年を見つめたまま、再度バージルに言い放った。

なんと言われようとも、俺は彼をこの手から離すことなど考えられなかったのだ。

＊＊＊

大陸中央部を占める王国レオニダス。獅子族が統《す》べるその国の皇太子——アルベルト・フォン・レオニダスとして生まれ、育った俺。

『静かなる賢王』と称される偉大な父王について政治を学び、時に騎士団の任務に同行し、この世界を知る日々を送っていた。

今回の騎士団の任務はヒト族が住まう村を襲い、捕らえたヒト族を奴隷として売り払う奴隷狩りの捕縛《ほばく》と村人達の保護。

騎士団長のバージルや副団長リカムと同等の権限を与えられ、ともに騎士団を率いて出発してはや二ヶ月。

すでに幾つもの奴隷狩り一味を殲滅《せんめつ》してきた俺達だが、奴隷狩りの中でも特に質《たち》の悪い輩が動こうとしているという情報を聞いた。そこは国境近くの深い山の中にある地図にも載らぬ小さな村。人伝えでしか所在地がわからぬその村を探しあてるのに随分と時間がかかってしまったことは悔やんでも悔やみきれない。

なんとか見つけたその村はすでに奴隷狩りに襲われた後だった。平和だったはずの村は焼け落ち、目につくのは村人の死体ばかりで、生きている人間はどこにもいなかった。

その無惨な光景に俺達は皆肩を落とし、強い落胆を味っていた。襲われたのはそれほど前ではないことがその光景からわかってしまったからだ。

あの時西ではなく、東を探していれば。向こうの山ではなく、こちらの山を探っていれば。

今さら詮《せん》ないことだとわかっていても、激しい後悔に襲われた。

それでもバージルの鋭い叱責とリカムの明確な指示に、皆が意識を切り替えたのはすぐのことだった。生存者を探す者と奴隷狩りを追跡する者とに分かれ、山中の獣道も含めて何かが通った痕を全て追っていく。せめて奴隷として連れ去られた村人をなんとか助け出すために。

悲惨な村の様子が俺達を奮い立たせ、奴隷狩りに対する強い怒りがつき動かしていた。

そしてようやく見つけた奴隷狩りの一隊。追いついたやつらが運んでいたのはたった一つの荷車。本隊ではなかったのかという落胆を堪え、俺は抵抗する賊を切り捨てた。

戦闘が終われば最初に目についた賊の頭と思われる獣人には逃げられていることに気づいた。歯噛みする思いで部隊を分け、追跡させようとしたその時、布が被せられた檻の中に何かの気配がしたのだ。

急ぎ布を剝がせば、檻の中にはたった一人だけ入れられていたヒト族。汚れた床板に蹲り、震えていた青年の姿はひどく哀れで一刻も早くその場から助けてやらねばと、力任せに鍵を破壊した。

檻と言っても罪人を入れるような頑強なものですらなく、どう見ても魔獣や家畜用。立ち上がることもできない狭いその中は床板もボロボロでヒト族の弱い肌を傷つけるような代物だった。

そんな彼の表情はどこかうつろで身体の見えるところは傷だらけ。

その姿は憐憫《れんびん》を誘うものであったが、同時に俺の中で沸き起こった歓喜にも似た興奮に戸惑いを覚えたのも確かだ。

濃紺の髪は乱れ、顔には深いクマを作っているがその姿を不思議と美しいと思った。目の前のヒト族がようやくといったように見せた茶色の瞳から視線が外せない。

思わず扉に手を掛けて金属製の檻を力任せに開いた

のは、彼を一刻も早く自らの腕に抱きたいという強い衝動のせいだった。

有無を言わさず抱き抱え、暴れる彼をなだめるようにあやそうとした。

いつもなら油断などせぬというのに、その時ばかりは彼が握り締めた髪飾りを私の胸に突き刺すまでまったく警戒していなかった。

俺の身を案じてくれたバージルには悪いことをしてしまったがそれでも俺は自らの欲を優先してしまった。

力尽きて腕の中に倒れ込んだ彼の温もりを決して手放したくないと願い、彼から感じる甘い香りをずっと嗅いでいたいと俺は強く望んだ。

今は休めと、すでに聞こえていないとわかっていても囁いてしまった常ならぬ自分に戸惑いながらも、それでも彼を抱き上げる力を加減すること忘れない。

ただただ愛おしいのだ、腕の中のこの存在が。

俺の獣人としての本能が、獅子としての本能が俺に告げている。彼を決して逃してはならないと。

目の前の青年はおまえの『唯一』なのだと。


あまりに皮肉な現実だった。

獣人に襲われ、あの村で生きてきた彼は様々なものを失ったはずだ。

それは友かもしれず、家族かもしれず、もしかしたらその中に愛する者すらいたかもしれない。

だが、彼がそれを失ったお陰で俺は彼を――俺の運命を見つけることができたのだから。

それでも『番』の本能に流されてはいけない。俺は彼という者を知り、彼に俺を知ってもらう必要がある。『番』を理由にはしたくなかった、彼という存在を愛し、愛されたいと願ってしまった。それは初めて知ったといってもいい感情だった。

こみ上げる欲は今まで感じたそれとは似て非なるもの、尻尾は意志の力を振り絞ってなんとか動きを抑えていた。そうでなければ、俺が歓喜していることを知らしめるほどに激しく揺れ動いていただろう。

軽い彼の身体を片手で支え、その手から落ちた私を刺したもの――髪飾りに見えるそれを拾い上げる。白銀細工の髪飾りによって突き刺された俺の胸は、細い軸に傷つきはしたがただそれだけ。ヒト族の力で華奢《きゃしゃ》なその軸を刺された傷など自然治癒する程度。その反対に髪飾りの軸はねじ曲がり、不格好な姿になってしまっていた。

そんな俺の耳に、騎士団長であるバージルが俺を呼ぶ声が届いた。その鋭い視線は俺の腕の中の彼へと向けられている。

「アルベルト様、この者は一体……」

「この者が俺を傷つけたことは内密に頼む。あの場にいた者全てに箝口令《かんこうれい》を、父には俺から仔細を伝えよう」

「っ!?　あなたは一体何を」

俺の言葉にバージルが声を荒らげる。

「あの様子を見れば想像がつくだろう。家族や友人を皆失ったのであれば、正気を失いあのような凶行に出ても致し方ないこと。それに、この者の大切な者を助けられなかったのは我らの落ち度でもある。間違ってはいまい？」

「それはそうですが……」

「何より彼は、俺の運命のようだからな……」

「まさか!?」

「そのまさかだ」

バージルと副団長であるリカムは伴侶であり、そして運命の『番』。獣人にとって何よりも優先される存在。どこか他人ごとのように感じていたそれを、目の前の彼は俺に今まで知らなかった感情とともに教えてくれる。

「それよりもこの者の手当てを頼む。それと、あの場から逃げた者がいるようだ。追討《ついとう》の手配を」

「賊は足の速いものにすでに追わせています。手当ては、リカムに任せましょう」

「それではあちらの馬車へ。治癒術士を手配しておりますので、アルベルト様もご一緒にいらっしゃいますか？」

「ああ」

バージルから少し距離を取って後ろに控えていたリカムが前へと出てきた。熊族でありながらどこか物腰柔らかな雰囲気をまとったリカムであれば、このヒト族の青年も受け入れてくれるかもしれない。

「獣人が憎くてたまらないのだろうな……。リカム、おまえには嫌な思いをさせてしまうかもしれないが……」

「構いません。俺がお役に立てるのであれば……、それに彼には時間が必要でしょうから」

リカムは痛ましげな視線を俺の腕の中の青年へと投げかける。

後ろでバージルが何やらぶつぶつと唸っているが、リカムはそんな彼にちらりと視線をやった。それだけでバージルは何かを理解したのか足早に立ち去っていく。

団長、副団長という立場ながら、彼らは伴侶であり『番』。言葉がなくとも通ずる何かがあるのだろう。

そんなリカムが先導し、彼を抱いた俺が向かうのは幌《ほろ》付き馬車の一つ。開け放された扉から中へと入れば、小柄な彼を寝かせるには十分すぎる広さだ。すぐに座席を外して並べ簡易の寝台を作る。その間彼をずっと胸に抱いたままだったが、不自然な姿勢でもびくりともしない身体が心配で窺うように鼻先へと耳を寄せた。微かな吐息が髪と耳に触れた途端、再びたまらない歓喜が押し寄せる。

それどころか、か細い吐息を繰り返す彼をこのまま押し倒して貪り喰らいたい欲求にすら襲われた。

やはり間違いはない。この飢えにも似た渇望と彼から漂う甘くかぐわしい香り。その香りは果実のような甘さを持ちながら強い酩酊感《めいていかん》を俺に与える。先刻、バージルに告げたように彼こそは俺の運命の『番』だ。

自分の命よりも大事で慈しみ守り抜くべき存在が、今俺の目の前にいるのだと。

それを得られたことの多幸感で満たされながらも因果な運命を俺は恨んだ。

ヒト族である彼は獣人によってその全てを奪われた。村人の生き残りがいるかどうかも今はわからない。そんな彼の憎悪はきっと『獣人』という存在全てに向けられるだろう。

そして俺はそんな『獣人』の一人だ。

ならば……、俺は彼に憎まれ恨まれよう。それが彼の生きる縁《よすが》になるのであればそれで構わない。生きてさえいてくれれば、いつか……いつか彼の笑顔を見られる日が来るかもしれない。それがどれだけ遠い未来になろうと俺は彼を離さない。

まだ言葉らしい言葉も交わしていないというのに我ながらおかしなことだと笑みすら浮かぶ。だが、彼から向けられた激情もこの胸の中に飛び込んできた彼の身体も、その全ては俺のモノだというそんな強い独占欲が今の俺の全てだった。

そんな心の内を他の人間には悟られぬよう、寝台の上にそっと彼を横たえる。

そうしてようやく気づいたが、彼の細い手足に刻まれた傷は思いのほか深かった。特に掌は髪飾りで傷ついただけではない傷が別にもある。深い切り傷は手当てもおざなりに放置されていたのだろう、黒ずんだままでこのままでは化膿してしまうことが素人目《しろうとめ》にもわかった。ヒト族というのはとても弱い種族なのだと聞いたことがある。獣人ならばすぐに塞がる傷でもヒト族にとっては致命傷になりかねないとも。

深い濃紺の髪は汗で額に貼りつき、それをそっとよければ額にも傷ができていた。何かに打ちつけたように裂けたような傷の周りは黒く変色している。この分では身体のあちこちにも傷があるに違いない。

「すぐに治癒をいたします。しかしながら、体力も落ちているはず……あまり強い治癒術は身体への負担にしかなりません。全身の状態を見た上で、薬を用いて手当てを行いたいと思います」

待ち構えていた騎士団付の治癒術士と薬師が彼の身体を観察しながらそう告げる。

「頼んだぞ」

「お任せください。ですが……その、全身をくまなく見ます。ヒト族であるこの方はアニムスに間違いありません。ですので……アニマである殿下はどうか外でお待ちいただければと……」

その言葉に込められた意味を理解して、俺は自然と奥歯を噛み締めた。それは、リカムと治癒術士が驚くほどの音を立てていたようで、彼らの表情が変わる。

「すまない……。彼のことをどうか頼む」

彼らの返事を聞く前に俺は馬車の外へと出る。

そうだ、俺はアニマでリカムや治癒術士はアニムス。彼らは子を孕《はら》むものであり、俺は孕ます側。

そして、治癒術師が口ごもった理由。それは彼が奴隷狩りにさらわれたヒト族だからだ。さらわれたヒト族は性奴隷として扱われることが多い。魔力の多いヒト族との性交は俺達獣人にとって何ものにも代えがたい快楽をもたらすからだと教えられた。

そんなヒト族である彼にあの賊どもが手を出さなかったとは考えづらい。獣人へと向けられたあの激情はそういった意味合いも含んでいたのかもしれない。

俺の口から出るのは深いため息だけ。それでなくとも許しがたいあの賊ども。もし、彼の身があの賊どもにもてあそばれていたとしたら俺は……。

抵抗した連中を簡単に殺してしまったのは失敗だった。生かしたまま、彼が受けた苦痛の何倍もの地獄を味わわせてやるべきだったのだ。

逃げた賊の生き残りは地の果てまでも追いかけて必ずその身で罪をあがなわせてやる。法の下で裁きを受ける必要など連中には必要ない、俺がこの手で俺の最も大切なものを傷つけたその報いを必ず……。

どこか狂気にも似たその思考にとらわれかけて我に返る。以前の俺であればこのような考えを諌《いさ》めすらしただろう。だが、今の俺にとってはそれが至極《しごく》当然のように感じられた。

これが『番』を得るということなのか……。どこか恐ろしさすら感じるこの感覚。だが、それでも彼を得たという喜びと支配欲がそれに勝ってしまう。

そんな俺の元へと馬車の扉を開け、リカムがやってきた。

「お待たせしました。今も治療は続いておりますが命に関わるような傷はないようです。それと、彼が賊どもに陵辱された形跡はありませんでした。不幸中の幸い……と言っていいのかはわかりませんが」

リカムの言葉に俺は小さく息を吐き出した。彼の身に降りかかった不幸の中でそれは確かに数少ない幸いだったはずだ。

「身体の傷は手当てをし、栄養をとって安静にしていれば癒えるでしょう……。ただ」

そこで言葉を切ったリカムが悲痛な表情を浮かべる。その言葉の先は聞かなくてもわかってはいたが、俺は止めることはしなかった。

「彼の心についた傷は……。今の彼にとっては全てが敵に見えているのでしょうね。アルベルト様へと襲いかかったあの姿と投げかけられた言葉。自分が獣人であることを恥ずかしいと思ったのは初めてです」

自嘲めいたこんな表情のリカムを見たのは初めてだった。獣人でありながら彼と同じアニムスであるリカムには俺とは違う何かが見えているのかもしれない。

それにリカムの言葉は的を射ている。

それは国王である父から聞いた話だ。かつて我が父も数多のヒト族を救い出してきた。それでもここまでヒト族が減ってしまったのはその誇り高さゆえだと。

特に家族や伴侶を獣人の手によって失った者は、同じ獣人によって助けられたとしてもその情けに縋ることをよしとせず、時には自ら死を選ぶ。

誇り高く、一途《いちず》な種族ゆえに様々な悲劇が起きたのだと。

それは俺の母の姿とも重なるものだ。すでに故人となった母だがそんな母もかつて獣人に全てを奪われたヒト族だった。父によって助けられて結ばれてなお、獣人に対する複雑な思いは生涯消えることはなかったという。

それでも……。

「俺は諦めない。決して彼を不幸なままで終わらせはしない」

それは紛れもない俺の願いであり、自らへと言い聞かせた誓いの言葉でもあった。そんな俺を見つめながらリカムが力強く頷いたその時、悲鳴が馬車の中から響き渡った。

俺は言葉を発することもなく、馬車の中へと駆け込み気づけば彼の手を握っていた。

「何が起きたのだ?」

遅れて駆け込んできたリカムが、俺の勢いにその場から飛び上がって転んだ治癒術師を助け起こしていた。

「意識が戻ったわけではないのですが突然悲鳴を上げられて。きっと夢を見ているのではないかと、……ひどい悪夢を」

どうしてやることもできないと治癒術師は沈痛な面持ちで告げる。そして不意に治癒術士が言い淀むが、リカムが視線で先を促した。

「服についていたこの緑色のものが気になります。はっきりとは断言できませんが何か薬を飲まされていた可能性も」

その言葉に振り返った俺の視線に、治癒術師が鋭く息を呑む。

「どのような薬か予想はついているのだろう? 教えてくれ」

俺の問いに答えたのは薬師のほうだった。小柄な彼は全身を震えさせ、頭を下げたまま言葉を紡ぐ。

「お、恐れながら申し上げます。臭いと色などから推測するに、多幸感を与えることで思考力を奪う薬ではないかと。飲み続けると簡単に中毒になってしまうのです。その、禁断症状は辛く、薬を与えてくれる者の言葉であればなんでも言うことを聞くようになると……媚薬として性奴隷などに用いられることもあると聞いたことがございます」

言葉も出ないとはこのことかと、薬師を見つめる視線が自然と強くなってしまう。

「もし薬を飲まされていたとしてもそれほど長い時間は経っていない。すでに中毒となっている可能性はあるのか?」

「私も実際に飲んだ者を見たことがあるわけではないので断言はできませんがその可能性は低いのではないかと。ただ、依存性は強い薬ですので油断は出来ません」

「解毒薬のようなものは?」

俺に代わってリカムが薬師へと問いかける。

「ありません。何分我が国では用いられない類いの薬ですので……、ただ症状を抑えるには何より感情の発露が大事と聞いたことがございます」

「感情の……」

「薬で与えられるのではない喜びや怒り、そういった強い感情が思考力を取り戻してくれるのだと」

「怒りでもいいのか……。ああ、ならばちょうどいい」

俺は反射的に言葉を発していた。俺の言葉を不思議そうに治癒術師と薬師は聞いているがリカムは俺の真意に気づいたようだ。

「手当ては……すんでいるようだな。この者を助けてくれたこと感謝している。あとの世話は俺が引き受ける。下がってくれ」

俺の言葉を受けて、薬師と治癒術師は小さく頭を下げて去っていく。

目の前の彼はというと身体中に巻かれた包帯が痛々しいが落ち着いた寝息と少し戻った顔色に安堵する。

そして俺は薬師が告げた言葉を今一度反芻《はんすう》する。強い感情の発露――それが憎しみでも怒りでもいいのであれば存分にそれを俺にぶつければいい。

俺はそれから決して逃げない。だから、おまえも生きてくれと心から願う。

一旦席を外したリカムが戻ってきてその口から報告を受けた。

賊の目的に人数、この青年をどうするつもりだったのかと。

逃げ遅れた賊の生き残りが聞きもしないことをぺらぺらと喋《しゃべ》ってくれたとも。

そして、リカムが俺とともに彼を連れて王都へと戻り、バージルが奴隷狩りの残党と残りの村人の行方を探索するという手はずも整えてくれていた。

だが、ここからが俺と名前もまだ知らぬこの青年との戦いの始まりだった。

第五章

身体がひどく怠く、訳のわからない不快さが押し寄せる。無意識に身じろぐ私、その拍子に関節に鈍い痛みを感じた。肌の表面にはじっとりとした汗の不快感。身体の奥底がひどく熱くて身体の上にのしかかる重たい何かを蹴り飛ばそうとして、力の入らぬ足に自然と喉の奥から声が漏れる。

身体の中からも起こる不快感は胸の奥がひどくむかつき、吐き気はどんどん強くなる一方だ。だがどんなに嘔吐いても、出てくるものは何もない。

このまま深く眠ってしまいたい。何も感じないほどに深く眠れば、この苦しみから解放されるのかと思えども眠れない。うたた寝のようなまどろみにとらわれることもあるが、些細なことですぐにそこから連れ戻される。

今もどこからか聞こえる声のようなものに意識が引きずられる。よく響くそれが誰かの声だということを認識して、私は閉じていたまぶたをそっと開けてあたりを窺った。

視界に入ってきたのは布地と木々で組まれた不思議な形の天井。それは、数本の楕円を描く骨組みによって固定されていた。相変わらず世界は灰色だったが、それぐらいは判別できる。

ああ……、これは幌だろうか。ここは馬車の中かと、私が知るそれよりも随分と広い空間に違和感を覚えるがそうに違いない。

起き上がろうとして手を突いたその下にはあるのは柔らかな寝具。身体の上に掛かっているそれも今までに感じたことがないほどに温かく、手触りがいい。

私は必死に記憶の糸をたぐり寄せる。村が襲われ、その襲撃者に私は連れ去られた。檻に入れられ、薬を飲まされて……。

そこまで思い出し、私は自らの手に視線を落とした。ああ、そうだ……私は……。まだこの手に、あの獣人を刺した感覚が残っている。深く全力で突き刺したそれは、あの獅子の身体へと深く食い込み……。

激情と狂気に駆られるままに私の身体は自然と動いていた。あの獣人がどんな目的を持って私に近づいてきたのかわからない、父さんやレブラン兄さんを殺したあの獅子とは違うことはわかっている。それでも私の中で決して消えない獣人への憎しみが私を突き動かしていた。

自分がしてしまったことの恐ろしさにその手だけではなく全身が震える。この手で人を傷つけたことなどこれが初めてだ。

薬のせいで意識が不安定だったという自覚はある、それでも私は自分自身が恐ろしい……。

だけど、どうして私はここに寝かされているのだろう。随分としつらえのいいこれらは奴隷や罪人を寝かせておくような場所ではないはずだ。

それにあれからどのぐらい時間が経ったのだろうか？

私の記憶の最後に残っているのは、あの場には不自然な甘い芳香と獅子の獣人の輝く金の髪。

意識を失った私をあの場にいた獣人達が手当てをしてくれたことは間違いないのだろう。全身に巻かれた包帯と消えかけている傷の痕からもそれは分かる。

「ここは……どこ……？　どうして……」

思わず呟いた私の声は掠れており、思考を巡らせていた間はなんとか開けていたまぶたは今にも閉じてしまいそうなほどに重い。寝台から立ち上がろうと試みてもその身体はあまりに重く、思わず零したため息は喉を焼くほどに熱かった。

起き上がることを諦めた私は目覚めるきっかけとなった外から聞こえてくる声へと耳を澄ます。ここがどこで、一体あの獣人達はなんだったのか、その情報が今は少しでも欲しかった。

「村人の生き残りは誰一人としていないというのか？」

「バージルの……いえ、団長がレンス鳥で寄越した情報に間違いがなければですが、あまり希望は持てそうにありません。村はあのとおり全焼ですし、戦った者達は全て亡骸となっていたのはアルベルト様もご覧になったでしょう。あとは、村から連れ去られた子供や戦えぬ者達ですが……」

「もし、売られてしまったのであればその行き先を突き止めることはできないのか？」

「できないことはありませんが、キャタルトンの王族連中が絡んでくるとなかなか難しいというのが実情です。それに……」

言いづらそうに途切れた言葉の先を聞きたくないと思った。だけど、それは聞かなければならないことだった。あの村の一員として。

「それに、なんだ？　続けてくれ」

「……あの村から東へと伸びている山道の途中で大規模な土砂崩れが発生したようです。賊や村人の匂いを追っていた犬族の騎士が発見したようですが、その土砂崩れに賊や連れ去られた村人が巻き込まれた形跡があると……」

外の会話はまだ続いていた。だが私は途中から両手で強く耳を塞いでいた。

生き残りがいない？　連れ去られた村人達？　土砂崩れ？　一体何を言っているのか理解ができない。

閉じたまぶたの裏に浮かぶのは小さな幸せをかみしめながら平和に暮らしていた村人達の姿、そして村人を守るために必死に戦ったレブラン兄さんや父さん達の姿……。

本当に、誰も生きていないというのか……。

私以外誰も……？

あの村の長の子供で、皆を守らなければならなかった私だけがこうして生き残ってしまったというのか……。

「そんな……そんなこと、嘘っ！　嘘っ！　信じない、信じられるものかっ！」

喉の痛みも忘れて思わず発してしまった私の声に、外の会話が止まった。

間髪を容れずに開け放たれた扉の向こう、そこに金色を持つあの獣人がいた。同じ獅子である父さんより立派な体軀に、なぜかその色だけは判別がつく金色の髪。頭上の耳は先だけが黒く、芯を持つ太く長い尻尾は先端だけが茶褐色の房を持つ、典型的な獅子族のものだ。

あの時確かにこの手で刺したはずだが乗り込んできた獣人の足取りは軽く、痛手を被っているようには見えない。衝動に任せて傷つけてしまったことへの後ろめたさを感じながらも、目の前の獣人が生きていることにどこか安心した自分がいた。

「気がついたか。気分はどうだ？」

「……気分？　いいわけがないじゃないですか……。あなたが誰かは知りませんが外の獣人というのはどこまでも愚かなんですね」

口を開けばどうしても悪態が出てしまうがそれはひどく弱々しいものだった。喉の痛みのせいか掠れていて、まるで独り言のようだ。そんな弱りきった姿を見られたことも悔しくて顔を歪めるが、目の前の獅子は表情も変えずに私に手を伸ばそうとした。その太い腕を叩き落とそうとしたがまるで丸太を叩いたようにびくともせずに私の手が痛んだだけ。もとより力が入らぬ手は、そのまま寝具の上に落ちてしまった。

「俺の名はアルベルト、俺達はおまえの敵ではない。名はなんという？」

そう言われて全てを信じられるほど私の頭はおめでたくない。

確かに傷の手当てもされ、私のあの態度にもかかわらず悪い扱いを受けているとは思えないがそれすらも目の前の獣人の計算という可能性だってある。何より村の人間以外の獣人と口を利くことすらも今の自分にとっては不愉快極まりなかった

そんな私の様子など想定したとおりだと、平然とした獣人の態度がまた憎らしい。感情を見せないその口調は、私の神経を妙に逆撫でする。聞かれたままに答えるのもしゃくで口を固く閉ざした。

だからと言って相手も言葉を続けるでなく奇妙な沈黙が続く。

まるで腹の探り合いのような一時がしばらく続いたが、扉が開く音にそれは途切れた。

「アルベルト様、こちらに薬湯を置いておきます」

姿は見せず、腕だけが覗き飲み口のついた器が差し入れられる。外の日射しで逆光となり、影となったその腕は私のものよりはるかに太い。やはり外にいるのも獣人なのだと顔をしかめたが、その腕の持ち主が入ってくることはなく扉は閉められた。

「滋養があり、喉にもいい薬湯だ。ゆっくりと飲め」

器を手に取り、薄く湯気が立つその中身を見えるようにこちらに向けてきた。器の中の液体は清々しい香りを放ち、その香りだけでも胸の奥のむかつきが抑えられる。ただ、それを素直に受け取るつもりなどもとよりない。

「獣人からの施しなどまっぴらです」

「飲まねば辛いままだ」

「それが本当に薬だという保証がどこにあるというのです。あなた達が私を騙そうとしている可能性だってある」

獣人から薬を与えられるという行為があの時の悪夢を呼び覚ます。あの時飲まされた薬によってもたらされた虚脱感や自らの意思を失うという恐怖はどこかにまだ残ったままだ。

「……俺達はおまえの敵ではないとさっきも言った。俺達はあの賊とは違う、おまえ達の村を救うためにやってきた。そして、おまえを見つけた」

「その言葉を信じる理由はどこにもありません」

たとえその言葉が嘘ではないとしても私の中の何かが、獣人を絶対に信用するなと警告を与えてくる。村人の中には獣人だっていた、レブラン兄さんや父さんだって獣人だった。

それでも私の中で獣人は、はっきりと区別されてしまっている。村でともに暮らしていたいい獣人、そして村の外の悪《あ》しき獣人に……。

そして、村の獣人がいなくなってしまった以上もう私は獣人をそういう目でしか見られなくなってしまっていたのだ。おぞましく愚かで欲望にまみれた存在それが『獣人』だと、私の中の奥底にいる『私』がそう耳元で呼びかけてくる。

薬湯の入った器を差し出してきた手を払ったのもそんな感情の赴くまま。だがアルベルトという獣人の腕はそんな私からの攻撃などにびくともしない。それどころか不意に伸びてきた腕が私の顎を押さえ、身体が寝具に深く沈み込む。

「っ！　何を!?」

「飲め」

衝撃に開いた口に、間髪を容れず薬湯が注ぎ込まれる。思ってもみなかったその行動に目を見開くのと薬湯が喉奥まで入り込んだのが同時。あまりのことにごくりと僅かに飲み込んでしまったが、なんとか必死にそれを吐き出した。手はすでに離されていたものの、アルベルトの突然のその行為に咳とともに悪態を吐いた。

「よ、くもっ！」

「飲まねばよくはならないぞ。これは毒ではないし、おまえを騙してもいない」

「それが信じられないと言っているのです！」

ああやはり獣人などろくでもない。

涙目になったのすら悔しくて、なんとか肘で身体を支えて起き上がり反論してやろうとしたらまた薬湯の器を突き出される。未だになみなみと残るそれを口元にぐいぐいと押しつけられ、どんなに顔を背けても外れない。

だが相変わらず無駄に金色に輝くアルベルトは、睨む私をただ見返すだけ。手持ち無沙汰のようにカップを見下ろし、考え込むように僅かに首を傾げた。

「獣人が憎かろうと今のおまえにできることなどないだろう。ならば、その身を治すことを考えろ」

「なんと言われようと飲みません！　絶対に！」

ここまで来ればもう私にだって意地がある。口調だけは強く、振り絞るように言い放つ。だが激しい感情の波と言葉のやりとりは今の私にとってはそれだけで体力を奪っていく。今にも倒れ伏しそうな身体だったが、それでも必死に堪えた。

もう自分一人では何もできないのはわかっている。今の私では自分で食料や飲み水を得ることは困難だ。そんなことは理解できていても私の中の感情がどうしてもそれに追いついてこなかった。もういっそ、このまま死んでしまったほうが楽なのにと考える程に……。

ああ、そうだ。死ねば村の皆のところへと行くことができる。そうすれば私はもうひとりぼっちじゃない……。

「……毒ではないと分かればいいのだな」

私のそんな思いを知ってか知らずか、ぼそっと呟いたアルベルトは、再度何かを呟いておもむろに薬湯の器を自分の口元に向けてその中身を口に含んだ。何をしているのかと訝《いぶか》しげに眉を寄せた時、その手が再び私を押し倒した。

「何をする」という叫びは発されることなく口を封じられ、私の口よりはるかに大きな口が私のそれを覆い隠していた。驚愕に緩んだ唇と歯が肉厚の唇と舌にこじ開けられ、気がついた時には口内を満たす薬湯。

こいつっ！

私が知る限りの罵倒が脳内を駆け巡り、全身を跳ねさせ逃れようとするが叶わない。しかも僅かに抵抗してみせたものの、体力は底を尽き息も絶え絶えで、身体に力が入らない。しかも半端な反抗で喉が緩み、液体が奥へと流れ込んできてしまったのだ。決してその舌の温もりや荒々しい口づけをなぜか心地いいと感じ自然と身体が緩んでしまったわけではない。絶対に。

自然と潤んだ視界の中、至近距離の金色を摑んでやりたいがその屈強な体軀から逃れることは叶わない。結局私はそのまま何度も薬湯を直接アルベルトから口移しで与えられ、最後の一滴まで飲み干すことになってしまった。

薬湯はなぜか甘く、アラゴのような香りすらした。

それに、このアルベルトにその口で触れられた部分が妙な熱を持つ。

そのままぐったりと寝具へと私は崩れ落ちる。肩で小刻みに荒い息をする私にアルベルトが触れてくる。その手をはねのけたいのにできなくて、ただ歯噛みをすることしかできないのがまた辛い。

「毒であれば飲んだ俺も同じ目に遭う。これでいいのだろう?」

そういう問題ではないと怒鳴りつけてやりたかったがそんな力も私には残されていなかった。底を尽いてしまった体力とともに意識も緩やかに再び深淵へと導かれていく。

目前をよぎる獣毛に覆われた耳、その背の向こうにある長い尾。そして、灰色の世界に輝く金色。

父さんと同じ、だけど父さんを殺したのと同じ獅子。

そんなアルベルトが憎たらしくて、絶対に負けたくなくて意識を失うと同時に私の中からは死への渇望が消え去っていた。

＊＊＊

どれほど眠ったのかわからないが再びゆっくりと深い底から浅い眠りへと浮上してきた私は、随分と身体が楽になっていることを自覚していた。それがあのアルベルトに飲まされた薬湯のお陰だとは決して認めたくはない。だが、私の身体はそれを受け入れてしまっている。

夢うつつの中で何かを握ろうとした。だが指先に感じたものは何かを介したような感触ではっきりしない。

覚えのあるふわふわの寝具に埋もれ、少しずつ鮮明になった意識の中で顔の横のそれが包帯に包まれた自分の指だと気づく。

「痛い……」

動かした指先に鋭い痛みが走り強張ってうまく動かない。それほどまでにがんじがらめに細い布が幾重にも巻かれている。あの薬湯を飲まされるまでは身体の辛さがひどすぎて、こういった細かな痛みにまで気が回っていなかった。

しかし、布がらせん状に巻かれているのは他の指もで、肌が見えているのは親指と小指だけだ。それは逆の手も同じ。

その先端に微かににじむ赤色があった。その目立つ色をぼんやりと見つめていると、扉が開く音がした。

瞳だけを動かせば、逆光の中に人の姿が浮かび上がる。

頭がぼんやりとしているが、私の周りにいるのは獣人ばかりということは覚えていた。あのアルベルトという獣人の言葉を信じれば彼らは敵ではない。それでも警戒心が緩むことはなかった。

「ゆっくりと眠れたようで安心したよ。ああ、指は爪が剝がれているから無理に動かさないで」

穏やかな声だ。少なくとも今すぐ何かをされるという気配は感じず、緩慢にしか動かない自分の身体に苛立ちを覚えながら、頭だけを動かしてどうにかその声の持ち主の全身を視界に収めた。

やはり獣人だ、大柄な獣人が私が寝ているすぐ横に跪《ひざまず》いた。その耳には見覚えがある……レブラン兄さんと同じ熊族だ。

レブラン兄さんと同じくらい大きな身体。色のない視界の中、短く整えられた髪の中から覗く丸い耳。向けられた瞳にどこか安心感を覚えたのはなぜかわからない。いや、後々になって考えてみれば目の前の彼が私と同じアニムスだったからなのかもしれない。

「アルベルト様に口移しで薬湯を飲まされて、すぐに意識を失ったんだよ。覚えてるかい？」

口移しという単語に自分の顔が自然と歪むのを感じた。目の前の熊族もそれに気づいたようで苦笑を浮かべる。

「そうでもしないと見ているこちらからわかるほどに君は限界だったんだよ。心も身体も……。まぁ、アルベルト様の口から聞いた時は俺も耳を疑ったけどね。今度は自分で飲めるかい？」

枕元に差し出されたのは見覚えのある器。どこか気まずいそれから視線を逸《そ》らしたがやはり甦るのはあの男に奪われた唇の熱。

「冷めたら苦いからできれば早めに飲んでくれるとありがたいんだけど駄目かい？　剝がれた爪や傷口のせいで熱が出ているんだ。体力も落ちているから今は水分と食事を少しずつでもとることが君の仕事だ」

熊の獣人は私が全身から放つ拒絶に気づいたのかアルベルトとかいうあの獣人とは違い、薬湯を飲むことを無理強いすることはなかった。ただ、そのまま悲しげな表情で私を見つめてくる。

そんな彼が小さく吐息を零してから口を開いた。

「自己紹介もまだだったね、申し訳ない。俺の名前はリカム、見てのとおり熊の獣人だ。レオニダスという国の名前はわかるかい？」

私はそれに首を横に振り答える。私にとっての世界はあの村が全てで国と言われてもぴんと来ない。父さんやレブラン兄さんであれば何か知っていたかもしれないが……。

「この大陸の中央に位置する国、それがレオニダス。君達が住んでいた村も他国との国境線沿いだけど一応うちの国だったんだけどね。まあ、それはそうとしてそのレオニダスという国で俺は騎士をしているんだ」

そこまで言ってリカムと名乗った熊族は少し考えこんでから口を開いた。

「騎士と呼ばれる職業のことはわかるかな？　そうだね……、君達の村で言えば自警団とかそういう立場かな。魔獣と戦ったり、罪を犯した者を捕まえたり、そういった仕事をしている」

私は沈黙したままだが、少し馬鹿にされた気がしてしまう。さすがの私でも騎士の意味ぐらいはわかる。

子どもに読み聞かせをするお話によく登場するからだ。

そんな気持ちを表情から読み取られてしまったのか彼はそのまま言葉を続けた。

「君達の村を救おうとしていたというのは本当だ。信じられないというのも無理はない。事実、俺達は君の村を救うことができなかった。本当に申し訳ないと思う。すまなかった」


そう言ってリカムという熊族は私に頭を下げた。


「あなたに謝られても……村の皆は戻りません」

頭を上げたリカムの瞳はひどく悲しげな色を見せていた。もし色がわかれば、そこにもっと明らかな変化があったのかもしれない。

だが色がなくともわかるその瞳からにじみ出る感情が私の心にさざ波を立てた。

それは獣人に対する憎しみとは違う感情、だけど私はその感情から逃れたくて視線を逸らした。そんな私に構わず彼は言葉を続ける。

「俺とアルベルト様の話が聞こえてしまっていたんだね……」

「本当に……本当に生き残ったのは私だけなのですか……？」

「少なくとも今の段階では君以外の村人を俺達は見つけられていない。もちろん今後も捜索は続けていくつもりだが……」


あの賊の部隊で荷車で運ばれていたのは私だけだった。キャタルトンという東の隣国に急ぐために夜通し駆けていた襲撃者達。やつらは、夜の間も移動するために松明を点《つ》けていた。だから目立ったのだと、だから見つけられたのだと。

私は視線を逸らしたまま、まぶたを閉じた。

「今俺達が向かっているのはレオニダスの王都だ。身体も心も弱っている今の君をあの村へと連れていくことはできない。亡くなった村人達は俺達が責任を持って弔《とむら》うと約束する。だから……」

ついこの間まで笑い声の絶えない村だった。決して貧しくはない、豊かな村だった。平和で美しく、大切な人達が住む村だった。

でも今はもう何もない。きっとそこには、墓標だけが立ち並んでいるのだ。

全てをあの獣人達が、壊した。何もかもを、壊した。

「父が……いたんです。厳しいけれど優しい父でした。兄と呼んだ人がいました……。何よりも私のことを大事に思ってくれる人でした。仲の良かった子ども達も友人もたくさん……たくさんいたんです。だけど皆、死んでしまった……」

「……」

「許せないんです……。獣人が憎くて憎くて……。あなた達がそうじゃないとわかっていても、それでも憎いんです」

気づけば涙が頬を伝っていた。それなのに、知らず口元が弧を描いた。

「憎くて、苦しくて……獣人は皆同じに見えて……。自分の中に違う自分がいるみたいでどうしようもないんです……。だから、私のことは放っておいてください……」

握った指をきつく握り締める。巻かれた包帯が関節に食い込み、剝がれた爪の傷が強く痛んだ。頬を流れる涙はあふれるままに寝具に染み込んでいく。喉が震え、全身が痙攣した。

「名前を……。君の名前を教えてくれないかい？」

リカムがぽつりと呟いた。

私はそれに答えなかった。

そのまま視線を落としたリカムは私に触れないように寝具だけを掛け直して、その気配が離れていく。

「今の君に俺はなんと声をかけてあげればいいのかわ

からない……。だから、憎むなとも言うことはできない。だが、君は生きている。そして、君は一人じゃないことだけは知っておいてくれ」

何かを押し殺したように続けられた言葉はもう私の耳には届かない。

沈黙は長く続き、気がついたら人の気配は消えていた。それでも私は声を押し殺して、泣き叫びたい気持ちを押し殺す。

弱い姿を見せたくなかった。誰にも、声すら聞かせたくなかった。

結局私は薬湯を飲まなかった。何も言わずに置かれる薬や食料、水すら飲むことをしなかった。

当たり前のように熱は再び上がり、栄養も水分も足りない私の体調は一気に悪化した。

私の世話係なのだというリカムがあの手この手で私に何か飲ませよう、食べさせようとするが私の中の何かがどんどん私を無気力にしていく。

そこにはまるで自らの意思が介在していないような不思議な感覚すら覚えた。

獣人の世話になりたくないという私の奥底にある感情とそれが入り交じり、結果としてそうなってしまっているように感じられる。

どこか凪いだその無気力さは不思議と楽にすら感じられた。感情が薄れていくことで私自身がこの世界から消え去っていくようで、辛い現実からの逃げ場となってくれている。

そんな私の穏やかな世界にあの色が現れる。灰色の世界で血の色とその金色だけが私の心をざわつかせた。

「そんなに死にたいのか?」

投げかけられた言葉に、途端に胸の奥で怒りや憎しみといった負の感情が渦《うず》を巻く。乾いた唇が言葉を発しようとわなわなと震えかけた。だが今はそんなことすら苦痛で、私が零したのは熱がこもった吐息だけだ。

どうしてこいつは私のことを放っておいてくれないのか、感情を取り戻せば現実がやってくる。この辛い現実が。

見たくもないその顔と金色に顔をしかめることだけが私の精一杯の抵抗。

私の側にいたリカムがアルベルトの一歩後ろに下がる。そういえばリカムがこの獅子のことをアルベルト様と呼んでいたことを思い出す。リカムから見れば年下の獅子に様をつけるということはなんらかの地位にある存在なのだろう。

だからと言ってそれがなんだと言うのか。私は私を現実へと引き戻すこのアルベルトがただただ憎たらしかった。

私は目障りな金色から視線を外し、全てを無視してまぶたを閉じた。


「なぜ食べない？」

「……」

「薬湯もあれ以来飲んでいないそうだな？」

「……」

「お前の名はなんというのだ？」

「……」


あれからリカムからも色々なことを尋ねられたがどうしても答える気にはなれなかった。ましてやこの鬱陶しい獣人に尋ねられて答えるわけがない。

悪態をついて罵倒してやりたいところだが、それをするにも体力がいるのだと今は黙り時が過ぎるのをただ待つのみ。

油断すればうつらうつらと現《うつつ》と夢の狭間に沈み込む。ぼんやりとした視界は薄く紗がかかったようで灰色の濃淡も少ないが、その中で一際まばゆい金色がちらちらと目に映る。


「そうか、わかった」

何がわかったのかわからないが不意にはっきりとした言葉が耳に響き、夢の世界に入りかけた意識が引きずり上げられた。さっきよりは焦点が合った視界を金色が占めている。あの獣人の……アルベルトの顔が随分と近くにあるようだ。

「リカム、下がってくれて構わない。俺があとは引き受けよう」

「……大丈夫なのですか？」

「ああ、大丈夫だ」

なんの根拠があってアルベルトがそう言い切るのか理解できない。自信に満ちたその言葉を聞くと逆に意地でも言うことを聞いてやるものかと私は意固地になってしまう。そして、リカムが去り残ったのはアルベルトだけ。高みから見下ろされ、いつかと同じ状況に力が入らぬままに眉根を寄せた。

「もう一度問う。なぜ薬湯を飲まないのだ？」

理由なんてあってないようなものだ。答えられぬ問いに私は目の前の相手を拒絶の意を込めて睨み返すことしかできない。

「ああ、わかった。飲ませてほしかったのだな？　あの時と同じように」

ひくりと動いたのはアルベルトの口元か、私のものか、それとも両方か。

アルベルトの手が薬湯が入った器に伸びる。その瞬間、私の脳裏によぎったのは先日の口移し。慌ててもがき、這うようにして逃れようとしたがその肩をがしっと掴まれた。

「……細いな」

大きな手は私の肩を掴んで決して離すことはないだろう。

そしてアルベルトは薬湯を自らの口に含むと、すぐに寄せてきた。

「わっわかりました！　飲みます！　飲めばいいのでしょう！　ですから、その器をこちらに！」

思った以上に大きな声が出てしまった。

その時だけは身体中が辛いことなど忘れていた。

そうでもしないとまた幼子のように口移しで薬湯を飲まされるという羞恥に耐える羽目になってしまうのだ。どうせこの腕の中から逃げることなどできやしないのだから。

満足げに頷いたアルベルトから薬湯の器を無言で受け取り、一気に飲み干す。

それは、少し冷めていて苦みがあったがそれ以上に強い甘みを感じた。蜂蜜のようなその甘さは私が飲みやすいようにというリカムの気遣いだろうか。


「これで満足ですか……」

「俺は口移しでもよかったのだがな。まぁ、そうやって自分で飲むのであればそれでいい。もし、また飲みたくなくなったらリカムに言ってくれ。すぐに俺が口移しで飲ませてやる」

「あなたは一体……」


どこか満足げに私を見るこのアルベルトの本心が私にはわからない。

私への態度がどこかちぐはぐで獣人であるということを抜きにしても得体の知れない何かがある。

空になった器を傍らに置き、私は精一杯の強がりと悪態を口にする。


「私は弱いという自覚があります。そんな弱い者を自分の好き勝手にできるのはさぞ楽しいでしょうね。私達の村を助けに来たなどというのは所詮《しょせん》建前、結局あなた方も私達ヒト族を己の好きにしたいのでしょう?」

荒い吐息の下で呟くしかない私に、アルベルトは表情一つ変えずに言葉も発しない。

「あの熊族から聞きました。私はあの村で暮らしていたからわかりませんでしたがヒト族は数を減らしていると。あなた方獣人にとってヒト族というのはとても都合のいい存在らしいですね。特に私のような濃い髪色を持つアニムスは……。どうせあなたもこのヒト族としての身体が目当てなのでしょう?」

「だったらどうだというのだ」

その一言は私の中にくすぶっていた火種を燃え上がらせるのに十分だった。

「殺してやる……。絶対にこの手で……。父さんとレブラン兄さんを殺したあいつ、私をそういう目で見る全ての獣人を絶対に……。だけど、そんなこと私には……」

最後のほうは私がぼそりと呟いただけ、それがアルベルトに聞こえたかはわからない。

「その心意気は立派だ。いいぞ、俺はいつでもお前の相手になろう。だが、今のおまえに何ができるというのだ。歩くどころか、立ち上がることすらもできない。屍《しかばね》のように横たわるだけのおまえにそのようなことができると本当に思っているのか？」

その言葉に、不敵な笑みを浮かべたその表情に、私は噛み締めた奥歯を鋭く鳴らした。

確かに今の私には、なんの力もない。家族の……、村の皆の仇を討ちたいのに……。無力感に苛《さいな》まれ、そこから逃げ出したいとただそれだけ。

「今のような飲まず、食わず、動かずでおまえがどうしてもこのまま果てたいというのであればそれを尊重してやろう。それがおまえの『本当の望み』ならばそれでもいいだろう、だが」

片膝を突き近づいたアルベルトの顔が私の真正面にある。灰色の世界で見たその瞳は灰色だが、それがアルベルトの本来の色なのだとなぜかわかった。私は黙ってアルベルトを見つめる。

「本当にそれはおまえの望むことなのか？」

そう言われて戸惑いが顔に浮かぶのを止められなかった。

自ら死を望みこのまま果ててしまいたいという思い、だが村人の仇を……彼らの無念をどうにか晴らしたいと思う気持ちも確かにそこにはある。だがその矛盾した想いは私を苦しめ続ける。どうして私ばかりが、どうして……。

「覚悟を決めろ。生きるか死ぬか。だが、自らここで果てるというのであれば、おまえを守り死んでいった者達はさぞかし無念であろうな」

「っ！」

その言葉を耳が拾ったその瞬間、私は両目を見開き、アルベルトを睨みつけていた。

「あなたに何がわかるというのです!?　父さんやレブラン兄さんを村の人達を侮辱するのはやめてください！」

脳裏に浮かんだのはレブラン兄さんと父さんの最期の姿。傷つきながらも私や村人を守り戦った彼ら……。いや戦える村人は皆同じ気持ちで最後まで戦い果てたはずだ。思わず伸ばした手で私はアルベルトの胸ぐらを摑んでいた。


力が入らず震える指が、それでも色のないアルベルトのシャツに食い込む。

「皆がどれだけ勇敢に戦ったか、あなたは何一つ知らないくせにっ!!」

手に武器を取り、獣化できるものは獣の姿となって襲撃者に立ち向かっていた。小さな子を庇って迫る敵を通さないとばかりに道を塞いでいた人もいた。そして自らが死ぬとわかっていながらもなお怯むことのなかった彼ら。

あの騒乱の中の記憶が今さらながらに甦る。私が目にしたもの、目にしなかったもの、聞いたこと、聞こえなかったこと。たくさんのことがいっぺんに起きたあの夜のことを……。

アルベルトの胸ぐらを引き寄せようとしても震えるばかりで摑むのが精一杯なのが悔しい。

「彼らが立派に最後まで戦ったことは知っている。俺はあの村で何人もの勇敢な戦士達の亡骸をこの目にした。だが、そんな彼らに守られたおまえはどうなのだ？　彼らに守られ、生き延びたおまえが果てることを望む、それこそが彼らに対する侮辱ではないのか？」

その言葉に全身が硬直した。

自然と流れていた涙が頬を濡らし、顎を伝ってアルベルトを掴んだ腕へと落ちていく。それも僅かな間だった。身体から力が抜けて、前へと倒れた身体はアルベルトの腕に受け止められた。

額に触れたシャツ越しに久しぶりに感じる人の温もりが伝わってくる。たとえそれがアルベルトのものであっても今の私には関係なかった。そのシャツに頭を擦りつけ、私は深く俯いて号泣した。

「わかっています……！　そんなことわかっているんです！　私がここでこうしていられるのは全部彼らのお陰だと！　だけど、なんで私だったんですか!?　小さな子だっていたんです、私より生き延びるべきだった人は他にもいたはず……なのにどうして私だけが……！」

「おまえがここでこうしているのには何か理由があるはずだ。だが、その答えを見つけられるのはおまえ自身でしかない。ならば、今は生きろ。それが憎むべき獣人から与えられたものだとしても、全てを利用して生きていけ。今のおまえにできることはそれだけだ」

正論なんて聞きたくなかった。その言葉に耳を塞ぎたいのに両手を取られてそれもできない。だからこそよく見える。アルベルトの表情は決して怒ってはいない、口調も淡々としたものでもとより表情が変わりづらいのかどういった感情を読み取ることも難しい。だが、それが私にできる唯一のことなのだとただ伝えているだけ。

その言葉に私は何も言い返せない。村人の死を、私を生かしてくれた人達の死を無駄にするつもりは毛頭ない。だが確かに今の私はただ死を待つだけの屍にも等しい状態。

そんな私に与えられる薬に食事、世話。実際歩くのもままならない今の私を生かすも殺すも、それは私次第なのだ。理解していてもそれを現実として受け入れられなかった。生き延びたその先が決して楽なものではないとわかっていたから。獣人が憎いと深く刻みつけられた私の心。その気持ちに折り合いをつけながらこの世界で私はどうにかして生きていかなければならない。それに向き合いたくなかったのだ。

だが、アルベルトが言葉にしたとおり、生き残った私には生きる義務がある。そして、私がたどるべき道は決まっていたはず。

「私は……生きなければならない……」

だったら私が為すべきことは一つ。

「ええ、どんなことをしても生きぬいてやりますとも。ですが、私は村人以外の……外の獣人のことが嫌いです。憎んでるといってもいいでしょう。いつかあなたに牙をむくかもしれませんよ？　それは忘れないでください」

弱りきった心と身体の、どこからそんな力が湧いて出てきたのか。私はアルベルトに向かって言い放っていた。それがどんなに掠れて弱々しいものであったとしても、この時の私は死を完全に拒絶していた。

「ああ、存分に俺達を利用するといい。もし、その先でおまえが俺達を悪だと判断したならば、その時はおまえの刃を甘んじて受けてやろう」

そう言ってアルベルトはパンを一つ差し出してきた。

「食べろ」

受け取ったそれは随分と柔らかいパンだった。薄い掌サイズの円状のパンが二枚が重なっている。温もりを感じる湯気と甘い匂いは焼いたばかりのようだ。

「リカムが焼いたものだ。あれは見かけによらずそういったことに長《た》けている。だが、それも全ておまえのことを思っているからだ」

そんなことは言われなくてもわかっている。移動し続けているこのような状況下で保存の利かなそうなこんなパンを常食にしているとは思えない。それに彼はずっと私のことを気にかけてくれていた……。

憎むべき獣人……だけど、彼の心遣いに感謝して私は差し出されたパンとスープを時間をかけて全て平らげた。

「それでおまえの名はなんというのだ？」

温かな食事と十分な水分、そして薬湯を飲んだ私にアルベルトが問いかけてきた。

これを問いかけてきたのがリカムであればすぐに答えたのだが、相手がアルベルトとなるとどうしても私は素直になることができない。

視線を逸らし、諦めてくれないかとだんまりを決め込んでいたのだが……。

「そうか、俺には名前を教えたくはないか、では適当な名で呼ぶことにしよう。そうだな、チッチと――」

「キリル、私の名はキリルです！」

とんでもない名前を付けられそうになって思わず自分から名乗っていた。チッチというのは私の村でも卵を提供してくれるドリーという家畜によく付けられる名前だからだ。このアルベルトという男がそれを知っていたのかは定かではないがチッチと呼ばれるのはさすがに勘弁願いたかった。

「そうか、キリルか」

してやったりとばかりに口元を僅かに緩めたアルベルトが憎たらしい。

だがアルベルトとの会話と強い感情のやりとり、そして久しぶりにとった食事で私はひどく疲れていた。ぱたりと寝具に伏した身体は重く、まぶたは何か重りでもぶら下げたように勝手に閉じていく。何かアルベルトが言っているようだが、その声も遠くなっていき、それも次第に聞こえなくなり。

まるでどこまでも深い地の底に滑り落ちていくよう

に、私の意識は深い眠りの中へと落ちていった。

＊＊＊

夢も見ないほどの深い眠りから目覚めたらまた金色がいた。

　私の世話係はリカムからアルベルトへと引き継がれたらしい。たまに来るリカムの話によれば、アルベルトはレオニダスという国の王族なのだそうだ。今の国王の子どもであり次期国王、つまり皇太子だと聞けば無知な私もさすがに心から驚いた。

　しかし、その皇太子様によほど暇なのかと揶揄《やゆ》すれば、今の自分の仕事は私の世話なのだと平然と宣《のたま》う。

　それならばリカムのほうがまだいいと言い放てば、彼は騎士の中でも高い位にあってこの隊を率いているから忙しくて駄目だとなぜか不機嫌そうに鼻を鳴らした。

　だが全てを受け入れようと決めた私にとって一番疲れる原因はある意味アルベルト。世話をされるたびに私を疲れさせ、気を失うように寝入って目覚めればまた目の前にアルベルトがいるのだから質が悪い。

さすがに口移しで薬湯を飲まされるようなことはなかったが、それでももっと食べろと私に食べ物をその手から食べさせようとしたり、排泄をするために外に出ようとすると私を抱きかかえて移動させるのだから、鬱陶しいことこの上なかった。

　薬や食事をとるようになって体調は徐々によくなってきていたが、目覚めてすぐ見るのがアルベルトでは……。

　だが食事の介助やその他諸々の世話という名の嫌がらせが序の口だと知ったのは、入浴をさせられた時だった。いや、あれを入浴と呼ぶことを私は認めない。

　寝具が片付けられ、馬車の中に突然大きな浴槽が準備された時は、さすがに啞然とした。その間私は不本意ながらアルベルトに抱えられていたが、複数の見たことのない獣人が出入りするその姿から視線を背け、身を固くしていたので逃れようもなかったのだ。

「組み立て式の風呂だ。怪我人の薬草浴用に薬師が管理しているものを借りた」

枠組みは現地調達。持ち歩くのは防水加工をした厚い布の袋で、作った枠組みの中にそれを設置するだけ。全身に毒のようなものを浴びたり、火傷をしたりといった時に薬草浴で身体を清めるのに使うのだという。

確かに薬草浴は村でも活用しており、ひどい怪我の時に重宝していた。普段は井戸水や川の水で身体を洗うだけなのだが、その時だけは特別だった。湯を沸かした風呂に入るのは何か特別な時だけ。

そんな温かい風呂が私は好きだった。目の前にあるほんわりと湯気が立っている風呂に喜びを感じていたのだ。

しかし、次の瞬間、アルベルトの手が私が着ていた簡単な服をあっという間に剝いでいく。

「ちょっ、何をするんですかっ!!」

「指先の怪我がまだ完治していないだろう。脱ぎやすい服ではあるが、爪が剝がれた指ではさすがに難しいはずだ」

「えっ……あっ、やめてくださいっ!!」

淡々と言われてしまえば、恥ずかしがっている自分が馬鹿みたいに思えてしまうがそれでも羞恥に全身を染めた。だがやけにアルベルトの手際はよかった。瞬く間に私の服は脱がされてしまい素肌があらわになっていく。

「自分でっ、嫌っ、嘘っ!? 離してくださいっ！」

だがその腕から逃れるより先に、私はそのまま風呂へと入れられてしまったのだ、服を着たままのアルベルトに抱きかかえられたままで。

せっかく貯められた湯の大半がものすごい勢いで溢れて馬車の中から外へと零れていく。それすらも無視してアルベルトは私を沈めると、その身体を湯船の枠に押しつけてきた。

「な、何、何をするんですか、あなたはっ!!」

「動くな、湯があふれる。もったいない」

あなたが入らなければ溢れることなんてなかったの

にと心から突っ込みを入れてやりたい。だが、腕が摑まれ、沈みかけた身体を湯面に引きずり出され柔らかな布が押しつけられる。顔を強く擦られ、仰け反れば今度は首筋に押しつけられた。ゴシゴシと擦られ、強い力にたまらず悲鳴を上げる。

「痛いっ！　そんな強く、痛いですっ!!」

「む……、なかなか力加減が難しいものだな。ヒト族というのは」

「ちょっ、そこ触っ、ああっ!!」

振り払おうとして滑り湯の中に沈み込む。息ができない苦しさにもがく身体が引き起こされ、咳き込む間にも再び身体を擦られていく。

「溺れるでしょう!?」

「それはお前がじっとしていないからだ」

必死の訴えすら無視される。確かにアルベルトの表情は真剣そのもの、そこに邪《よこしま》な気持ちは感じられなかった。汚れ一つ逃さないとばかりに力加減を探りながら布を押し当ててくる。ひどく甘い香りがする泡が身体を覆っていく、その香りは熟れたアラゴの香りによく似ていた。

このような香りのするものがあるのかと感心していると、それは泡まみれになったアルベルトからも香ってくる。だが、今気にするのはそこではない。

「そこっ、そこは自分でっ！　ひっ、触らなっ!!　触らないでって言っているでしょっ!!」

「声が大きいぞ。耳元で騒ぐな」

「聞こえるように言っているだけですっ！　この頭上のご立派な耳はただの飾りですかっ!!」

金色に輝く髪の中、一対の耳を摑み、そこに向かって思いっきり声を張り上げた。

「身体を洗っているだけだろう。何をそんなに暴れることがある」

「身体を洗われているからです！　私はアニムスです

よ!?　あなたはアニマでしょう!?　世話が必要だというのなら、リカムさんを……彼は私と同じアニムスなのですから！」

そう、熊族である彼はまさかのアニムスだったのだ。こうして身体を見られるのであれば目の前の野蛮なアニマより、獣人といえど穏やかなアニムスである彼のほうが何倍いいか……。

「おい……、リカムはなぜさん付けなのだ」
「はっ？　随分と失礼な態度を取ってきましたがあの方は私より随分と年上でしょう？　私にだって敬意を払うということはできます」
「確かにそうだが、俺もおまえよりは年上だ。なのに未だ名前ですら呼ばれていないのだが？」
「それが今なんの関係があるというのです!?　あの、だからリカムさんか他のアニムスの方を……」
「駄目だ」

そう答えたアルベルトの顔は不機嫌そうに見えた。

初めてあらわにされた感情に少しだけ私は戸惑ってしまう。そして、私の訴えは聞き入れられることなく、結局全身くまなくアルベルトの手で洗われてしまった。

「し、んじられない……どういうつもりですっ」

怒りよりも恥ずかしさが勝って、それ以上アルベルトを振り返れない。

「こっ今度こういうことがあるなら自分一人で入りますからね！　身体ぐらい自分で洗えます！」

羞恥と怒りがない交ぜになっている私の頭上で、アルベルトの肩が震えている。笑われているとわかると余計に悔しい。

湯の中で、随分と細くなった自分の足が見えた。全裸の身体は貧相で、健康とは言いがたい。それが関係するのかどうか全裸のヒト族をその腕の中に収めているくせに、アルベルトの獣欲は牙をむくことはなさそうで、私はそれに安心していた。

それは不思議なほどに、理由もわからずなぜか安心していた。

第六章

この大陸の中央に位置する大国レオニダス。四方を北のドラグネア、西のウルフェア、東のキャタルトン、南のフィシュリードに囲まれた広大な国土を持つ恵まれた国。その国を治めているのは代々獅子の獣人であり、今の国王はヘクトルという名で『静かなる賢王』と民から呼ばれ親しまれているらしい。そして、その跡継ぎである皇太子があのアルベルト。

リカムさんから道中、そしてレオニダスに着いてからもこの世界の常識に近いものを色々と教えてもらった。彼がレオニダスの騎士団の中でも副団長と呼ばれる存在であることも、そしてもう一人の熊の獣人――バージルと呼ばれていた存在が騎士団長なのだということも。

村の中の狭い世界しか知らない私にとってそういう世間の常識を教えてもらえることはありがたかった。それでも、なぜ王族と呼ばれる存在であるあの獣人《アルベルト》が私にあそこまで構うのかが謎だった。

私は彼らによって『保護』されるらしいが何よりも目の前に存在する巨大な建物群に言葉を失う。

馬車に揺られた旅路の果てに、たどり着いた場所で、私は呆然とその建物を見上げていた。

まだ微熱が続く私は横になったまま、アルベルトの言う世話という名の嫌がらせを受け続けながら気がつけばここまで来てしまっていた。幾つもの街や村を経由したのだとリカムさんからは言われたが私はその景色を知らない。

ただ馬車に揺られ夢うつつに過ごしていた私が揺れがなくなったことに気づいた途端、中に入ってきたアルベルトが私を抱え上げたのだ。

抵抗を試みても無駄だということはここ数日で身にしみている。

掛け布団ごと横抱きに抱えられて、今度は何をされるのかとうんざりする私だが、口を開けば正論で返され決して勝てないことも理解していた。

諦めてはいたものの、それでも灰色の空の下、そびえ立つ建物へと向かってアルベルトが私を抱きかかえたまま進み出したので、さすがに私も下ろしてくださいと叫んだ。

ここがレオニダスの王都なのであれば獣人の街。弱りきった自分の姿を晒し、哀れみの瞳を向けられるなど耐えられない。そう思い、手足をばたつかせてみたもののアルベルトは素知らぬ涼しい顔。

側にやってきたリカムさんから、身体は隠すし、城の中は広いから我慢してくれと言われ渋々頷いた。

そうしてアルベルトに抱きかかえられた私は目の前の建物——このレオニダスの王城へと足を踏み入れることになる。

村にあった建物で一番大きかったのは村長である父と住まう私の家。平屋で板葺き板壁の家は、村人が集まるための大きな部屋もあったが、その部屋以外はどれもこぢんまりとしたものだった。それでも村人の家に比べれば随分と立派だと思っていたが、今目にしているのが同じ建物という括りであることが信じられなかった。

石造りの王城は見るからに堅牢で外観は見上げるほどの大きさだった。よく見れば、塀に沿って幾つもの建物が組み合わさって一つの大きな建物を構成しているのがわかる。

外壁に刻まれた彫刻のような模様、どこか目を引く装飾が施された窓、屋根も高く、軒先には何やら飾りのようなものが見えた。

中に入れば外観そのままにとても高い天井がそこにはあった。どこか威圧感を感じる空間、靴を履いたまま歩いているのに音がしない廊下、そしてアルベルトへ向かって頭を下げる様々な種族の獣人。中には私が見たこともない種族もいるが、私と同じヒト族は一人も見当たらない。

やはりここは獣人の国の王都、獣人が支配する国の王都。私が知るあの村とは何もかもが違う、その思うと私の中で強い疎外感が芽生えてくる。

そんな私の心とは裏腹にアルベルトの足取りは力強く、そのままどんどん奥へと進んでいってしまう。奥に進むにつれてアルベルトの腕の中で感じていた視線の数も減り、人の気配が少なくなっていったが違和感はそのまま残った。

どうしても時間があると村のことを考えてしまう。

誰もがその日を精一杯生きていたあの村。

友人達とともに学びそして遊んだあの広い山々。

季節の作物を村人総出で植えたあの温かな日々。

村人全てが家族のように暮らしていたあの優しく幸せだった日常はもう戻ってこないのだ……。

それでもやはり村に帰りたい……。もう誰もいないとわかっていても、そこに立ち並ぶのが墓標だけだとしても私の帰る場所はあそこだけだった。

帰りたいのに帰れない、このもどかしい気持ちはどこへと向ければいいのだろうか……。

そんな気持ちを抱えたままたどり着いた場所は寝具と椅子と小さな机だけのどこかこの城に似つかわしくない空間だったが、私にはその簡素さがむしろ好ましかった。窓の外の庭の木々は明らかに人の手が入っているが、久しぶりに見る木々や花々にたとえそれが灰色に見えても慰められる。

そして大きな寝台の上に下ろされた私は、アルベルトの口から思いもよらない言葉を聞かされた。

「おまえにはしばらくここで暮らしてもらうことになる。何かあれば俺かリカムに言ってくれ」

「私が……ここで!?　どうしてです!?」

世間に疎《うと》い私ですらそれがおかしいことだというのはわかる。ここはレオニダスという国の王城。目の前のアルベルト達が住まう城なのだ。

そんなところにヒト族といえどただの村人である私がなぜ？

疑問は次々に湧いてきたが私の中の歪んだ『私』が獣人への憎しみに声を上げた。

獣人にとってヒト族というのはそういう存在なのだということを。

リカムさんの口からもそのことは聞いていた。いや、言いたがらない彼から私が無理矢理聞き出したのだ。なぜ村が襲われたのか、私のようなヒト族がどうして獣人に狙われるのかということをとても詳しく……。

性奴隷として、獣人の肉欲を満たすための慰みものとして……、そして子を孕む道具として、獣人にとってヒト族は需要があるのだと。

「私を囲うつもりですか！　口ではどれだけきれい事

を言ってもやはり獣人は皆一緒……！」

あまりに短慮だとどこか冷静な私が他人ごとのようにそれを聞いていた。自分で放った言葉だというのに……。それでも一度頭に上った血は私の口から出る獣人に対する罵詈雑言を止めることはなかった。

これはまごうことなき八つ当たりだ。

だから、いつものように言い返してくれればよかったのに。私を囲うという言葉にアルベルトは眉間に皺《しわ》を寄せ、どこか辛そうな表情をこちらに見せる。その被害者のような姿がなおのこと私を刺激し、私の憎しみに火を点ける。

そうではないとわかってる。それでも今の私は誰かを憎まねば己という存在を保っていることができなかった。それはちょっとしたことがきっかけですぐに爆発してしまう。

そんな自分が嫌だった。私を助けようとしてくれる人々に負の感情を容易く向けてしまう自分が心底嫌だった。それでも、私はこの感情の放出を止める術を知らない。

何もかも灰色の中で唯一金色を身にまとうアルベルト。寝台の上から手を伸ばし、怒りのままに机の上にあった小箱を取り上げて投げつけた。

黙って私達の姿を扉の側で見ていたリカムさんが息を呑み、手を伸ばしたのがわかる。

長い旅路でまだ体力も十分に回復せず、それでなくても非力な私が投げた小箱など身体能力に勝る獣人であれば軽々と避けるだろうと思っていた。

なのに、繊細な彫刻がされたそれはアルベルトの額に当たり、床に落ちて乾いた音を立てる。中身がばらばらと飛び出し、丸や四角の形をした菓子のようなものが跳ねてあたりへと散らばった。

伸ばされた手を振り払い、声を上げながらその胸元に摑みかかる私に、アルベルトは何も言わない。なぜ否定をしないのか、無言は肯定と取っていいのかと怒りのままにアルベルトの身体にしがみつく。

駆け寄ろうとしたリカムさんをアルベルトが無言で制す、その余裕を感じる姿が憎いと感じた。きっとどこかで信じたいと思っていたから。目の前の金色を持つ獅子があの獣人達とは違うのだとそう思いたかった。

それなのに……。

感情を爆発させた私の灰色の視界の中に朱がぽつんと混じったことに気がついた。私の手を振り払おうともしない、アルベルトの額に赤色がにじんでいる。金色の中に朱がにじむ。

そして、視界をあの日見た赤い記憶が侵食していく。村を焼いた赤。倒れて事切れた村人がその身体から流していた赤。襲撃者の持つ刃から滴る赤。そして、レブラン兄さんと父さんから流れ出るたくさんの赤。

視界も思考も全てが赤に染められて、私の精神は限界だった。

重苦しく私の胸の奥底で澱み固まっていたもの、それが膨れ上がり感情の渦となって爆発する。

言葉にならない悲鳴を上げ、目の前の獣人の胸を叩き、その痛みすら伴う激情に頭をかき毟《むし》った。自分が何をしようとしたのか、何をしたかったのか、そんなこともわからずに、私は暴れた。

そんな私の赤に染められた視界が今度は金色に覆われ、全身を感じたことのある温もりが包み込んだ。

それでもその温もりを拒絶しようとした私だったが、不意にそれがアラゴの香りによく似ていることに気がついた。

懐かしくて優しくて楽しい思い出が詰まった幸せな匂い。

纏まらない思考の中で誰かが落ち着けという声が遠くに聞こえた。

俺が悪かったと、ここにおまえを傷つける者は誰もいないと。

痛いほどに抱き締められたまま強い願いが込められた言葉が、何度も耳に届いた。

懐かしい香りとその言葉が私の中の荒れ狂う波を鎮めていく。

「おまえを望む気持ちに嘘はない、だからこそおまえの言葉に不意をつかれたのだ……」

そう目の前の誰かが小さく、弱々しく呟いていた。

その言葉に私は何か返そうとしたのか、それとも返したのかそれすらもわからない。

気がついた時には部屋の中には誰もおらず、私は寝台の上で横になっていた。触った頬は濡れて、出そうとした声は掠れていた。再び灰色となった世界で私は独りきりだった。


あの日以来、私は結局この部屋で寝起きをしている。馬車の揺れから解放され、日々を過ごしていくうちに少しずつ身体の怪我も体力も回復しているのが自分でも分かる。

食べ物や着る物は何不自由なく、全てリカムさんが用意をしてくれる。温かいお湯をふんだんに使ったお風呂にも促されるまま毎日入った。

困ったことがあれば口にする前にリカムさんが手助けをしてくれる。

もう認めなければならないだろう。彼の、リカムさんの優しさは本物だということを。

体力も戻り、手持ち無沙汰になってしまった私にリカムさんが空いた時間を使って様々なことを教えてくれた。それは馬車の中で聞いたことよりさらに広義に渡り、この世界のことやこの国のこと、別の国の在《あ》り方にまでその内容は及んだ。

彼に親しみを覚えるのはその優しさを感じたからだけではないのかもしれない。何よりリカムさんがレブラン兄さんと同じ熊族であることは大きかった。そして、改めて自覚するのはレブラン兄さんに対する思い。大好きだったレブラン兄さん、最後まで私のことを守り抜いてくれたレブラン兄さん。だけどそれは恋慕の念ではなく、やはり肉親へと向けるものに近い思慕の念。あのまま、レブラン兄さんと結ばれていたらどうなっていたのだろうと今となっては決して繋がらないそんな未来に思いをしばし馳せた。

そう思うようになったのはあの日を境にどこかよそよそしくなったあの金色の持ち主のせいだろうか。旅の最中、私の風呂の面倒まで見たのが嘘のように今では日に数回その姿を見せるだけになっていた。

言葉数も少なくその真意を私は推し量ることができない。だからこそ、自分の中に芽生えかけた言葉にはできない感情と未だに向き合えないでいるのだ。

それに獣人に対するわだかまりが消えたわけでもない。リカムさんやアルベルトが私に害をなす存在ではないと理解してなお、この城で働く知らぬ獣人の姿を見ると自然と身体が竦んでしまう。

そんな私の気持ちを知られてしまったのか、目の前でともに食事をとっていたリカムさんがふっと微笑み呟いた。

「焦る必要はないんだよ。少しずつ時間をかけて元の君へと戻れば良いんだ。君の村にも獣人はいたんだろう？」

「ええ……ですが……」

「獣人のいない所から来たとでもいうのであれば別だけど獣人とともに暮らすということを君は知っている。君から……全てを奪ったのは獣人、それに間違いはない。だが、それだけじゃないということも君はわかっているはずだ」

リカムさんの言うとおり、村の獣人と外の獣人。その二つが別物だと区別を付けることが違うのはわかっている。わかっているけれどそれでも自分の中で割りきれない、あの日見た光景が私の何かを変えてしまった。私自身ですら制御しきれない歪んだ『私』が私の中に生まれてしまった、それは事実だ。

「わかっています。わかっているんです。ですが、今の私にとってそれはとても難しい……」

「君が経験したこと、君が受けた心の傷、それは俺が想像できるようなものじゃないんだろう。それでも、時間が君には必要だよ。俺やアルベルト様は平気になってきたんだろう？」

リカムさんに慣れたというのは間違いない、ただアルベルトに対してはいささか複雑な心境であることも確か。

部屋を訪れても言葉を交わすのは二言三言。私を見る視線もなぜかぎこちない。

それならばいっそ来なければいいと思うのだが、それをリカムさんに告げれば色々とあるんだと、そんなに嫌わないであげてくれと苦笑いを浮かべて告げられた。

そんな私達の穏やかな時間にどこからともなく大き

な声が聞こえてくる。その声は明らかにリカムさんの名前を呼んでいた。

「ああ、そういえば……君が大丈夫な獣人がもう一人いたね」

その声を聞きながら、リカムさんは吐息まじりの言葉を零した。

「あの人は、まあ……」

確かにこの城の中でリカムさんとアルベルト、そしてもう一人私の拒否反応が薄い獣人がいる。出会いは最悪で決して私にいい感情はないはずなのだが……。

「ここにいたのか、リカム。随分と探したぞ」

「バージル……、俺がキリル君の世話係だということは知っているだろう？　探す必要などないと思うんだが」

「朝の食事も一緒にとらず、昼も別、下手をすれば夜も別だぞ!?　それに夜は俺よりも帰ってくるのが遅い。寝る時はともにと約束したはずだ」

現れたのはこの国の騎士団長であり、リカムさんの伴侶であるバージルさん。

警戒心がないわけではないがリカムさんの伴侶である以上、敬意は払いたい。

だが、彼は私が皇太子であるアルベルトを傷つけたことを憤慨していた以上にどうやら私に対する不満が積もっているらしい。

またかとリカムさんは視線を落として、ため息を零した。

「キリル君にとっては今が一番大事な時なんだ。それぐらいおまえでもわかるだろう？　おまえとの食事より優先するのは当たり前だ。ああ、キリル君こいつの言うことは気にしなくてもいいからね」

「それなら俺も一緒に食事をとればいい。なんで誘ってくれないのだ」

「自分の立場を思い出してみろ。おまえは騎士団長で俺は副団長。俺がキリル君にかかりきりになっている以上、団長であるおまえはここでこんなことをしている暇はないはずだが？」

その言葉にバージルさんはどこか気まずげな表情で視線を逸らす。

「大丈夫だ。俺達の部下は有能だからな、俺がいなくてもうまくやるさ。いや、別におまえが彼の面倒を見ることに文句があるわけじゃない。ただ、俺をもっと構えと言ってるんだ」

「おまえは子どもか！　ゲイルもそんなことを言ったことはないぞ！　いや、ゲイルはちょっと特別な子ではあったけれども……」

そう、彼はことあるごとにリカムさんとの時間がとれないことを愚痴《ぐち》り、それをリカムさんにいなされて去っていくというこの行為を飽きることなく繰り返す。そんな姿を見ていれば、怒りや憎しみよりどこか呆れというかリカムさんに対する態度に微笑ましさすら感じてしまう。

バージルさんは大柄なリカムさんよりさらに体格のいい熊族のアニマ。そしてリカムさんの伴侶であり、『番』という存在なのらしい。『番』という存在についてもリカムさんに教えてもらった。村の獣人からは『番』という存在について聞いたことがなかったので驚いたものだ。

自らの命より大事な存在。一度見つけてしまえばもう離れることはできないのだとリカムさんは教えてくれた。特に獣人にとって『番』という存在に対する欲求は本能と言ってもいいものらしく、それはアニムスであるリカムさんとて同じことらしい。

彼の行動に苦言を呈《てい》しながらも、バージルさんのことを話すリカムさんはどこか嬉しそうな表情だったのがとても印象的だった。

そういえば、先ほどリカムさんが呼んだゲイルという名前。その名の主は彼らの子どもで私と年も近いのだそうだ。

私の年頃の子どもがいるということは、彼らは伴侶となって随分と長い時間が経っているはずなのだが……。それでもリカムさんに対してバージルさんは独占欲を隠さない。

それが嫌ではないのかと問えば、リカムさんは少し口ごもりながらもまぁ、愛しているからしょうがないんだよと答えてくれた。今の私にはわからないがその時のリカムさんの顔はきっと熱を持ち色づいていただろう。


「あの、私は大丈夫ですからリカムさんはバージルさんと一緒に行ってください。リカムさんの言うとおり、他の獣人に慣れていく必要もあると思いますから……。本当は私のような者を世話する方は別にいらっしゃるのでしょう?」

「随分とものわかりがよくなったな。まぁ、あの時は混乱もしていたんだろうが……。その姿が本当のおまえか」

「おまえではありません。キリルとお呼びください」

「キリル……ね。わかったわかった。ここまでキリルが自分を取り戻したのはリカムとアルベルト様のお陰ってわけか、ならリカムを取り上げるわけにはいかないな。それならば、少しの間リカムを借りるぞ」

「ちょっ、えっ、バージル!?」

あっけにとられるリカムさんの手を取って、無理矢理といった強さでバージルさんはリカムさんを部屋の外に連れ出していった。

リカムさんから熊族の習性については聞いている。

熊族というものは小さきものや弱きもの、そして愛した者に対し本能的な庇護欲を強く感じるのだそうだ。ただ相手が『番』ともなるとその本能はより強く表れ、束縛も強い、と。

レブラン兄さんにとって私はそういった存在だったのだろうか。まさか私とレブラン兄さんが『番』だったとは考えにくい。リカムさん曰《いわ》く、もし『番』であったなら私にそんな自由な生活はなかっただろうということだ。

私はレブラン兄さんの本能が見つけた庇護すべき弱きものだったのだろう。兄さんの気持ちを疑うわけではないがあの狭い村の中だ、出会いの数なんてたかが知れている。

それよりも気になったのはレブラン兄さんの遺体が見つかっていないということ。父さんの遺体はバージルさんが確認し、丁寧に弔ってくれたらしいがレブラン兄さんらしい熊族の遺体はどこにもなかったのだそうだ。

だが、私は確かに見ている。その腹を深々と剣で貫かれ、崖を転がり落ちていったレブラン兄さんの姿を……。

あの状況で兄さんが生きていると思えるほど私は楽観的ではない。

そんなことを考えているとリカムさんが気まずそうな顔をして、少しふらつきながら戻ってきた。そんな彼の首筋には先ほどまではなかった痣《あざ》のようなものが見えていた。

＊＊＊

城という環境にもようやく慣れて、中庭をリカムさんとともにであれば散歩できるようになったのは一月近く経った頃だろうか。

一度中庭で散歩している私達を眺めているアルベルトの視線に気づいたが特に接触してくることはなかった。結局あのまま、日々その姿は見ているもののアルベルトと会話らしい会話をした覚えがない。

なぜ色のない世界の中でアルベルトの金だけは私の目に映るのか、その理由が知りたかったのだが……。まぁ、これは本人に聞いてもわからないことかもしれない。

そんなことを一時忘れ、今は心地いい風の中、草木の香りを感じて自然との触れ合いを楽しむ。

手入れが行き届いた中庭は樹木も草花も最も魅せれる姿へと整えられており、自然のままの姿を見せる村の様子とはまた違って新鮮さを覚えたものだ。

人もまばらな広い庭はゆっくりと回れば三十分ぐらいかかる。私が回る順路はいつも同じ、そのほうが突然知らない獣人と出会うこともなく安心して散歩をすることができるのだ。

私が今いる中庭からは南の大きな建物も見ることができた。それは王を中心とした会議や政治を行う人々が働く建物で、中で幾つもの影が忙しく動いているのがわかる。

きっと皇太子であるアルベルトもあの中で忙しく働いているのだろう。

その建物や庭園を見て改めて考える。

私がこうしてここで生きているのは、この国の獣人に助けられたから。

何不自由なくこうして暮らしていられるのもこの国のお陰。

そう、最初から私は知っていた。獣人全てが憎むべき相手でないということぐらい冷静に考えればすぐに分かる。ただそこまで明確に理解していてもそれでも時折現れる歪んだ憎しみを持つ『私』を止められない。

一体私はどうすればいいのだろうか……。


部屋の近くまで戻ると、庭師の獣人が頭を下げたので私も同じように返した。私より小柄なリス族の彼が今植えているのは、カップ状の花が二十センチほどの茎の先に一輪だけ咲く花の球根。色々な色を植えることで花が咲く頃には色鮮やかな花絵が仕上がるのだという。それは窓越しでもとても美しく見えるのだと教えてくれた。

彼はもともとは他の国で庭師をしていたらしいが、アルベルトのたっての希望で家族でこちらに移り住んだと聞いた。あの、アルベルトに庭の花々や木々をどうこうしたいという趣味があるとはとても思えないがきっと何か理由があったのだろう。そんな話ができるようになった獣人はバージルさんを入れても庭師の彼で四人目。

この国に来て、彼らに触れて……。そして、私の心は少しずつ以前の私のものへと戻っていっている。それでも決して消えないものを抱え続けてはいるが……、だがそれを押え込めば素直な、ありのままの気持ちを彼らへと伝えなければいけないことにも気づいていた。

その日、散歩から戻った私は夕飯を持ってきて、共に席に着いたリカムさんに言わねばならぬ言葉をようやく告げることができた。


「リカムさん」

「ん、どうかしたかい？」

自分でもわかる緊張を孕んだ硬い呼びかけに、リカムさんが驚いたように瞬いたが、すぐに笑みを返してきた。

「ずっと伝えなければいけないと思っていたんです。あなた方がこの国の騎士として、私の村を救いに来てくれたこと……」

「結局助けられたのは君だけだったけどね……」

「それでも、私はあなた方に謝らせたりなんてしてはいけなかったんです。たとえ、助かったのが私だけだったとしても私はこの言葉を伝えなければいけなかった。リカムさん、ありがとうございます」

こんなに緊張してお礼の言葉を伝えたのは初めてのことだった。

私が彼らに取ってきた態度は救われた人間のものではない。あの村の人間として、父さんの子どもとして私は恩知らずなままではいられない。

「村人達を葬《ほうむ》ってくれたことも……。あのまま野ざらしで朽ちていくなんて想像もしたくありません。バージルさんや騎士の皆さんが随分と手厚く葬《ほうむ》ってくださったとうかがいました。村長の一族として心から感謝しています」

「君がそう思ってくれるのであれば俺達も救われるよ。どうか、その言葉を今度バージルやアルベルト様にも聞かせてやってくれないかい？」

「アルベルト……にですか……？」

「アルベルト様も色々と大変な立場なんだよ。それに君達は……。いや、旅の最中のアルベルト様のあの無茶苦茶な行動に君が怒っているのはわかるんだけどそれにも理由があったんだよ」

そしてリカムさんはどうしてアルベルトが私にあのような態度を取り続けたのかその理由を教えてくれた。

まさか賊に盛られたあの薬がそこまで強力なものだとは思ってもみなかった。私の感情の発露を促すため、そのために私の怒りや憎しみを引き出していたというのか……。

「謝らなければいけませんね……」
「アルベルト様は謝られることは望んでいないと思うよ。それにこれを話したのは俺の独断だから黙っていてくれると嬉しいかな。その代わり、今度アルベルト様の名前を呼んであげてくれないかな？」
「名前を？　でも、あの人は皇太子なのでしょう？　私のような者がいいのですか？」

心の中ではさんざんこき下ろし、呼び捨てにまでしていたが、リカムさんに教えてもらった常識が私に歯止めをかける。

「大丈夫、心配しないでいいよ。あの方は、君が笑って名前を呼んでくれるだけできっと幸せになれるはずだから」
「幸せ……に？」
「いや……、えっと、喜んでくれるのは確かだよ。謝られるよりはありがとうと言われたほうが嬉しいのは間違いないからね。バージルはおまけで考えておいて」

何やら挙動不審になってしまったリカムさんを尻目にそういえばと思い出す。

「そういえば今日は姿をお見かけしてませんね」
「ああ、アルベルト様かい？　ヘクトル陛下の名代《みょうだい》としてちょっとした視察にお出かけになってらっしゃるんだよ。お帰りは確か三日後だったかな」

あの人の名前を呼ぶ、そして礼を言う。ただそれだけのことなのにそれがとても難しいことのようになぜか感じられてしまう。こんな気持ちで本人を前にしてそれが言えるかどうか自信がない。

あの金色の獅子についてはリカムさん達とは違う何かを私は常に感じているからだ。それはあの旅路での態度の問題だけではないと今ならばわかる。

リカムさんもバージルさんに呼ばれているらしく、普段より早い時間に戻っていってしまう。一人になった私は薄暮に染まった庭を窓からなんとはなしに眺めていた。

私の身体はもうすっかり回復しきっていて、ここに来た時とはまったく違う。

私はこの先の自分の未来を考える必要があるのだ。

まず大前提としてこのままここにいるわけにはいかない。

ここはレオニダスという国の王族の住まう城。私のような者がいつまでもいていい場所ではない。そうすると、リカムさん達とは別れることになってしまうがそれはしょうがないことだ。彼らには彼らの大切な仕事があるのだから。

村に一度戻って、村人の墓標に祈りを捧げたいとも思った。だが、身を守る術を持たない私が一人で村へ行くのは危険極まりないだろう。そもそも、村への行き方すらわからないのだからどうしようもない。

となると、この国で何か仕事を見つけて生活していくしかない。

しかし、薄くはなったといっても私の中の獣人に対する鬱屈とした思いがなくなったわけではない。国民のほとんどが獣人だというこの国で私はうまく生きていくことができるだろうか……。

かと言ってこの国以外で生きていくというのも難しい。

あるようで限られていく選択肢、そんなことをつらつらと考えていると、ふとどこからか強い視線を感じた。その視線の主を探してみれば、一瞬あの人がそこに立っているのかと思ったのだが違った。よく似た姿であることは間違いないが、あの人だけがまとっている金色がそこには存在していなかった。

だいたいあの人があんなふうに中庭の木の陰から身体を半分だけ出し、潜《ひそ》むようにしてこちらを窺っているなんて考えられない。

もう一度、目をこらしてしっかりと見てみるとやはり違う。

その挙動不審な人物は見慣れた騎士の服ではなく、マントを羽織り威厳を感じる重厚な服を身にまとっている。髪の色はわからないがあの人にはない髭がある何より明らかに年齢が違う、長命種である獣人の年齢は判断が難しいがそれでも確実に年上だろう。それでもあの人と似ていると言えばやっぱり似ている。

どうやら木の陰に隠れてこちらを窺っているつもりなのだろう。その立派な体格はまったく隠せておらず、チラチラとこちらを窺う様子が木の陰から見えてしまっている。

あれでは村の子どものかくれんぼのほうが上手だろうと眺めていたら、向こうも私の視線に気がついたのか慌てた様子で身を翻して去っていった。獅子の獣人であるその人物を冷静に落ち着いて眺めることができたのは、あの人で慣れたからかもしれない。それにその動きがあまりに挙動不審すぎたというのもあった。


そんな不審人物はその次の日も現れた。そしてその次の日も。

その人物が私の視界に入る時間は長くない。私が気がついたことに気づくと、あっという間に姿を消してしまうのだ。

時には廊下の柱の陰でこちらを窺っていたり、部屋が窺える場所を何度も何度も往復していたり。

害はないようだったので無視しようとも思ったが、それでも何日も続くと気になった。どう考えても私に何か用事があるのだろうが声がかけられない、そんな雰囲気を醸《かも》し出している。


庭師の方が庭に来られた時にその人を見かけて、しばらく硬直した後冷や汗を掻きながらどうにかしてくれと私に視線で訴えてきていた。

ならばとリカムさんにも尋ねてはみたのだが、私がその不審者の容姿や挙動を伝えると庭師の方と同じような表情で、「アルベルト様に聞いてもらえるかな、俺からはなんとも……」と言われてしまう。

仕方なく不審人物が気になりつつも、私としてはあの人の来訪を待つことになってしまった。

人を待つというのはなんとももどかしい気分になってしまう。村でもレブラン兄さんや父さん達が泊まり込みで魔獣を狩りに山へと入った時は心配で早くその姿が山から下りてくる道に見えないものかと待ちわびたものだ。

なぜか今の私はその時と同じような心境でアルベルトを待ちわびている。決して心配しているわけではない、どうしても顔を合わせたい相手であるわけでもないのでこの不思議な気持ちは一体なんなのだろうか。

そんなもやもやとした自分の感情に問いかけ続け、ようやく視察から戻ったあの人が私の元を訪ねてきたのはそれから数日後のこと。あまり感情を感じないはずのその顔に濃い疲労の色を浮かべたアルベルト。

一体何があったのか尋ねたくもあったが余計疲れさせてはいけないだろう。

そして私は一つ目の目的を震える手を押さえながらやり遂げる決心をする。

「変わりはないか？」

それはいつもどおりの問いかけ。

「え、あ……、はい」

「ならばいい」

そう言って彼は部屋から立ち去ろうとしてしまう。

「待ってください。アルベルト様」

呼び止めた私を振り返った彼の表情が明らかに動揺していた。


アルベルトという人はその表情がわかりづらい。それは普段からららしいのだが、喜怒哀楽の感情をあまり表情として出さない。そんな彼があからさまに表情を変えている、そんな姿に私自身が驚いてしまった。

「色々と言わなければいけないことがあるんです。だけど、まだうまく整理できていなくて……。だからこれだけは言わせてください。アルベルト様、私を助けてくださったこと本当に感謝しています。生きろと私がすべきことを指し示してくださったこと、ありがとうございました」

その場で腰を折る私にゆっくりと彼の手が伸びてくるのがわかる。

もうその手をはねのけようとは思わない。剣を持つ人特有のその手を私は自然に受け入れることができた。

そしてその胸元へと私の身体は引き寄せられる。

その逞《たくま》しい胸元と温もりはどこか村の大切な人を思い出させるがそれは兄さんでも父さんでもない。私は自然と彼の胸元へと我が身を預けた。

「生きたい……のだな？　今のおまえは、キリルは生きたいと思っているのだな？」

「はい、アルベルト様のお陰です」

　その声が少しだけ震えた。

「ああ、リカムか……。まあいい、それよりおまえにアルベルト様と呼ばれるのも堅苦しい敬語を使われるのもこそばゆいものだな」

「ですが、あなたは皇太子で私はただの村人ですから……」

　私の言葉に僅かに首を傾げ何かを考え込んだ彼は何かをひらめいたように言葉を発した。

「感謝をしていると言ったな？」

「ええ、言いましたけど……」

「ならば、その対価が俺は欲しい」

「対価と言っても……私はいただいてばかりで差し上げるものなんて何もありませんので」

「そんなに難しいことではない、俺のことを呼ぶ時はアルと。そして、言葉遣いもおまえの普段の言葉遣いでいい。これが俺の望む対価だ」

　この人は何を言っているんだろう？　だが、その表情は真剣で決して私をからかっているわけではないのがわかる。

「本当にそんなことでいいのですか？」

「ああ、それで構わない」

「アル……ベルト様、いえ、すみません。意識すると難しいものですね」

「誰も咎める者はいない。おまえにだけは俺をアルと呼んでもらいたい」

　やはり表情は真剣そのもの。王族であるこの人を私が本当にそんなふうに呼んでもいいのかどこか不安もあるがそれが彼の望みであるというのであれば私もそれを叶えなければいけないだろう。

「アル……。これで良いですか？　それと聞きたいことがあるのです」

私がアルと呼びかけた時、何やら彼の瞳に怪しい光が灯ったように見えたのは気のせいだろうか。

「悪くないな……。それで、聞きたいこととは？」

「あの方は誰ですか？」

ちょうど木の陰からこっちを窺っていた不審者を私は指さした。

よほどの巨木でなければ、隠しきれるはずもない身体を小さくしてこちらを窺う獅子族。私が指さしたことに気がついたのか、ささささっと茂みの中にしゃがみ込んでしまった。しかし、大きな頭にはぴくぴくと動く耳、そしてまるでそれに目がついているかのように高い位置で尻尾が揺れている。

先ほどまで表情を崩していたアルベルトは突然苦虫を噛み潰したような表情になり、その身体は彫像のごとくぴたりと固まった。

その視線の先にいる不審者の動きもぴたりと止まっていた。

強張った表情で一点を見つめるアルベルトの表情がどこか怖い。

「お知り合いの方ですか？」

「ああ、あれは……」

口を何度か大きく開け閉めしたアルベルトが、数秒後大きくため息をつきながら答えてくれた。

「キリル、そのうちに正式な形で紹介するはずだったのだが……。あそこにいる不審者は俺の父であり、この国の王だ」

「……、はっ？　王？　えっ、ヘクトル様？」

アルベルトの言葉を私の頭が理解するにつれ、それは衝撃となり、そのまま呆然と庭で不審者をしているヘクトル様を見つめる。ヘクトル様はいつもと同じようにその頭や背中に小枝や葉を幾つも付けた姿のまま、軽い足取りで消えていってしまう。

いや確かにアルベルトと似ているところがあるとは思ってはいたけれど……。

「あの方があなたのお父上でこの国の王なのですか……。あの……どう言えばいいのか……」

「皆まで言わずともよい。わかっている……。我が父ながら……言葉に困るなこれは……」

アルベルトが見せるのは先ほどとは違った形の小さな動揺。苦虫を嚙みつぶしたようなその表情。

「父は、ヒト族を愛《め》で……いや、保護することにその人生をかけていると言ってもいい。おまえのこともその話をした時から常に気にかけていた。だが、色々と思うこともあるだろうと距離を置いていたのだが……心配だったのだろうな」

「私のことをご存じなのですね？」

「すぐに報告をしたからな。父はヒト族という種そのものを神聖視しているところがある。だが決してそれは邪な気持ちゆえではない。それは、信じてやってくれ」

「あのお姿を見ればそれはわかります。決してその視線は不愉快なものではありませんでしたから、それでもどこか変わった方ですね」

自然と浮かんだ笑みでアルベルトに声をかける。

「ヒト族という存在が関わるとどうにも暴走しがちで困ったものではあるのだがな。だが、王としては有能なのだ。その後を継ぐことが重荷であると感じるほどに……」

疲れたように呟くアルベルトの言葉と姿は、いつまでも私の心の中に残り続けた。

最後に吐き出された小さな弱音、それが彼の本心だと感じられたから。

そして、それを知ったのはきっと私が初めてなのだと気づいてしまったから……。

第七章

あの不審者がこの国の王であるという事実を知ってから数日後、私は王からの招待という形でその人物の元を訪れることになった。

リカムさんから教えてもらうこの国の政治や歴史。その中に幾度も登場するのが現国王であり、『静かなる賢王』と民衆から称されるヘクトル様。

その治世の下で大国レオニダスはさらなる繁栄の時を享受《きょうじゅ》しているのだという。

そんな『静かなる賢王』を目の前にして私はその威厳と迫力に言葉もなく頭を垂れている。ちらりと目にした今日のヘクトル様の姿はとても先日私の様子を遠巻きに観察していた不審者と同じ人物とは思えなかった。

村長だった父さんも立派な人で、その存在感は確かなものだった。それでも、私はこの日初めて知ったのだ、一国の主というのがどういう存在なのかということを。

決して怖いわけではない、恐ろしいわけでもない、ただそこに存在するだけで自然と頭を垂れるしかないと思うほどにその存在感は強大なものなのだと感じられた。

紡《つむ》がれる言葉は威圧的ではなく穏やか。村を救えなかったことへの謝罪から始まり、この国が目指しているのはヒト族と獣人の共存であるということ、そして私の今後についてゆっくりとした口調で淡々と語られた。

私はそれにろくに返事をすることもできなかった。ただただ緊張していたのだ。目の前の人物から感じられる覇気のようなものに圧倒されて、僅《わず》かな息苦しさすら感じる。アルベルトが私を支えてくれなければ私はその場に倒れ込んでいたかもしれない。アルベルトへと我が身を委《ゆだ》ね、握ってくれた手の温《ぬく》もりを感じると少しだけ身体が楽になる。

「む、これはいかん。アルベルト、キリル殿をそちらに。どうしても形式にこだわる者がいるゆえにこのような形になってしまったがここまで堅苦しいものにするつもりはなかったのじゃが」

「父上。そう思われるのであればその身がまとう獣気を少しお収めください。キリルは父上の獣気にあてられているように見えます」

「なんじゃと……？　いかんいかん、ヒト族と相まみえる興奮で自然と力が入っていたようじゃ。すまんかったのぉ」


アルベルトがヘクトル様の言葉を受けて私を側《そば》にあった椅子へと座らせてくれる。

するとあれほど強く感じていたヘクトル様から放たれる圧が薄くなっていた。これは、二人が話していた獣気というものが関係あるのだろうか。

どうやら私のヘクトル様に対する謁見という儀式は終わったようだ。周りに控えていた他の獣人達が姿を消し、部屋の中は私とアルベルトとヘクトル様だけになった。

この部屋には似つかわしくない小さな机を挟んで私とアルベルトが並んで座り、その対面にヘクトル様が座る。そこに音もなく現れた熊の獣人がお茶と菓子の準備をしてくれた。

私は促されるままに香《かぐわ》しい香りの茶を飲み、菓子にも口をつけた。この期に及んで彼らを疑うつもりも、獣人からの施しは……などという気持ちも、もはやない。私は生きていくしかないのだこの先も、獣人達とともに。


「やはり獣人が憎いかね？」


正面から告げられたその言葉にどきりとした。まるで内心を見抜かれているようなその視線、こうしてよく見るとやはり親子だけあってアルベルトとヘクトル様はよく似ている。

そのまなざしも唇の形も、獅子族らしい立派な獣耳と体格も。髪の色も瞳の色もアルベルトと同じ色なのだと聞いている、だけど今の私に判別できるのはアルベルトの金色のみ。いつになったらこの目に色が戻ってくるのだろうか、日々の生活の中でリカムさんには私の視野に今色がないことはバレてしまっている。きっと、アルベルトもヘクトル様もご存じのはずだ。

それよりも今は投げられた問いに答えなければなら

ない。

「憎い……です。私達を……いえ、私を助けてくれたリカムさんやアル……ベルト様も獣人だとわかっていても……、それでも。こうやって獣人とヒトを区別することが間違っていることも理解しているんです。それなのに心の奥底から湧いてくるものを抑えられなくなる時があります」

私の答えにアルベルトもヘクトル様も無言で頷《うなず》き、湯気の立つカップを手にしてそのまま用意された茶を一息に飲み干した。

「致し方ないことじゃ。それを解決できるものなどこの世にありはせん。時の流れという自然の摂理ですら無理じゃったのだから……」

「それは……」

「母のことだ」

アルベルトが今までに聞いたことがないような小さな声で呟《つぶや》くとヘクトル様がそれに答える。

「我が伴侶にして我が『番《つがい》』。お主と同じヒト族じゃった。その身に降りかかった不幸もそれを事前に防げなかったこともお主と境遇《きょうぐう》はよく似ておる。それでも獣人である儂《わし》のことを受け入れ、愛してくれた。その心に嘘偽りがなかったことは儂が一番よくわかっておる。それでも……アルベルトと弟のダグラスを授かってなお、最期まで家族を奪った獣人に対する憎しみを捨てきれぬと自らの心を嘆いておった」

それは私にとってあまりに意外な事実だった。アルベルトの母がヒト族であったことも、この国の王の伴侶が私と同じような立場のヒトだったことも。

「俺も母がそのような心の澱《おり》を抱えていたことなど最期まで気づかなかった。獣人である俺や幼い弟《ダグラス》に向ける視線は穏やかで、その手はとても温かかった。とても……優しい人だったからな……」

「流行病《はやりやまい》であっけなく逝ってしまったからのぉ……。

それでも、今《いま》わの際《きわ》に幸せな人生だったと言ってくれたんじゃ、儂への謝罪の言葉とともに。そして子ども達のことを頼むと言い残して眠りについた」

なぜこの人達は私にこんな話をしているのだろうか。だけど、私の胸の奥からは熱いものが迫り上がってくる。油断すれば涙腺はあっという間に決壊してしまいそうだった。

私はどこか寂しげなヘクトル様から視線を外して、母の思い出を語るアルベルトへと視線を移し、自然とその手に自らの手を重ねていた。それは無意識の行動だった。

どうしてそうしてしまったのかわからない。けれどそれはとても自然なことのように私には思えたのだ。

私のその行動にアルベルトは少し驚いたようだったが、その無骨な顔を少しだけ崩す。旅の最中の私に告げればあのアルベルトという獣人に自分がこうして気持ちを傾けることがあるなど信じられないと叫んだはずだ。それほどに私の中でこの人の存在は大きくなってしまっていた。

そんな私とアルベルトの姿をヘクトル様がどのような気持ちで見ていたのか、この時の私に知る術はなかった。

そして、ヘクトル様はそんな私達に続けて告げる。

アルベルトの母親の件が全てではないが、レオニダスはヒト族を守りたいと思っていると。その中には私と守れなかった村人達に対する謝罪の言葉も入っていた。そこに込められているのはヒトと獣人だけでなく全ての種族が豊かに暮らしていける国にしていきたいのだという強い意志。

「そのためにも儂ら獣人はもっとヒト族のことを知らねばならん。そこでお主の……キリルという名のヒト族に協力をしてもらいたいのじゃ」

「私が協力を……？　一体何に……？」

「特にこれといったことは必要ないんじゃが、ヒト族がどのような生活をするのか、儂らと何が違うのかと……そういったことをじゃな……」

「父上……」

先ほどまでと明らかにヘクトル様の様子が違う。そして、アルベルトの様子も。

「言っておきますがキリルは俺が皇太子の名の下に保護をしているのです。この意味がおわかりですね？」

「ぐっむむ……。わかっておる……わかっておるが……」

「父上」

「わかった！　わかったからそんな目で儂を睨むんじゃない！」

目の前の王族のやりとりの意味がわからないまま、その日の謁見という名の顔見せは終わった。そして、私はヘクトル様の口から出た協力という言葉の意味とアルベルトのおかしな態度の答えを翌日から嫌というほど知ることになる。

＊＊＊

「さて、キリルちゃんやそろそろ散歩でも一緒にどうじゃろうか？」

「いえ、結構ですので……」

「ならば茶を！　キリルちゃんの淹《い》れた茶を所望じゃ！」

毎日毎日繰り返されるこのやりとり。

朝食をとった後、お茶の時間、日が暮れ始める頃。あの日以来、毎日のようにヘクトル様が私の元へとやってくるようになってしまったのだ。これがこの方の言う協力ということなのだろうか。

一国の王であり、何より衣食住全てを私は世話になっている身。無下に追い返すこともできず、たわいない世間話やお茶に付き合っている。時折、ヘクトル様は私の村での暮らしぶりにも話題を広げるが私が言葉に詰まれば自然と話題を変えてくれた。

似たような時刻にたまにやってくるアルベルトと鉢合わせすれば、アルベルトにヘクトル様が引っ張っていかれ何やら大きな声が聞こえ、それにリカムさんが苦笑いを浮かべていた。

この国の王族はそれほど暇なのかとリカムさんに問

えば、リカムさんの苦笑いはますます深くなってしまうばかり。

「本当に嫌だと思ったら率直な気持ちを伝えてみればいいんだよ。ヘクトル様は確かにヒト族に対し強すぎる程の執着を持っておられるけど、君の意志を無視するような方ではないから」

そう言われてしまうと逆に強くは出られないもので、それに触れ合う人の少ないここでの暮らしにヘクトル様の存在は私にとってもある意味息抜きになっていた。

私を見てヘクトル様はきれいじゃとか可愛いのぅとかたまに世迷い言を言われることもある。けれど、その言葉に不思議と嫌悪感を覚えることはなかった。その瞳がどこまでも真っ直ぐでそういった欲を孕《はら》んでいないことがわかったからだろうか。

そんなふうに私の日常にヘクトル様という存在が加わった。

それからしばらく後、私はある決意を込めて『静かなる賢王』であるその人に小さなお願いごとをすることに決めた。

「本当にいいのじゃな?」

「はい、お願いします」

「じゃが……焦《あせ》る必要はないんじゃぞ？　お主にとって忌《い》むべきものであることに違いはあるまい」

「獣人と生きていかねばならない以上、避けられないことだと思いますので……。ヘクトル様には失礼なことだと承知しておりますが、私の父は獅子で……私の父を殺《あや》めたのも獅子でしたから……」

そう、私はヘクトル様に獣人の本性たる獣体を見せてくれとお願いをしたのだ。

あの日の光景は未だに私の記憶から消えることはない。

最期まで獣の姿で勇敢に戦った父さん、そしてそんな父さんに爪と牙を立てて笑っていたあの獅子。

「じゃが、それなら儂よりもアルベルトのほうが――」

「それは駄目ですっ！　あっ、いえ……」

　思わず声を上げていた。ヘクトル様の言うことはもっともだ。ともに過ごした時間はあの人のほうが目の前のヘクトル様よりはるかに長い。それに頼めばきっとあの人も嫌とは言わないだろう。

　だけど、だからこそ駄目だった。憎しみや怒りといった負の感情をさんざんあの人にはぶつけてしまった。私の汚いところも醜《みにく》いところも全て知られてしまっている。それでも知られたくないと思ってしまう。私が……獣人を、その獣体を憎む以上に恐れていることを。

　こんなことをお願いできたのもヘクトル様だからこそ。私と同じ立場の伴侶がかつていたというこの人であれば……とそう思えたからだ。

「ふむ、若い者には若い者の事情があるようじゃな。よろしい、儂がキリルちゃんの力になれるのであれば願ってもないことじゃからな」

「ありがとうございます……。それでは」

　そこまで言って私は喉をごくりと鳴らす。

　これから目の前に現れる存在、それを思うと身体が震える。

　色のない世界でも感じるまばゆい光。それが消えた後にそれはいた。

　あの日、父さんの首元へと牙を突き立てた獅子が。父さんの腹へと爪を立てた獅子が。

　違うのだと分かっている。目の前にいるのが父を殺めた獅子でないことは……。

　それなのに全身から音を立てる勢いで血の気が引いていくのを感じ、私はその場に立ち尽くした。足が震え、膝が崩れそうになるのをかろうじて堪《こら》えたがそこまでだった。

　大きな獅子がのっそりと私に近づいてきたのだ。

「キリ――」

「え……あ……ひっ！」

　身の内から恐怖があふれ出てしまう。巨大な獅子が牙をむき出して近づいてくる。あの時と同じように、獅子が嗤《わら》っている。世界が闇に染まった中で、父の赤をその身に纏い赤色を闇に侵食させて浮かび上がる獅子の姿。

憎い仇《かたき》の姿が現実の世界に重なって見えて、私の中に浮かぶのは確かな憎悪。だがそれ以上に強い恐怖が私を支配していた。

目の前の獅子の巨体は、あの時の獅子よりも大きい。それに耳は欠けてもいない。

だからこれは違う、これはあの時の獅子ではない。それはわかるのに、私は自らの腕にいつの間にか食い込んだ爪から力を抜くことができなかった。

そして、獅子がもう一歩歩みを進めてきた時私の意識はそこでぷつりと途切れてしまった。

意識が闇へと飲まれていく、それなのにその中には闇だけではなくどす黒い血の赤とそれを覆い隠すようにして見慣れた金色も確かに存在していた。

自分が意識を取り戻したのだと気づいた時、まず目に入ったのは見慣れた天井、そして金色――アルベルトの金髪と苦しげに歪んだ顔だった。

彼を傷つけまいと思いしたことが彼を傷つけてしまったことにその表情を見て気づく。だが、そんな彼の顔を見て自然と安堵してしまう自分がそこにいた。だから、その気持ちを悟られたくなくて私はその気持ちとは裏腹に憎まれ口を叩いてしまう。

「この国の皇太子はやはりお暇なのですね……」

「なぜ、あのようなことをした」

私の軽口に答えずにアルベルトは強い口調で言う。

「村の惨状は俺もこの目にしている。それにバージルや騎士達からも詳しい報告を受けているのだ。獣体の獣人に殺された村人達の亡骸もあった……。キリル、おまえの父は最後までおまえのことを思い勇敢に戦ったのだろう……。だが、おまえの父の亡骸にも無惨な傷が……。キリル、おまえは最後までその光景を見ていたのだろう」

こうして村のことに関して口を滑らせる程に今のアルベルトは普段とまるで様子が違う。

「それでも、私は獣人と向き合わないといけないと思ったんです。獣人の街で暮らす以上、獣体を見ることが出来ないなんてお話にならないのではないですか?」

「それはそうかもしれないが、お前は何を焦っている?」

「焦ってなど……」

「ならなぜ父上を巻き込んだ！　いや、なぜ俺を頼らなかった！」

それはアルベルトの心からの怒りだと感じられた。

このような結果になってしまったことで確かにヘクトル様には大変な迷惑をかけてしまっただろう。後で謝罪に行かなければならない。だが、どうしてアルベルトがここまで怒るのかがわからなかった。国王であるヘクトル様を巻き込んでしまったから?　アルベルトに許可を取らなかったから?

「申し訳ないとは思っています。ですが、ヘクトル様であれば大丈夫かもと思ったのです……」

「!?　キリル、おまえはまさか父上のことを……」

その顔に明らかな動揺を浮かべてアルベルトから告げられた言葉の意味が一瞬理解できなかった。だが、すぐにその大いなる誤解に気づいて慌てて否定する。

「あなたは何を言っているんですか!?　私とヘクトル様には親と子ほどに年の差があるではありませんか!?」

「俺や父のような獣性の強い獣人は長い時を生きる。それは、魔力の強いお前のようなヒト族も同じこと、そう考えれば多少の年齢差など……」

まさかそんな勘違いをアルベルトがしているとは思ってもみなかった。冷静すぎるほどに冷静、表情をあまり見せず無骨な鉄面皮《てつめんぴ》。それが私のアルベルトに対する印象で、リカムさんもあながち間違っていないと笑っていたものだ。

そんなアルベルトが今日の前でおかしな勘違いをして感情をあらわにしている。そうか、父親を私に取られると思って彼は拗《す》ねているのだろうか？　そんな子どもらしいところがあったとはと自然と笑いがこみ上げてしまい、それは音となって口から漏れてしまった。

そんな私の姿をアルベルトは驚いたように見つめている。


「お前の笑い声を初めて聞いたような気がする」

そういえば、笑ったこと自体いつ以来だろうか。なんとかこみ上げてくる笑いを抑え、今一度アルベルトへと視線を向けると激しい違和感をそこに覚えた。


「あの……、つかぬことをお伺いしますが」

「なんだ？」

「あなたの瞳の色は灰色ですか？」

「ああ、俺は父と同じ灰色で弟は母から茶の瞳を受け継いだ……おい、まさか」


未だ世界は灰色のまま。だけど、なぜかアルベルトの姿だけははっきりと分かる。金色の髪、灰色の瞳、少し日に焼けた健康そうな肌の色、唇の色も何もかも。

「不思議なものですね。あなたの持つ毛の色だけは出会った時からこの灰色の世界で色づいていた。そして、今それは髪の色だけではなくあなたの全ての色が私にはわかります」


身体を起こそうとした私をアルベルトが支えてくれる。その手は力強く頼もしいとすら感じてしまう。

「どうして、あなただけだったのでしょう……。それに今もなぜ……」

「聞いたこともないことだ、考えても仕方あるまい。おまえの心の傷が少しだけでも癒えた証《あかし》だとそう思えばいいではないか」


アルベルトは私の手を握り、そして灰色の瞳を輝かせて私の顔を覗《のぞ》き込む。この手を離してくれと伝えれば、彼は何も言わず離してくれるだろう。だけど私は、その言葉を口にすることはせず、彼から伝わる熱を感じていた。

しばらくそうやって見つめ合っていればどこからか小さな咳き込むような音が聞こえてきて我に返る。慌ててアルベルトの手を振りほどけば、部屋の入り口からリカムさんがこちらを見つめていた。

「お邪魔でしたでしょうか？　ヘクトル様がキリル君が目覚めたのであれば謝罪と見舞いをしたいと申されておられますので……」

「謝罪など……」

ヘクトル様は私の願いを聞いて、それに巻き込んでしまっただけ。あの方が謝ることなどありはしないというのに……。

「謝罪というのは建前だ。父上はおまえに会いたいだけだからな、断っても構わないぞ」

そう言われても私こそ謝らなければいけない立場だと告げれば、アルベルトはどこか面白くないといった表情を浮かべる。

相変わらずよくわからない人だと思いながらも、私はリカムさんへと声をかけヘクトル様にお会いすることを告げたのだった。

それからも大きな変化はなく、私の日常は続いた。小さな変化があるとすれば、アルベルトの……いや、アルの姿があれ以来色づいて見えることと、ヘクトル様と同じぐらいアルが私の部屋へとやってくるようになったことか。

アルベルトをアルと呼ぶことにもすっかり慣れてしまった自分に驚いてしまうほどだ。

私が再度、この国の王も皇太子もそんなに暇なのかとリカムさんに尋ねても返ってくるのは相変わらず苦笑だけだった。

時間が経てば人は変わるというのは本当で私は少し

ずつ、この城の獣人達とも交流をすることができるようになってきている。私につきっきりで世話をしてくれていたリカムさんから食事や身の回りの世話をしてくれる人が別の獣人へと変わってもやっていける程度には。

この国を守る騎士団の副団長という立場のリカムさん。そんな彼を今まで私の世話係として独占してしまっていたことを申し訳なく思い、改めてお礼を告げればこの国の民を守るのが騎士の仕事なのだと答えてくれた。だから、私の世話ができたことを一人の騎士として誇りに思うと温和な雰囲気はそのままに、柔らかな笑みを浮かべて大きな身体で騎士の礼を私に返してくれた。

そうして、私の生活にまた新たな登場人物が現れることになる。

「なあ、今日も辛気くさい面《つら》で閉じこもってんのかよ？」

「ダグ、いい加減にしろ」

窓から入り込んでこようとする私と同じぐらいの年の若い獅子族を彼と同じぐらい若い熊族が引き留めている。この光景はヘクトル様やアルの訪問ほどではないが、最近頻繁にこの日に入るようになってきていた。ある日突然、今と同じように窓から乗り込んだあげく突然自己紹介され、私は言葉を発することができないほど驚いた。

「ダグラス殿、また帝王学の教師から逃げてこられたのですか？」

若い獅子族の彼の名はダグラス。そう、彼はアルの弟だ。つまり、この国の第二王子。ヘクトル様とアルはよく似ていると感じられたが、ダグラス殿の容姿は似ているところがありながらも二人とは違っていた。垂れた瞳とそのよく変わる表情はどこか人好きのするもので、人懐こさを感じる。彼の持つ色はわからないが親父よりくすんだ金髪で母親譲りの茶色の瞳なんだと聞いていないのに教えてくれた。

性格はアルとは真逆といっていいかもしれない、砕けた物言いのヘクトル様の様子が多少なりとも似ているだろうか。とにかく人との距離感が近い。生真面目で無骨なアルと正反対の不真面目さと軽薄さ。ただ、こう見えても勉学も武術もとにかく優秀なのだとリカムさんは言っていた。人は見かけによらないとはまさにこのことだ。

「ちゃんと終わらせてからきたぜ。なんか今日は、口うるさいあのおっさんが腹の調子が悪いので今日はここまでに……とか言って授業を早く切り上げていったし。なぁ、ゲイル」

「やっぱりあれはおまえのせいだったのか……」

背後で彼の弟分だというゲイル殿が苦虫を嚙み潰したような顔をして佇《たたず》んでいる。彼の名はゲイル。あのリカムさんとバージルさんの子息であり、ダグラス殿とは幼い頃からの親友であり、彼の乳兄弟でもあり、彼の身を守る騎士でもあるのだとか。そんな彼は年下のはずだがダグラス殿より背が高く、その顔つきはバージルさんによく似ていた。ただ、バージルさんよりもさらに強面《こわもて》でその表情はあのアルよりも乏しい。瞳はリカムさん譲《ゆず》りのエメラルド色で髪の色はバージルさんと同じ焦げ茶なのだと教えてくれたのは、やはりダグラス殿だ。

遠慮なくこの部屋に入り込むダグラス殿とは違い、ゲイル殿は礼儀正しい。私の許可が出るまで絶対に入ってこないのだ。

私に対して興味津々といった様子のダグラス殿とは違い、どこか冷めたようなゲイル殿の視線には私に対する関心が一切感じられなかった。それは好意でもなく、嫌悪でもないことが、不思議と私を安心させた。ダグラス殿曰く、ゲイル殿は誰に対してもこうなのらしいが……。

そんな彼がダグラス殿の首根っこを常に捕まえているお陰で、私はこの自由気ままなアルの弟と普通に接することができていると言ってもいいだろう。

「んで、暇ならちょっとばかし街に行ってみねぇか?」

「え?」

「おいダグ……」

いつも突拍子もないことを言う彼だが、それでも今回のいきなりの誘いには驚いた。王城の屋根の上に連れていかれて王都を見せてやると言ったり、山のような果物を厨房から失敬してきたと言って渡してきたりと色々あったが、今回は街だ。今までこのレオニダスという国の王都に来て、王城の中から一歩も外へと出たことのない私に街への誘い。

「街……ですか?」

「そうそう、街。今さ、でっけぇ祭りの準備に外の国から行商人が集まり始めてるわけ。今はまだ様子見って感じでそんなに多くはねぇんだが、それでも面白そうな見世物も結構ありそうだし気分転換になると思うんだけどさ、どうだ?」

祭りという言葉に私の記憶が胸の奥に痛みを走らせる。脳裏をよぎるあの村の平和で穏やかな光景。その痛みを追い払うように一度目を瞑《つむ》った。

「珍しいもんも結構あるらしいんだよ。なあ、焼きたての時だけ伸びる団子って知ってっか? 茶色い液を表面につけて焼いて食べるとすっげえうまかったって騎士のおっさんが言ったんだ」

私が特に返事をしなくても、ダグラス殿はよく喋《しゃべ》る。だが、決してそれは私を追い詰め不快な気持ちにするようなことはない。本心から私と友人になろうと心を砕いてくれているようだった。さすが、あのヘクトル様の血を引く人だなと思いつつもその如才のない振る舞いには感心する。

私のことを全て聞いているのだろうゲイル殿も言葉少なで、未だにその表情から感情を読むことすら難しいが私のことを気遣ってくれていることを様々なところで感じている。あのリカムさんからどうしてゲイル殿が……と不思議に思わないでもないが根の優しさに通じるものを感じてほっとしたのも事実だ。

「おいダグ、キリル殿は獣人が多いところは……」

今もゲイル殿がダグラス殿の肩を引いた。

「だから行くんだよ。キリルも前に言ってたろ、もっと獣人に慣れねえとってさ。俺達が側にいてなんかあるはずもねえし、無理だったらすぐに戻ればいいんだし」

実際街には興味があった。今は王城という閉じられた空間の中で日々を過ごしているが、ずっとここにこうしているわけにはいかない。いずれ私は市井《しせい》に出て働く必要があった。ここは違う、知らない獣人達ばかりが住む街で暮らしていくことは、生きると決めた以上避けては通れない。

「そうは言ってもだな——」

「行きたいです。連れていってもらえますか?」

ゲイル殿の制止の言葉を反射的に遮っていた。

「んしゃっ、決まり」

「キリル殿、本当に構わないのか?」

私の承諾にダグラス殿は喜び、ゲイル殿は思案げに首を傾げている。

「私は本当に何も知らないんです。この国に生きている人がどんな生活をしているのかすら……。きっと足手まといになりますし、無知を晒《さら》すことになるとは思いますが連れていってもらえませんか?」

これはある意味いい機会だった。この城にいる人達は私にひどく過保護なのだ。アルやリカムさんに頼み込めば連れていってはもらえるかもしれないが、それはきっと物々しい警備のついた視察のようなもので、市井の暮らしを見るという目的を果たせるようなものになるとは思えなかった。

「となれば今からさっそく」

「おい、ダグ。このことはアルベルト様かヘクトル様には――」

「書き置きしときゃいいだろ。それに兄貴やリカムはなんか反対しそうだし、親父は論外。俺とおまえがいるんだ危険なことなんて何もありゃしねぇよ」

「いや、反対されるようなところにキリル殿を連れていくのは、おいっ！」

言い合っている二人を尻目に、私も準備を終えて庭に出た。なんでもこの城には様々な隠された出入り口があって、その鍵をダグラス殿は密《ひそ》かに持ち歩いているのだという。

私は上機嫌のダグラス殿と心配そうに何度も背後を振り返り小さくため息をつくゲイル殿に連れられて王城を出て、初めて城下街へと繰り出した。


王都に連れてこられて、馬車から王城に入る時に一瞬だけ振り返って見た街は、小さな村しか知らない私からすればたいそう大きく見えた。だが建物しか見えないその街並みは無機質で冷たく、あの村はもうないのだということを私に思い出させ辛さすら感じたものだ。

しかし、二人によって連れ出された街は人通りも多く、そこで生活をする人達の活気に満ちていた。

だがやはり行き交うのは獣人ばかり。私のようなヒトの姿はどこにもいない。その現実を目にして、私の育ったあの村のヒト族の多さはやはり特異なものだったのだと認識させられる。だからこそ、外界との交流を絶ち村の中だけで生きていたのだ……全ては私達を守るために……。

私は今フードを目深に被《かぶ》り、獣人が持つ特徴がない身体と濃い髪色を覆い隠すように外套を羽織ってヒト族としての姿を人目に晒さないようにしている。自分達で連れ出しておいてと前置きをしてから、油断はするべきではないと二人から用意されたものだ。もちろん何があっても守ると二人とも約束をしてくれたのだが……。

ここがヘクトル様の治めるレオニダスの中心であっても王の力が及ばない場所もある。それゆえに日々ヒト族はその数を減らしているのだとヘクトル様自身が己の無力さを嘆いておられた。

今になってその言葉を思い出し、ぶるりと身体が小さく震えた。私のこの行動はあまりに考えなしではなかっただろうかと。

気がつけば私はいつの間にかダグラス殿のシャツの裾を掴んでいた。

まるで幼子のようだが差し出された手を握るのはどこか受け入れがたいものがあり、掴むところといえばそこしかなかったのだ。そんな私達のすぐ後ろをゲイル殿がついてきている。彼は寡黙《かもく》という言葉がこれほど似合う人はいないだろうほどに必要なこと以外は極力喋らない。

それでも、彼が何も言わなくとも私を守っているのだということぐらいはわかる。彼が後ろにいるという安心感から、少しは肩の力が抜けた。それでもシャツを握った手は離せない。

「今度ある祭りはレオニダスきっての大祭だからな。今はそのための舞台も作られてるんだ。その工事が結構大規模なもんで周りの街からも職人やら何やらが集まってきて普段以上に人の出入りが多い。行商人もどんどん集まってきて、屋台の数も普段よりはるかに多いからなぁ」

通り過ぎる数多《あまた》の獣人は様々で子どもの姿もある。だがもう一度あたりを見渡しても、明らかなヒト族はいない。

「親父が若い頃は露店で普通にヒト族が物を売ってたりしてたらしいんだがな。そんな中に俺の母親もいたってわけだ。親父の一目惚れだったらしいがまぁそれがお袋にとって幸せだったかは俺にはわかんねぇわ」

小さくぼやくダグラスの言葉に、私はフードの胸元をきつく握り締めた。あのヘクトル様とアルの言葉と姿を見ていればそれに違うと反論はできた。悲しい過去があっても、辛い記憶を持ち続けていても、愛する人と結ばれて愛しい子ども達を授《さず》かったそんな人生が不幸だったはずがないではないかと。

だけど、私は何も言えなかった。今の私にそれをダグラス殿に告げる資格などないのだから……。

「あ、おいっ向こうで食いもん売ってるみてえだな。行ってみようぜ」

不意に掴んでいた腕が引っ張られ、方向転換したダグラス殿が私に満面の笑みを浮かべた。

「腹が減るとろくな事はねぇ。考えれば考えるほど悪い方向にいっちまうしな？　ほら、ゲイルもそろそろ腹が減ったのか眉間の皺が深くなってやがるぜ」

指さされて思わず視線を動かせば、ゲイル殿がそっぽを向いて眉間を押さえている。だが確かに聞こえる彼のお腹の音。

「そうですね、まずは何か食べましょうか」

今ここで立ち竦《すく》んでいても仕方がないのは確か。昼前に出たせいで私もそろそろお腹は空いてきていたし、若い獣人である二人は漂ってくる肉が焼ける香りにもう釘付けだ。

私は今は迷いや負の感情をなんとか封じ込め、街を見るために歩き出した。

賑やかな通りには活気のある人々の声がざわめきとなってあたりに響く。

通りに向けて構えた立派な店も多いが、所々にある市場や広場では露店や屋台も多い。二人が屋台に立ち寄って何かの肉が刺さった串を私に差し出してきた。王城で食卓に並ぶ丁寧に調理された肉とは違う素朴で粗野な味。だけど、それはどこか懐かしい村の味だった。

私は彼らが次々に屋台の物を買い、食べていく姿を唖然《あぜん》として眺めていた。自分に渡されたその量の多さに呆然《ぼうぜん》としながら……。

「あの、どこか座る場所はありませんか？」

「あっ、悪ぃ悪ぃ。幾つになっても屋台ってのはいけねぇな。つい、夢中になっちまうわ」

「キリル殿、こっちだ」

通りに店を構えている立派な店の軒先にある椅子と机。ゲイル殿がぎこちない様子で私をそこへと誘ってくれる。ダグラス殿はこの店の店主に幾ばくかの金銭を渡し、何かを注文してから受け取り、それを先ほどの屋台で買った物とあわせて机の上に並べる。

そのあまりの量の多さに一つの机では乗りきらず、もう一つ机を使ったほどだ。

私はそれを一つ一つ手に取りゆっくりと味わいながら、目の前の二人の食欲に圧倒されながらも大事なことを考えていた。

「そうでしたね。街では金銭で物を売り買いするのですよね……」

「キリルの住んでた村では違ったのか？」

「おい、ダグ」

「いえ、構いません。ゲイル殿もそんなにお気遣いなく……。吹っ切れたわけではないですが逃げてばかりもいられませんので、えっとそうでした村での話ですね。基本的に物々交換でしたから年かさの者であれば街でしか手に入らないものを買いに行っていたりもしていたかもしれませんが」

「ああ、それなら仕方ねぇな。でも、王都から離れれば離れるほどそんな村はたくさんあるぜ？」

「それならばなおのこと学ばねばなりませんね。食料の値段、着る物の値段、どれも生きていくために必要なことでしょうから……」

なぜか私の言葉にダグラス殿もゲイル殿も心底不思議そうな顔をしている。

「キリルがそんなことを心配する必要はねぇだろう？」

「なぜですか？　私はあそこで売っているペイプル一つの値段すらわからないのですよ。それにお金を稼ぐ術も今の私にはありません」

「いや、まぁ知っておくにこしたことはねぇだろうが兄貴が不自由はさせねぇと思うんだが……」

「今はこの国の……皆さんの厚意に甘えていますがいつまでもそういうわけにはいかないでしょう……。村が残っていれば、村で自給自足の生活も考えたのですが私一人ではそれも叶いそうもありませんから」

「んーー、そうじゃなくてだな。キリルのことをあの兄貴があれだけ大事にし目をかけてるってことはだな」

ああ、そういうことかと内心小さくため息をつく。

「アルが私を気にかけてくれているのは彼が私をその手で助けてくれたからでしょう。それに、ダグラス殿はどう思われるかわかりませんが、もしかしたらアルは私にお母様の幻影を見ているのかもしれません」

「えっ、兄貴のことアルって呼んでんの？」

その言葉にあのゲイル殿の眉にも深い皺が刻まれ、明らかに驚いているのが感じ取れた。

「えっ、ええ。アルからそう呼べと言われたもので、何か問題が……いえ問題だらけですよね。こんな大きな国の次期国王をこんなふうに気安く呼んでいるなんて……」

「んーいや、問題は問題っつうか違う方向での問題というか驚きというか……。へぇ、あの兄貴がそこまでねぇ……」

「ダグラス殿、あなたは一体何を言って――」

「いや、悪ぃ。なぁキリル、おまえから兄貴はどんなふうに見える？　どんな人間だ？」

明らかに興味津々といった様子で問いかけてくるダグラス殿の横でゲイル殿は仏頂面で腕を組んでいる。この二人の対比はやはり見ていて面白い。

「難しいことをおっしゃいますね……。とても真面目な方だと思います。どこか不器用だけれとも、何事にも懸命で責任感の強い、優しさも持ち合わせた次期国王として相応しい方だと」

「そういう模範的な回答じゃなくてだな。あんたが出会ってまず感じたこと、されたこと。なんでアルって呼ぶようになったかとかが知りてぇんだよなぁ」

「初対面……あれは印象が最悪だったので偏《かたよ》ったものになってしまいますが……どれだけこの人は傍若無人《ぼうじゃくぶじん》なのだと思いました。病人に無理矢理口移しで薬を飲ませたり、仮にもアニムスをすっぽんぽんにして風呂に無理矢理入れるというのはデリカシーがなさすぎる気も……」

私の言葉に返ってきた二人の反応はあまりに極端なものだった。ダグラス殿は腹を抱えて笑い出し、ゲイル殿は腕を組んだままその両目をこれでもかと見開いていた。

「んひっ、ひっ、ひっ。やべぇ、おもしれぇこと聞いちまった。これで当分兄貴をからかえるわ」

よくよく考えれば次期国王と口移しをしたとか風呂になどとそんなことは口外すべきことではない。そんなことはわかっているのに、この目の前の若い獅子族にはどこかなんでも話してしまうようなそんな不思議な雰囲気がある。だが、言わなくていいことを言ってしまったのは確かで……。

「ちょっ、余計な事まで言ってしまいました。どうかその、そこは内緒にしておいていただけると……」

ようやく笑うのを止めたダグラス殿が私に向き合って普段見せない真剣な表情で言葉を発した。

「キリルは兄貴が城の中のうるさい連中や民からなんて言われてるか知ってるか？」

「おい、ダグそれは」

ダグラス殿から発せられた意外な言葉をゲイル殿が再び眉間に皺を寄せて諫《いさ》める。

「いえ、聞いたことはありませんが……」

「武術も学問も、政治的な手腕も非の打ち所がない。ただ、まるで感情のないお人形のようだってね。無慈悲で冷酷な兄貴が『静かなる賢王』の後継者として本当に相応しいのかって声もあるぐらいだぜ」

「アルが……？　そんなことは……？」

私はその言葉を聞いて思い出していた。アルがぽつりとヘクトル様の後を継ぐことが重荷だと私に漏らしたその言葉を。

「俺はもともと自分がそんな器じゃねぇってわかってるから、兄貴に全部押しつけて逃げ出した。俺じゃ兄貴を支えてやることはできねぇ。俺よりも兄貴の側にいて兄貴を支えてくれるのに相応しい人間がいるんじゃねぇかとずっと思ってた」

先ほどよりもさらにその表情は真剣で、今目の前で言葉を発しているのはダグラス殿と同じ人物とは思えないほどだった。だけど、どうして目の前の彼はそんなことを私に告げるのか……、わかってはいけない。そう私の中の何かが囁きかける。

「ダグラス殿、あなたは何を」

「キリル、あんたは頭の悪い人間じゃねぇ。察しも悪くねぇ。だから、今じゃなくてもいい。いつかその時が来たら俺が言っていたことを思い出してくれればそれでいい。頼む」

小さく頭を下げたダグラス殿の姿に驚けば、それに倣《なら》うようにゲイル殿まで小さく頭を下げてきた。一体これはどういうことなのか……。

私はそんな二人の姿を見続けるのが気まずくて視線を逸らせばその先には果物や野菜を売っている露店があった。

「気分転換のはずが変な空気になっちまったな。詫びになんかいるもんあるか？　いるなら俺が買ってやるよ」

そう言って懐《ふところ》を叩くダグラス殿の言葉に、私は首を横に振った。

小さな虎族の子どもが親と一緒に果物を売っている露店。大きな丸い縞模様のものや、二つに分かれた軸の先に丸い果実がついたもの、あれは確かキールの実。村には自生していなかったが、街に出た者が買ってきたことがあって爽《さわ》やかな酸味と濃厚な甘みが美味しかった覚えがある。そして私は懐かしい味のことをふと思い出し、それは声になっていた。

「アラゴはないですよね」

もう時季も終わってしまったアラゴの実はやはり並ぶ果物の中にはない。乾燥させたものでもないかと思ったがそれもなさそう。ダグラス殿が露店の店主に問いかけるのを聞いてみると、彼はアラゴという果実を知らないらしい。

その言葉に驚いていたらゲイル殿にも知らないと言われ、二度驚いた。

「俺も実際に見たことも食ったこともねぇんだけどな。アラゴはレオニダスでは育たねえって聞いたことがある」

「そうなのですか……。私の村ではありふれたものだったので」

「そうだなぁ、食べたくなったら兄貴に言ってみるといいぜ。いや、言ってみてくれ。兄貴がそれでどうするか俺は観察してみたいからな」

私と年はそう変わらないはずなのにどこかいたずらを思いついた幼子のような表情でダグラス殿は私に告げる。その様子をやれやれといった風情《ふぜい》でゲイル殿が眺めているのは変わりない。

それからも様々な露店や屋台を連れ回された。

こうして人々の生活の中へと自らの身を投じるとそこに人の営《いとな》みがあることを肌身で感じる。そこにあの村もこの都も何も違いはない。

そして獣性が強いアニマが獣人のアニムスを惹《ひ》きつけるというのも変わりはないようで……。

時折線の細い獣人がダグラス殿に熱心に話しかけて、ダグラス殿もまんざらでもない雰囲気でそれに応えている。

ゲイル殿も同じように声をかけられるが口数少なくそれを拒絶しているのが対照的だ。

「ダグ、いい加減にしろ」

声を抑えて叱責をするゲイル殿に、ダグラス殿も肩を竦めて「無粋《ぶすい》なやつがうるせぇからな、今日はこれで勘弁してくれ」などとふざけた物言いで返しているが、ダグラス殿へのわかりやすすぎる気持ちを隠さないお相手はそれでもどこか嬉しそうだ。

そんな二人の様子を手持ち無沙汰のままにただ見ている私がいた。ああして、アニマに自ら声をかけるほど恋い焦がれるということがあるというのだろうか。それを恋と呼ぶなら、私にとってレブラン兄さんはあくまで大事な人であって恋とは違ったのだと再認識させられる。

もし、私が恋をするならそれはきっと……。

どこか他人ごとに感じられるその答えを導き出す前にあれほど騒がしかった市場の喧騒が気がつけばやんで、静まりかえっている。

ダグラス殿が視線を市場の入り口へと走らせ、両目を細めた。窺うように見つめたままに「随分早くにバレたな」とその口元が弧を描く。

「え?」

問いかける私に、嘆息して後ろ頭を掻いている。

「お迎えが来ちまったってわけだ。気分転換はおしまいかね」

その横でゲイル殿はダグラス殿よりはるかに大きなため息をついている。

「アルベルト様がこの町中にアーヴィスを連れ出してこられるとは……。おまえ、書き置きを残しておいたのではなかったのか……?」

「そんなもん残したらすぐバレちまうだろうが」

その言葉に疑問を投げかける間もなく、聞き慣れた低く鋭い声が耳に入った。

「お前達、一体どういうつもりだ」

色なき私の世界で唯一色を持つ人。馬上からこちらへと投げかけられる強い視線、市場の民達もその存在に気づき頭を下げていく。少し強い風に外套をなびかせながら、その人は馬上にいた。

　あれは確かアーヴィスという魔獣。リカムさんが騎士団の厩舎《きゅうしゃ》で騎士達が騎獣にしているのだというその様子を見せてくれたことがある。漆黒の毛並みと深紅の瞳を持つ美しくも恐ろしい高位の魔獣らしいが、アルが乗っているそれは厩舎で見たそれともまた違う。

　頭上に一対の立派な角があるのは変わらないが、何よりもその体躯《たいく》が素晴らしかった。引き締まった駆けるための筋肉で覆われた、私が見上げるほどに立派な姿に思わず息を呑《の》む。何より獣人の中でも体格の良いアルをその背に乗せてなおその姿は堂々としている。

　そしてその背中に乗るアルの姿もまた堂々たる王者の威厳を放っている。表情はやはりないが、精悍《せいかん》な彫りの深い顔立ち。その体躯は鍛《きた》え上げられ立派で、アーヴィスの背に乗って堂々としている。何よりも、アーヴィスの背に乗る姿はアルを見慣れた私でも見違える程に凛々しく私は自然と息を呑んだほどだ。

　私がアルの問いかけに答える前にダグラス殿が口を開いた。

「王城に閉じ込められてばかりで退屈そうにしてたんでな。ちーっとばかし気分転換に連れ出してやっただけだぜ？」

　あたりの視線は突如として市場へと現れた、アーヴィスに乗ったこの国の皇太子と私達に注がれている。なぜアルベルト様がここに？　あれはダグラス様では？　と人々の間に小さなざわめきすらも起きていた。アーヴィスに乗ったままのアルとダグラス殿が向かい合えば、さらにあたりのざわめきは大きくなる。

「なぜ勝手なことをしたのかと聞いている。ゲイル、おまえが側にいながら」

　威圧的な低い声がビリビリと空気を震わせる。それをダグラス殿はなんでもないことのように受け流し、その表情の笑みを隠そうともしない。ゲイル殿はその横で反論することもなく腰を折り、頭を下げていた。

「理由は言っただろ？　過保護な誰かさんのお陰で随分と暇を持て余してたみてぇだからな。それより兄貴こそ、聞いたぜ。アルって呼ばせてるらしいな」

ダグラス殿が私に視線を向けながら放った言葉に、アルは眉間に皺を寄せて私へと視線を向けてくる。私の頭の先から爪先まで、何かを確認するようにそれが動いた後、もう一度その視線がダグラス殿へと向けられる。

「だとしてもそれはおまえの役割ではない。キリル、こっちに来るんだ」

その言葉を聞いたダグラス殿はなるほどとしたり顔で笑みを深める。だったらあとは任せたと私の手を取ったかと思うと馬上のアルの手に私を預け、気がつけばその姿は雑踏の中。

「え？　あの、なんで？」

慌ててその姿を探すが、私が見て取れたのはゲイル殿がもう一度深々と頭を下げてきびすを返す姿だけだった。その背を呆然と見送って、ようやく自分が置き去りにされたのだと気がついた。しかもアルへと預けられた形で。

呆然としても後のまつり。しっかりと握られた手に熱を感じた。

「あれは自由がすぎる。それが悪いとは言わないがおまえも……。逆にゲイルは……いや、なんでもない」

「アル、どうしてあなたが……」

「おまえとともにあやつらも姿を消したと報告を受けた。あの二人であれば心配はないとわかっていたが……急ぎ政務を終えて気がつけばイザークに乗り駆けていた。それだけだ」

イザークという名前にアーヴィスを見上げれば、その瞳がそれは自分のことだと告げていた。だかここは大都市の市場の真ん中。しかも、そこにいるのはこの国の皇太子と一際目を引く魔獣。当然そんな皇太子と手を繋ぐ私にも好奇の視線が突き刺さる。

「ここは人が多いな」

ふとアルが呟く。

一国の皇太子が供《とも》も付けずにこのような場所にいてもいいのかとそんな疑問をぶつける前に繋いだ手に力がこもる。

「少し端に移動しよう。手を離さないでくれ」

心なしか更に増した手の力。掌から伝わる熱は不快なものではなく、その熱を私も甘んじて受け入れた。

人々の注目を集めていた私達だがアルが片手をあげれば、それが何かの合図だったかのように皆本来の目的へと戻り始める。よくよく考えれば皇太子の弟がお忍びで自由に遊びに出られる国、この国の王族というのはそういうものなのだとそれに民も慣れているのだと納得するしかないのだろう。

市場の外れの大木の下、ひと気のないその場所でイザークと呼ばれたアーヴィスの手綱《たづな》をアルが括《くく》りつければ再び向かいあうことになる。

「怒っていますか？　黙って抜け出したことを」

私の問いにアルは僅かに眉をひそめ何かを考えているようだった。

「怒っていない……とは言えないな。もう少し時間を取ってから俺から声をかけてみるつもりだったのだ、街を見てみないかと。結果として、弟《ダグラス》達に先を越される形になってしまった。そのことを少しだけ怒っている」

「申し訳ありません。ですが、私も知りたかったんです。この街の人達がどういうふうに暮らしているのかということを」

「ああ、わかっている。おまえを籠《かご》の中の鳥にしてしまっていたのは俺の落ち度と傲慢《ごうまん》だ。それをあいつ《ダグラス》に見抜かれていたことが悔しいだけだ」

この人は何を言っているのか今一つよくわからない。私が不思議な顔でアルを見つめ返せばその灰色の瞳で見つめ返してきた。

「もう少し街を見て回るか？」

「いいのですか？」

「すべきことは終えてきたと言っただろう。父上やリカムの許可も取ってある」

「この子は？」

私がイザークと呼ばれたアーヴィスに恐る恐る手を伸ばせば、その頭をゆっくりと下げてきた。恐ろしいはずの魔獣がどこか愛らしく感じられる。

「イザークなら大丈夫だ。この市の者は慣れている。それにこいつは賢い、本来であればこれで繋いでおく必要がないぐらいにな」

そうして木へと括りつけた手綱へと視線をやる。

「それならばもう少しだけ……。あなたも本当にいいのですか？」

自然とイザークへの問いかけを口にしていた。それにイザークは頭を上下することで応じてくれる。

そうして私はアルに手を引かれるままに再び市場の中へと歩みを進めた。

手をしっかりと握られたままで、小さな歩幅の私に合わせるようにゆっくりと歩んでいく。

今のアルは普段の彼とは違う随分と簡素な服を着ていて、その格好だけ見ればそのあたりにいる民となんら違いない。だがそれでもやはりその姿は人目を引いてしまう。大柄な獣人の中でもさらに大柄であることや、何よりその金色の髪は陽光を浴びて煌《きら》めいて彼の存在を大きく主張していた。

それでも人々は必要以上に彼にかしずくことはなく、自ら道を空けはしても群がることはない。遠巻きに興味深げにこちらを窺う人達も、その姿を目にして満足したら去っていく。

やはり、レオニダスの人達はこういう状況に慣れているのだろう。

「何か買ったのか？」

「いえ、色々と食べる物は買っていただきましたが……。欲しいモノがあるわけでもないので」

市場の喧噪の中、アルの声は不思議とよく通る。私がぼそりと呟いた声が最後まで彼の耳に届いているとは思えなかったが、ふとアルが開けた場所へと足を踏み入れた。

「ここの市は外の国から来た商人達が多い。通りの露店より珍しいものが多いはずだが見てみるか？」

私はその言葉に頷いて返す。もとより拒否する理由はなかった。

相変わらず私の目は色を映さない。だがそれでも見たこともない珍しい物がところ狭しと並んでいる露店に興味をそそられないと言えば嘘になる。

繊細な硝子《ガラス》細工や組紐細工にどれほどの手間暇がかけられていてそれが見事なものなのかぐらいは私にでもわかった。緻密《ちみつ》な装飾で縁取られた手鏡は私を映し出し、軽くて手触りのいい柔らかな布は風に煽られてその向こうが透けて見える。

アルと私が商品を覗き込んでいた店の主が持ち上げた髪飾りに小指ほどの大きさの石がぶら下がり、陽光に照らされて輝いていた。

その髪飾りを見て思い出す。そういえば、母の形見の髪飾りを私はあれから見ていない。あれほど大事にしていたものをどうして忘れていたのか……。それはきっとあの髪飾りで貫いた肉の感触を思い出してしまうから、今隣に立つこの人を私の手が傷つけたことを……。

気にならない訳ではない。だが、アル本人にそれを問うことなど私にはできなかった。あの時のことを謝罪しなければと思いながらずっと先延ばしにしてしまっていたこと、それでもそのことをアルに告げれば何か徹底的な破局が起こってしまうようなそんな予感が私にはあった。甦《よみがえ》ってきた人の肉を穿《うが》った感覚、私は目を瞑ってそれを再び頭から追い出した。

どちらにせよあのような使い方をした細い髪飾りが無事な形を保っているとは思えない。そのまま路傍《ろぼう》で母の形見が朽《く》ち果ててしまうのかと思うと悔やんでも悔やみきれないがそれを取り戻す手立てはどこにもない。

私の目の前で店主が差し出す髪飾りは失ったそれと似ていたが、きっと高価なものなのだろう。それでも目の前のそれと母のそれを比べることなど私にはできなかった。

「その髪飾りが気になるのか？　おまえの髪の色によく似合うと思うが」

「いえ、私には必要ないものですから……」

村では結《ゆ》っていた髪もあの日以来、飾ることすら忘れていた。

髪飾りに私の視線が奪われていたせいかアルのそんな言葉が聞こえてきたが、首を横に振る。欲しいものはない。私が欲しいものはこれではない。

確かに細工物は美しいし、あの軽やかな布をまとい舞えばとても美しく映《は》えるだろう。

でもそれらは単純に興味を引かれるだけのもの。私が心から欲しいと願うものは違う。

村での生活を返してほしかった。村の平和な景色をゆっくりと眺めたかった。父さんやレブラン兄さんともう一度暮らしたかった。

それを奪ったものに私の全てをかけて復讐してやりたかった。それが私の唯一の願いと生きる理由だったはずなのに……。

村人の無念を晴らすために、あの村の生き残りとして私は一生それを抱えていかなければいけないのに、復讐や憎しみという私の生きていく縁《よすが》を塗り替えてしまうものがある。

それは色あせた世界で唯一色を持ったもの……。

そんな思考に搦《から》め捕《と》られた私の顔を頭上から覗き込む灰色の瞳にはたと気がついた。

「あっいえ……、なんでもありません……。あの、少しだけ疲れてしまったみたいです。そろそろ戻りませんか……？」

「ここは人が多いからな。少しずつ慣れていけばいい」

ここに来た時と同じようにアルに手を引かれてイザークの元へと戻れば、そこには大人しく乗り手であるアルを待つアーヴィスの姿があった。

「アーヴィスに乗って駆けるのは初めてか?」

「ええ、先ほどが初めてですよ」

「ならば、こうしよう」

「え!? あっ!」

私の返事を待たずにアルは自らがイザークの背に乗ると、器用に私を抱きかかえてその背に私をまたがらせる。背後からアルが支えてくれているとはいえ、普段とは違う高さからの景色に息をのんだ。

「あの、私は歩けますから……」

「疲れたのであればこの方が早い。心配しなくてもお前をここから落としたりはしない」

そう言ってアルはイザークの歩みを促す。人が早足で駆ける程度の速度で進むそれ、けれども上下の揺れと高い視界が私の不安を煽っていく。

「そう怯えるな。おまえが怯えればイザークが不機嫌になってしまう」

「この子が……?」

「アーヴィスは気高く賢いからな、俺も主と認めてもらうまで近寄らせてもくれなかったほどだ。そんなイザークがおまえに頭を下げていただろう?」

「そういえば……」

先刻、この子の鼻先を撫でたことを思い出す。

「それはイザークがおまえのことも主と認めたということだ。自分が認めた主をその背に乗せているのに本人が不安がっていたら不機嫌になるのも仕方あるまい」

「そう言われても……」

何をもってイザークが私のことを認めてくれたのか

はわからないがそれでも初めての騎乗で不安が募るのはどうしようもないと思うのだが……。

「ならこうすればいい。もっと俺に背を預けて、そうだ」

アルが片手でイザークの手綱を持ち、私を支えていた手でそのまま私の上半身をその胸元へと導いていく。私は上半身のほとんどをアルの胸元へと預ける形になった。

これほどこの人の熱を鼓動を近くで感じたのはいつ以来か。守られているという安心感だけではない、そこには私が知らなかったはずのレブラン兄さんには感じなかった気持ちが確かに存在しているのを実感してしまう。

この温かさに甘えてはいけない。そう自らを律しながらも今だけはと身体は言うことを聞かなかった。そうして私は先ほどの光景を思い出す。ダグラス殿へと己の気持ちを隠しもしないアニムスの姿。

あの時出せなかった答えを私はもう知っていた。

私はこの人に惹かれている。それは認めなければいけない事実だった。

それなのに心の奥底で歪んだ『私』の声も聞こえる。おまえは獣人が憎いのではなかったのか？　怖いのではなかったのか？　と。

自分の中に生まれる相反する感情。そんな浅ましい自分が嫌で嫌でこの場から逃げ出したくて……。でもそれすらできないことへの自己嫌悪が募る。

そんな中、私を抱き込んだままでアルが口を開いた。

「あの市は父が母と出会った場所でもあるのだ。ダグラスがそれを知っていておまえを連れていったのかまではわからないが……」

随分と昔の話だと、この国の過去を教えてくる。

「父はそこで母のことを見出した。たくさんの人間の中でヒト族の親子を見つけ、その子が自分の『番』なのだとすぐに気がついたそうだ」

「『番』……」

獣人にとって特別な存在。リカムさんとバージルさんが持つ運命の結びつき。あのヘクトル様も……と私をキリルちゃんと呼ぶその笑みが脳裏に浮かんだ。

「その後、母は不幸に見舞われ父の元へと来ることになる。だが、父はいつも言っていた。母が『番』だから選んだのではない、母がヒト族だから選んだわけでもない、母のことを心から愛していたのだと」

アルは一度そこで言葉を切った。だが一拍置いて、続きを紡ぐ。

「俺はその言葉を信じている」

「……どうしてそんなことを私に？」

「おまえには知っておいてほしかった。それだけだ」

そうアルが答えたのが合図だったかのようにイザークがその歩みを速めた。その揺れに私はアルにしがみつくことになってしまい、それ以上のことを聞くことはできなかった。

それでよかったのかもしれない。私が自覚してしまったこの気持ち、それを彼に知られなくてすんだから……。

今だけは、この二人の時間を大切にしたいとそう心から私は願っていた。

久しぶりに喧騒に触れたせいか二つの月が天空を巡り中天にさしかかっても、睡魔が訪れることはなかった。何度も寝具の中で寝返りを打ち、目を閉じて静かに眠りの波に身を任せようとしても時間は無駄に過ぎるだけ。気がつけば、街中の風景とともにアルの姿が脳裏に甦り、疲れた身体とは裏腹に頭の中は騒がしくなる。

ダグラス殿とゲイル殿に連れ出されて見た街の様子に市場の様子。この街の住民はとても幸せそうに見えた、それは私の村と同じぐらいに……。

そして、ダグラス殿から投げかけられた言葉の意味。それを理解していたけれど、理解してはいけない。アルとの大切な時間、そして私の感情。向き合わなければいけないことがあまりに多すぎて、脳内の混乱が収まることはない。

一旦寝ることを諦めた私は寝具を抜け出し、気分転換がてら窓の側で月を見上げた。今日は普段より赤みが増した朱の月が窓の影を床に落としている。二つの月の明かりは大きさの差もあってか銀の月のほうが普段は強い。だが時折朱の月のほうが明るいと感じることがある。僅かな差ではあるが、朱の月の輝きが強い夜が私は好きだ。

視線を落とせば、月明かりで照らされた中庭は色がなくともどこか幻想的に見える。

昼間の太陽に照らされた世界とはまた別の違う世界に感じられて、私はそんな景色をぼんやりと眺めた。

時折リカムさんとともに散歩をする小道はここからでは木陰に隠れて見えない。

ここに来るまでとここに来てから……あの村で暮らしていればきっと一生知らなかった感情をたくさん知ってしまった。知らなければ知らないほうが幸せだったそれ、でも知ってしまえばもうこみ上げてくるものを抑えきれない相反するもの。

平穏な今、平穏だった過去。そして私の心はその狭間《はざま》からどうしても抜け出すことができない。

思い起こすのは、祭りを楽しみにしていた村人達の笑顔。櫓《やぐら》から見下ろした村の美しい風景。ヒト族も獣人も皆仲良く暮らしていた故郷の姿。

次の瞬間、その全てが赤い色で塗り潰される。

血と炎に染まった黒い影となった村に他の色は無い。地面に横たわる人影、鋭い爪と牙で切り裂かれたのは誰なのかわからない。知りたくもない。聞こえるのは村人の叫び声と悲鳴。そして怨嗟《えんさ》の声。何度も何度も視界いっぱいに広がる情景に喉の奥から絞り出すような呻《うめ》き声が涙とともに自然とあふれ出す。

もう見たくないと、聞きたくないと願ってもそれは決して許されない。張り詰めていた糸が切れたように、私はその場に膝を突き崩れ落ち涙を流し続けた。

どのぐらいそうしていたのだろうか。僅かながらも落ち着きを取り戻した私は大きく息を吐きその場に立ち上がる。荒れ狂う感情の波はその頂点を越えたものの、意識はどこか朦朧《もうろう》としていた。眠気など湧いてくるはずもなく、胸の奥には息苦しいほどに落ち着かない衝動がまだあった。そんな感情を鎮めたいと少しひんやりとした空気の中へと私は歩みを進めていく。

中庭に面した窓は容易《たやす》く開き、裸足が踏み締めた芝は優しく私の身体を受け止める。冷たい風は昂《たか》ぶった感情に引きずられて火照《ほて》った身体には心地よく、私の顔と四肢をくすぐった。ざわめく枝葉の音は聞き慣れたもので、静寂があたりを支配していた。

王宮勤めの寡黙な庭師が作り上げたという野に咲く草花の花壇を通り過ぎ、いつもの小道へとたどり着く。煉瓦《れんが》が敷き詰められた幅の狭い道。いつもはあまり気にせず歩くこの道も庭師の仕事なのかその道に沿うように花々が植えられている。

色が分かればもっときれいなのだろうにと残念な気持ちのままにいつもは通らない小道の分かれ道をたどったその先でそれは聞こえてきた。

微《かす》かに聴こえるのは何かの音色。

広い庭は奥が見通せない。だが、耳を澄ませばその奥から確かに澄んだ音色がしている。笛や太鼓とは違う、何かを弾くような響きのこれは弦楽器によるものだろうか。

もうすでに日も変わろうかという時刻。一体誰がこんなところでと疑問が湧き起こるがそれを打ち消すようにはっきりとした音色が耳へと届く。

どうやらその音は蔦《つた》が絡まる飾り棚の向こうから聞こえているようだった。庭を仕切る壁のようにそびえ立つその奥には、小さな東屋が見えるが中は見通せない。だが確かにそこからこの音色は聴こえてきていると私は改めて耳を澄ませた。

「これはトゥリングス……？」

聞き慣れたトゥリングス独特の弦を擦る音色が私の身体を震わせる。膨らんだ胴体部から上へと伸びる軸にかけて張られた四本の弦を指で弾き奏でるトゥリングスは、村でも奏でられていた。そう、私が舞うはずだったあの祭りでも……。

私の心を知ってか知らずかそのトゥリングスの音色がどこかもの悲しくあたりに響き渡っている。弦を弾くその一つ一つの指が哀しみに満ちていて、それはまるで葬送曲のように私には聴こえた。

その旋律は低くまるでまとわりつくように私を包み、月明かりがよりもの悲しく視界を染める。

そして、流れ込む音を拾うように自然と手が伸びた。

空に向かい差し出した掌は月の雫《しずく》を受け止めるように開き、摑む。踏み出した爪先は草を捉え、ひねった身体は空気を孕み、空へと向かう。

低く、高く、流れる旋律に乗って、私は舞っていた。

あの日、あの最後の日に、村で舞ったように。だがあの時とは確かに違う音色と旋律。あの日は太陽の光の下で、今は月の光の下で。

音色に誘われ、考えるまでもなく身体が動く。私の心に従うように体内の魔力があふれ出し、風を呼び寄せた。木々の合間を風が通り過ぎ、小枝が揺すられ、枝葉の音が旋律に色を添えた。

ただ音だけを聴き、風に乗って舞い続ける。

今が月明かりしかない夜だということも、この地がどこなのかということも、過去の惨劇の光景すらも忘れて、ただ舞うことだけに集中していた。

いつしかその旋律は消えていた。

それでもあふれる感情を乗せて私は体力が尽きるまで舞い続けた。

＊＊＊

あの夜と同じように小道をたどり、東屋が視界に入ると同時にその音色は私に届く。

あれから毎夜、気がつけば部屋を抜け出して私はあの旋律が聴こえる場所を訪れていた。

音が聴こえない夜もあるが、最近では毎日のようにその音色は東屋から響いていた。その旋律を受けて、私は浮かぶ感情のままに手を月に伸ばす。

それが舞の始まり。月への感謝の祈りを乗せて舞う時はいつもこうやって始めていたことを思い出す。

舞っている最中の私は幸せだった。

旋律に合わせて舞っている間だけは幸せなあの日々に私は戻ることができた。

その記憶は全てが優しくも楽しく明るく色づいたものばかり。小さかった私の最初の祭りの記憶から覚えている限りの記憶が甦る。

花咲く季節を楽しみ、豊作を祈り、収穫を祝って月への感謝を捧げた日々。

子供が生まれれば皆で喜び、誰かが亡くなれば皆で泣いた。

温かい村だった、美しい村だった。

私の大切な故郷はこんなにも素晴らしい場所だった。

あの村で生まれた幸せな思い出をこのままずっと持っていきたいと、届く音色は私に思わせる。忘れていた記憶を呼び覚ます音色に、私は厭《いと》わないどころか感謝した。

幸せな過去に浸りながら一心に舞っていたせいか、次第に音色が近づいてきていたことに気づくのが遅れた。途切れることなく、しかしさっきより大きく響く音に私は伏せていた視線を上げて、旋律を奏で続ける奏者の姿を視界に収めた。

ああやっぱりと、どこか確信めいた思いでその凛とした姿を脳裏に刻む。

そこには色があった。私が感じることのできる唯一の色をまとうその人がいた。


——アルベルト。

鬣《たてがみ》のごとく金の髪を風になびかせ、灰色の瞳で私を見つめ、大きな身体で抱えるトゥリングスは村のものより大きい。

アルの太い指が滑らかに弦を弾き、美しい音色が広い庭の隅々まで響き渡り私を包み込む。

その旋律とともに、アルが私へと向ける視線の強さにも気づいていた。強く、そして熱さすら感じるそれ。私の一挙手一投足を全て逃さないとばかりに向けられる熱い視線。突き刺さるようなそれに、私の胸は舞の負荷だけではなく強く高鳴っていた。

その視線でダグラス殿の言葉を思い出す。ああ、私より先に彼は気づいていたのか……。いや、気づかなかったのは……気づきたくなかったのは私だけなのかもしれない。

アルと私の互いの気持ちが同じものだということに……。

でも、それは許されない。受け入れることのできない理由があまりに多すぎる。

それでも、アルの旋律と視線を受けて舞う喜びは何ものにも代えがたいものだった。私の気持ちに応えるように、身体中を駆け巡る力が魔力となって指先からあたりへと放たれる。

私がまとう風が木々を揺らし、空気中に含まれる水分が葉先に雫を作り散っていく。煌めく雫の中で、不意に香った強い匂いは庭の花の香りより強く私を酩酊《めいてい》させた。

熟れたアラゴの実よりも甘い、熟しすぎた果実の香り。

その香りがもたらす酩酊感に晒されて不意に足がもつれた。よろけた身体はアルの身体で受け止められ、強い力が私の手を摑み引き寄せられる。舞い続けて荒れた息が大きく吐き出された時には、背中にアルの鼓動と息づかいを感じていた。アルに背後から抱き締められて、酩酊感をもたらす香りはさらに深まっていく。

アルの顔がゆっくりと下りてくるのを感じ、首筋に触れた熱い吐息に全身が震えた。

「キリル……」

耳朶《じだ》の近くで囁かれた言葉すら甘く響く。ひどく心地よいその感覚に、このままアルの腕の中にとらわれていたいとすら願ったが、私は気力を振り絞って彼の胸から抜け出す。

「キリル、俺は……」

「駄目です……。言わないで……」

それ以上はいけない。

「俺は、おまえを愛している」

「言わないでと言ったのに……」

いつの間にかそれは、何よりも待ち望んでいた言葉になってしまっていた。

だけど、私はそれに同じ答えを返せない。

月明かりの下でアルの姿だけが鮮やかに私の目に映っていた。

灰色の世界の中でアルだけ色を持っている理由、それもきっとこの感情で説明がついてしまう。

気がつけば自然に伸びた手が彼の頬に触れていた。強い輝きを持つ瞳が少し和らいで彼の手が私の髪に触れていく。あの夜ざんばらに乱れた髪は短めに切り揃えられていたが、今はようやく元の長さまで戻っていた。

その髪を数度梳《す》いたアルは、深い呼吸を何回か繰り返してから振り絞るように囁いた。

「今のおまえにこのようなことを告げるのは酷《こく》なことだとわかっている。それでも、俺とともに……、この先の未来を生きてはくれないか？」

その言葉に私の胸の奥が甘く疼《うず》いた。

ああ、だから聞きたくなかったのだ。聞けば期待をしてしまう、あり得ない未来を思い描いてしまう。

最初はあれほど憎んだ人。そんなアルが今は心から愛おしい。

愛おしいアルベルト、だからこそ歪んでしまった私はその側にいてはいけない。

こみ上げる激情を抑えるように胸に手を当て、私は視線を逸らした。

「私はあなたの母上のようにはなれません……」

獣人に全てを奪われ、それでも獣人を愛し、子を成したアルの母上。彼と私とは違う……私はそんなに強くはあれない。

「やはり気づいていたのか」

「この国の人達は皆さんいい人ですが、隠し事が下手ですね。それにこのむせ返るような甘い香り。ここでは決して香らないはずの香り。それこそが私達が『番』だという証なのでしょう？」

「そのとおりだ。キリル、おまえは俺の『番』。だが、この気持ちに嘘はない。俺はおまえを愛している」

その言葉に胸の奥で歓喜に震える私がいた。だが、私の口から出たのは拒絶の言葉。

「あなたが私に惹かれるのも、私があなたに惹かれるのもそれは『番』ゆえの偽りの感情ですよ。どれほど互いに恋い焦がれたとしても結ばれてはいけない縁というのはあるものです。それが私とアル、あなただった」

「っ！　そんなことはない！　この感情が偽りのものであるはずがない！　初めて愛おしいという気持ちを知った。おまえのことを誰よりも恋しいと思った。この世界の何よりも俺はおまえのことが大切だ」

「あなたほど獣性の強い獣人であれば『番』に対する執着はそれは強いものなのでしょう。だからこそ執着と恋を錯覚している……その可能性は大いにあると思いませんか？　だから……私はあなたを諦められる」

自ら発した言葉で胸が痛い、撤回しろと叫ぶ自分がいるがそれに応じることはできない。

「私とあなたの行く先に同じ未来が待っているなどあり得ないことなんです。私が歩むべき道とあなたが歩むべき道は違う。どうかわかってください」

もう私はアルの顔を見ていることができなかった。

「戻ります！」

ただその言葉だけを残してきびすを返す。背後から漂うアラゴの香り、今はその香りを嗅ぐのが辛い。一歩二歩、次第に速くなった足は最後には駆け足となる。

「キリル、俺は諦めない。おまえが心の底から俺を嫌わない限り、この思いを否定はさせない。絶対にだ！」

重々しく響いた感情のこもったアルの声。その言葉は私の胸の奥深くへと貫き刺さって痛みを与える。あふれる涙を拭うこともせずに、私はまとわりつく『番』の香りから逃れるように自室へと駆け込んだ。そのまま寝具に飛び込んで、乱れた呼吸のままに全身を震わせる。

「ごめんなさい。ごめんなさい……」

私の言葉はアルを傷つけた。アルの気持ちを偽りだと断ち切った。

それが苦しくて、アルに許してほしくて、あふれ出る感情のままに私はただ同じ言葉を繰り返していた。

第八章

あの夜以来、今度は私がアルを避けるようになってしまった。

アルもそんな私に無理強いをすることもなく強く迫ってくるようなこともない。

私の気持ちとアルの気持ち、そして『番』であるという事実。

いつからそれに気づいてしまったのだろう。

ただ、全てが確信となったのはあの夜のあの瞬間。

アルの奏でる調べに導かれるように、自らの思いのままに自然と身体が動いたあの瞬間。

私の中であふれ出した喜びと絶望が入り交じった。

ヒト族である私も『番』であるアルという存在に本能的に惹かれたのか、それとも……。

「あなた達は自由でいいですね……。きっと好きな相手と結ばれて、そして子を成すのでしょう」

目の前の湿った鼻へと手を伸ばせばどこか不満そうにその鼻を鳴らす。

ここは騎士団の厩舎。騎士達のアーヴィスが暮らすその中にアルのイザークの姿もあった。

気高くもどこか恐ろしい姿のアーヴィスだがイザークは私によく懐いてくれた。

「ふふ、ごめんなさい。怒ってしまいましたか？　でも、あなたの主人も関係していることなんですよ」

撫でたその先では体格に似合わないつぶらな瞳が私の姿を覗き込んでいた。

本人には言えない言葉もこの子には言えてしまう。

別にあの人が悪いわけではないのだがそれでもこうして愚痴《ぐち》をこぼせる相手がいるのはありがたい。

アーヴィスに乗ること自体は難しくはないらしい、アーヴィスが主と認めた人間であればとリカムさんも教えてくれた。それ以来、イザークは私をその背に乗せて王城内の敷地を散歩代わりに様々なところに連れていってくれる。

「イザーク、今日も私をその背に乗せてくれますか？」

「構わないけどリカムさんも連れていってくれるかい？　とイザークも言ってるよ」


振り返れば厩舎の入り口にリカムさんが立っていた。

私とアルの件について態度から察してしまわれたのか、それともアルの口から事実が伝えられたのかわからない。それでもリカムさんもバージルさんも、それにヘクトル様もなんら態度を変えることなく、私達の関係に口を出してくることはない。

それはアルから逃げてしまった私にとって何よりもありがたいことだった。

だけど、今は少しでも一人でいたいと願ってしまう……。


「イザークと二人では駄目ですか？」

「本当は行かせてあげたいんだけどね。ただ、今この国にとって大事な祭りが近いことを知っているだろう？　外の国からの往来も多い。もちろん、警備には万全を期しているけれどそういう連中は抜け道をよく知っているからね」

そういえばダグラス殿も言っていた。祭りがあるから普段より市場も賑わっていると。それでなくても私は迷惑をかけているのだ。ここで変に我を張るわけにもいかない。


「それではリカムさん、ご一緒していただけますか？　騎士団のほうのお仕事は大丈夫です？」

「君のことは今の俺の任務としては最優先事項だからね。構わないよ。それにしてもイザーク、おまえがアルベルト様以外を乗せるなんて驚きだ。俺やバージルにすら唸り声を上げるのにな」


そう言って苦笑を浮かべたリカムさんは自分のアーヴィスを厩舎から連れ出す。私もそれに倣ってイザークの手綱を取った。

イザークはとても不思議なアーヴィスだった。その駆ける速度も行き先も、私が指示をする必要は一切ない。私がその背に乗っていれば、私が望む場所へと望んだ速度で連れていってくれる。

今も手綱は持っているがその行き先はイザーク任せ。ただこの方向は王家の所有の温室や何やらいわれのある湯殿のあるほうへ向かっているようだ。

あのあたりは中庭の庭園とは違う深緑の木々に覆われていて王城内とは思えないほど自然豊かで私も気に入っている。イザークはその近くにある小さな湖畔へと私を連れていってくれるのだろう。


「アーヴィスには乗ったことがあるのかい？　それとも違う魔獣……、ケルケスなら気性も穏やかだけど」

「いえ、このようにして背中に乗せてもらうのはここに来てからが初めてですよ。正直今も、ただイザークの背中に乗っているだけという状況なので……」

「なるほどね。それなら、なおのこと驚きだ。君を乗せているのはイザーク自身の意志ってことだからね」

その言葉に角の生えた頭を片手で撫でてやればイザークは小さく鳴いた。


イザークに乗るのは気分が晴れる。アルと気まずくなってからこうして度々イザークに依存をしてしまう自分がいた。イザークが何を思っていても、私に彼の言葉はわからないから……。

王城内はそこまで広いわけではない。遠乗りというわけにもいかず、目的地へと着いたらしくイザークがその場で脚を止めた。私とリカムさんが降りて、少し木と水の匂いのする空気を感じながらその場にともに座り込む。

私達を守るかのようにイザークとリカムさんのアーヴィスもその場へとしゃがみ込んだ。

「さて、近頃の君は見ていてあまりに痛々しい。その自覚はあるかい？」

突然のリカムさんの言葉に言葉を返せなかった。

「ああ、返事は無理にとは言わないよ。嫌かもしれないけどよければ俺の話を少しだけ聞いてくれるかい？」

私は言葉を返さずに小さく頷いた。こんな子どものような態度は恥ずかしいと思いながらもどこかリカムさんには気を許してしまうところがある。

「君とアルベルト様は間違いなく『番』だ。それは君を助けたその時からアルベルト様は気づいておられた。そして、君もそれを感じ取っている。間違いはないよね？」

その言葉に私はもう一度頷いた。

「アルベルト様にとって君と出会えたことはまさに運命だ。獣人にとって『番』は何にも代えがたい存在。そのことは知っているね。だが、君にとってはそうじゃない。獣人のそれとヒト族のそれは確実に違う」

イザークが私の顔をぺろりと舐めた。この子はもしかして私がアルの『番』だということに気づいているのだろうか……。

「『番』の存在は確かに俺達獣人にとって運命とも言える。だけど、俺はそれをすぐに受け入れられたわけでもないんだよ」

その言葉は腑《ふ》に落ちなかった。リカムさんとバージルさんは『番』のはずだ。しかも獣人同士でその様子は私が見ても仲睦まじいと思うから。

「そう、俺とバージルも『番』だ。ただ、俺は熊族なのにアニムスで……。まぁ、若かったからね。色々と思うところもあったんだよ。そして、俺は彼から逃げ出した」

『逃げ出した』というリカムさんの言葉に心が痛んだ。そう、私は今まさにアルから逃げ出そうとしている……。

「結局、見つかって連れ戻されて有無を言わさず伴侶にされてゲイルを授かった。ああ、それを不幸だとか辛いとか思ったことはまったくないよ？　今の俺は本当に幸せだからね。それでもあの時は、バージルの顔を見るのすら辛かった。俺もバージルが好きだった、『番』である以前に一人の人間としてバージルを尊敬していたし、愛していた。だから、彼の側に自分はいてはいけないと思ったんだ」

「なぜ……ですか？」

「身分の違い、俺が熊族だということ、それにこの見た目だからね」

「リカムさんはとても素敵な方だと思いますが……」

「はは、ありがとう。だけどね、一番の理由はバージルのことを信じられなかったんだよ。俺が『番』だとわかればバージルは俺を本能で欲するのはわかっていた。だから、『番』ということが先行して俺という人間ではなくバージルはただ『番』が欲しいだけなんじゃないかって思ってしまってね。俺自身はバージルのことが好きだったからなおさらだった」

そうやってリカムさんは少し寂しげに笑みを浮かべた。

「それは俺の余計な懸念だったんだけどね。バージルは『番』ではなく俺という存在を愛してくれた。『番』であるということはあの月にいる神様が愛し合う者に与えてくれるほんの少しのご褒美《ほうび》なのかもしれない。そう思えば、少しは気が楽にならないかい？　まぁ君の場合は、相手があのアルベルト様だ。そう簡単な話じゃないっていうのは俺もわかっているんだけどね」

「……あの人は、アルは私にとって一体なんなのでしょう」

「なかなか難しい質問だね。それは」

「気がつけば愛していました。いつの間にか私の中はあの人のことでいっぱいになってしまっているんです。この色のない世界であの人だけが色を持っているのもそういうことなんでしょうか……」

「薬師《くすし》も君の目は君の心の問題だと言っていたね……」

「それでも、私はあの人の側にはいられない……」

どんなに恋しくても愛おしくても、私の存在はあの人にとってよくないものになる。

だって、あの人はこの国の王になる人だから……。

身分の違いはあの人に余計な重荷を背負わせてしまう。

それに、亡くなっていった村人のことを考えれば私だけ幸せになるなんて許されることではないこともわかっている。あの優しい村人達がそんなことを思わないともわかっているけれど私の中の罪悪感がそれを許さない。

それに私は……自分の中にある憎悪や憎しみを消しきることができない。

気がつけばふとした折に歪んだ『私』が叫ぶ。『獣人を憎め』と『許すな』と……。

私の内心の葛藤に気づいたのか隣に座ったリカムさんが私の肩に優しく手を乗せた。

「辛いな……。生きてる者は望む望まざるにかかわらず自然に背負ってしまうものがある。だけどねキリル君、アルベルト様は弱い方ではないし、聡明な方だ。その重荷を分かち合うことを拒むような方でもない。自己評価が随分と低いのは心配だが、あの方は間違いなく次代の『静かなる賢王』に相応しい方だよ」

「それはわかっています。きっとアルは私とともに歩んでくれる。それがどんなに険しい道であろうとも……。ですが、私はアルが背負うものをともに背負うことは……」

「キリル君、君はとても賢い。そして優しい子だ。一度でいい、その素直な気持ちをアルベルト様に伝えてごらん」

私がその言葉に返事をしようとした時、リカムさんとアーヴィス達がまとう空気が変わる。どこか殺気を放つような物々しい雰囲気があたりに漂った。

「キリル君、動かないで。この城で働く者ではない、奇妙な視線を感じる」

リカムさんもアーヴィス達も木々が立ち並ぶ小さな森の中へと視線を合わせている。それはほんの僅かな時間だったはずだ。リカムさんのアーヴィスが唸り声を上げそちらへと駆け出そうとした瞬間、あたりの気配が変わった。

「キリル君、申し訳ないが帰ろう。確信は持てないが不審なものであったことは確かだ。王城の警備には万全を期しているつもりだけど、何事にも完璧ということはないからね。このことは報告して警備を強化してもらうよ」

「はっはい、わかりました」

私は促されるままに慌ててイザークの背に乗る。ここに来た時より明らかに早い脚でイザークは駆けていた。あの時リカムさんが感じたもの、それを私もおぼろげながら感じていた。それは不快なものを孕んだ視線。あの日、あの時感じたそれとどこか似通ったものだった。

ぶるりと小さく震えた身体をイザークに預け、私達は騎士団の厩舎へと急ぎ向かった。

君は心配しなくても大丈夫だからというリカムさんに見送られて私はそのまま自分の部屋へと帰ってきた。

その道中ずっとリカムさんの言葉を反芻《はんすう》しながら……。

アルと話したい……、だけど怖い。

アルのことになると私はどこまでも臆病になってしまう。

小さくため息をつけば、ふと目に留まるものがあった。

それは机の上の籠の中。

見慣れた形の果実——アラゴの実が、甘い芳香を放っている。

籠の下に添えられた紙を見れば、そこにあるのはヘクトル様の名前。

もしかしてダグラス殿がヘクトル様に私が市場で探していたことを話したのだろうか？　いや、間違いなくそうだろう。

そして彼らはアルのことで悩んでいる私のためにこの国では育たないというアラゴをわざわざ手に入れてくれたのだ。

ああ、どうしてこの国の人達はここまで優しいのだろう。私を救い出してくれたバージルさんとリカムさん。私という存在に心を砕いてくださるヘクトル様。

そして、ダグラス殿にゲイル殿。

私がこの国で、この城で暮らしていけるのは彼らのお陰。いや、彼らだけでなく私を受け入れてくれたこの城の人達全てのお陰だ。

熟しているのであろう、香しい芳香を放つアラゴの実を一つ手に取れば思い出されるのは一人だけ。

ああ、私だけ立ち止まってはいられない。

これからのこと、リカムさんの言葉、そして何よりも愛おしいあの人のこと。

それを考えながらアラゴの籠を持って、この城の厨房へと向かった。


ここに来るのはあの日以来。

天では二つの月が夜の帳《とばり》の中で淡い輝きを見せている。

そして耳に届いたこれは——あの日聴いたのと同じ旋律、どこか悲しい葬送曲。

草花で飾られた小道を抜ければその先の東屋に彼はいた。


私の姿にアルの眉がぴくりと動く。そんなアルに私は声をかけず、東屋の中その側へと腰をかける。

アルに視線で演奏を続けてくれるように促す。

やはり、アルの奏でる旋律は心地いい。この悲しげな葬送曲ですら、その旋律に合わせてこの手足を動かしたくなってしまう。

だが、アルはどうしてこの曲を弾いているのだろうか……。そんなことを考えていると曲は終わりを迎え、アルが口を開いた。


「もう、おまえがここに来ることはないと思っていたのだがな」

「なら、どうしてここでこうして演奏を？　それにあの曲は……」

「おまえの村の者達への……いや、俺が救えなかった民への鎮魂《ちんこん》……。違うな……、ただの自己満足なのかもしれない」

その顔に浮かぶのは、次代の王の誇りと民を愛する者の悲哀。

この人はずっとこうして……。僅かに胸が締めつけられる感覚を覚えるが私は、手に持っていた手籠から小さな焼き菓子を取り出した。

「これを……。甘いものが苦手でなければ」

「これは?」

この城の職人が作るのとは明らかに違う。装飾もなければ、見た目が美しいわけでもない。ただの素朴な小さな焼き菓子を手にアルが不思議そうな顔をする。

「アラゴという果実を煮詰めたものを中に入れて、薄い生地を重ねて作る焼き菓子です。私の村では祝い事の席などでよく作っていました。私も幼い頃は本当にこれが好きで、これを食べられる日は心からわくわくしたものです」

「お前の……?　ということはこれはおまえが作ったのか?」

「ええ、見た目が不格好なのは見逃してください。作るのも随分と久しぶりでしたので、ですが味は悪くないと思いますよ。何より、ヘクトル様が用意してくださったアラゴが素晴らしかったので」

「父上が……?　いや、ならばありがたくいただこう」

アルがそれを一口かじるのを見届けて、私も手に取り同じように一口かじる。

サクサクとした生地の食感とその中に詰まったアラゴのねっとりとした甘さ。相反する食感と味わいが口の中へと広がっていく。村で食べていたものと同じぐらいに美味しいのだがアルの口には合っただろうか。

「美味いな」

「ありがとうございます」

「だが、なぜこれを俺に?」

当たり前の疑問をアルが口にする。

「アラゴの香り……その香りです。私とあなたの『番』の香りによく似ていると思いませんか?」

私の言葉にアルが焼き菓子を持ち上げ、鼻へと近づける。その様子はどこかかわいらしくもあった。

「言われてみれば……。ああ、確かにこの香りだ」

「これがあったから、そういうわけではないのですがあなたともう少しお話をしたほうがいいと思ってここに来ました」

「話か、あの夜は確かに俺も性急すぎたという自覚はある。すまなかった」

「謝らないでください。別にあなたを責めたいわけではないんです」

頭を下げようとするアルを慌てて止めれば、その灰色の瞳と視線が交差する。

リカムさんが言ったからではない。ヘクトル様に後押しをされたからでもない。ダグラス殿の言葉がずっと胸につかえているからでもない……。いや、そうやって逃げてばいけない……。その全部が私の背中を少しずつ押してくれている。

私に勇気をくれている。

私が愛するこの人の本当の気持ちをその口からもう一度聞きたい。逃げずに聞いて、そうして答えを出したい。きっと言葉を与えられても私は迷うだろう。それでも、聞かなければいけない。

「アル、あなたが私に望むことをもう一度教えてください」

私の言葉を受けてもアルが視線を逸らすことはない、むしろ力強い輝きすら感じた。

「何度でも言おう。キリル、俺はお前のことを愛している。この気持ちは偽りではない、『番』ゆえの本能だけではない。強く気高く、そして優しい心を持つおまえが好きだ。俺の伴侶となり、そして俺とこの先の未来をともに歩んでほしい」

「……あなたはこの国の皇太子です。それはこの国の次代の王となるということ。その伴侶となるのがどういうことなのか、それをわかった上で言っているのですか？」

アルは一瞬だけ言葉を詰まらせ、それでも逃げることなく言葉を紡ぐ。

「すまないとは思っている。俺の伴侶となるということは、この国をともに背負うということ。家族を失い、友人を失い、故郷を失ったおまえをそのような立場に望むなどこれは全て俺のエゴだ。だが、それでも俺は愛したおまえとともに未来を見たい」

「謝らないでと言いました。私はあなたの気持ちが知りたいだけですから……。ですが、私にそのようなことが務まるとは思いません。あなたのお母様にはきっとそういう素養があったのでしょう。ですが私は何もかもが違う」

「そうだな……。母とおまえは違う」

そう、そうやって私に幻滅してほしい。あなたを産み育《はぐく》んだその人のように私はなれない……。

「だがそれは当たり前だ、母とおまえは別人なのだから。それでも、おまえの優しさと賢さを俺は知っている。必死に虚勢を張っていても弱い心を抱えていることも知っている。それでも、おまえの強さも俺は知っている」

「……私のことを買い被りすぎではありませんか？　私はただの力もなければ何も持たないヒト族です。あなたとともに歩む未来、それを私はどうしても想像できない」

逃げないために、アルと話すために決めたのに私の口はどうしても彼から私を遠ざけようとしてしまう。

「何より……私は獣人を憎んでいます。獣人が怖いんですよ……。皆がそうではないとわかっていても、それでもそう思うことを止められない。こんな私が獣人の住む国の王とともに歩み……、いずれ望まれるであろう子を産み育てることができると思いますか？」

「キリル……」

アルが私の名を呼んだ。だけど、その絡み合う視線を外したのは私のほう。それでもアルの強い視線で肌がひりつくようだ。だから私は嘘をつく。もういなくなったその人を利用して、嘘が下手な私のそれはすぐにバレてしまうけどそれでも今は……。

「それに私には……村に愛した人《ひと》がいました。レブランという名のその熊族はあの日、私の目の前で襲撃者の刃に倒れました。私は彼のことが忘れられません。このような想いを持つ者がこの国の――」

「ならば俺は待とう」

視線を外していた私を突然襲う衝撃。気がつけばアルに引き寄せられ、その胸の中で抱き締められていた。

「おまえが俺のことを厭うているわけでないのであれば、おまえの中に俺が存在する余地が少しでもあるのならば俺は待つ。おまえがその彼と同じくらい俺を愛してくれる日を。それがどれだけ先になろうとも」

顎を軽く持ち上げられ、見上げた先にあるのは灰色と金色。

「一度無理強いをしている。今さらだが嫌なら拒否してくれ」

そうして近づいてくるアルの唇。私にそれを拒否することなどできなかった。

最初は優しくついばむように、そしてすぐにそれは私の唇全てを覆う。

ゆっくりと、アルの熱い舌が私の中へと入ってくる。上と下、そして舌をまるごと搦め捕られて息をするのも私は忘れた。

薬湯を無理矢理飲まされた時とはまるで違う、アルの気持ちが込められた口づけは私の心に染み入っていくようだ。

私に口づけを与えながらアルは私の髪へと手を伸ばす。片手で支えられた頭でさらに口づけは深くなった。

ようやく解放された時私はなんと言葉を発していいかすらわからなくなっていた。

そしてふと気づく、頭に何か違和感を感じることに。

私の短くなっていた髪はすっかり元どおりになっており、今は三つ編みにして結い上げている。その根元に手を伸ばせば、硬い何かが触れた。

「返すのが遅くなってしまってすまなかった。俺が壊してしまったようなものだからな、職人に修理を頼んでいたのだが」

その言葉にそれが私がアルを刺したあの髪飾りだと気づいた。

「私はまだそのことをあなたに謝ってすらいませんでしたね……」

この人の肉を穿った感触、それを忘れることはないだろう。

「おまえがそうやって気に病むだろうと思い、なかなか渡すことができなかったのだ。あれは事故だ。気にすることなど何もない……」

「それでも……、いえありがとうございます。これは早くに亡くした母の形見だったんです。まさかこうしてまた戻ってくるとは思ってもみませんでした」

見上げた先のアルの瞳は、私を見つめたままだった。アルはもう心を決めている。私がどのような答えを出そうと彼はそれを受け入れる覚悟なのだとその瞳とあの口づけから私はそう感じられた。待つとアルは言ってくれた……それならば私は。

「少しだけ私に時間をください。私とあなたのこと、逃げ出さずに考えると約束します。もう、そのために自らを欺《あざむ》くような理由付けはしませんから……。それでも、私があなたの望む答えを出せるかはわかりませんよ？　それでもいいのですか？」

「おまえの意志で決めたことであれば俺はそれを尊重しよう。だが、そのために俺は努力をしよう。キリル、おまえが俺を愛してくれるように」

「わかりました……。それではさっそく一つお願いをしても構いませんか？」

私の問いかけにアルは視線で返事をくれた。

「一曲、何か弾いてくれますか？　あの悲しい葬送曲ではない幸せなそんな思いに満ちた曲を」

今の私には舞える気がした。あの村で無心で舞ったあの舞が……、アルの調べがともにあれば私はどんな舞でも舞える気がした。

アルの指先が弦をつま弾いた。そこから奏でられたのは私の知らない曲だ。だけど私の手は自然と月に向かって伸び、その足は地面を蹴っていた。

＊＊＊

レオニダスで行われる祭りの日が近づき、アルもリカムさん達も日々忙しく動き回っている。暇なのは私だけであの日の約束を考える時間は十分にあった。

だけど、部屋で一人考えても何も得るものはない。

そんな時私はアルと約束を交わしたあの場所へと向かう。私の舞を導いてくれる奏者《アル》はいない。それでもあそこで舞っている間は、アルの存在が不思議と感じられて心が軽くなる。そんな舞の中で私は何かを得られる気がしていた。

それにあの日与えられたあの口づけが私の中に深く刻み込まれている。そのこともあの場所へと足繁く通ってしまう理由の一つなのかもしれない。

月明かりに誘われるように私は庭の小道を進んでいく。リカムさんが私のために部屋の前に警護の騎士を付けてくれているのは知っていた。だけど、こうやって私が部屋を抜け出していることには気づいていないだろう。

この時間が今の私にはどうしても必要だった。一人になり、無心になれるこの時間が……。この時、私は何も気づいていなかったのだ。どうして、あれほどアルやリカムさんが厳しい顔で慌ただしく走り回っているのか、私がしていることがどれほど危険な行為なのかということに……。

その日も私は東屋の近くで舞を終えて、一息ついたところだった。東屋の中で休憩を取り、薄闇の中をぼんやりと眺める。そういえばこの東屋の先にはアルの私室があるのだということも最近知った。

そんな視線の先に何か動くものが見える。目をこらしてみてもそれがなんなのかわからない。だが、頭の中で何かが警鐘を鳴らす。今すぐここを立ち去れと。

そんな私の耳に不意にけたたましい音が南の建物から響いた。人の怒声と悲鳴が響くその様子に、殺していたはずの声が自然と漏れてしまう。

遠く響いた爆発音に身体が大きく震える。騒ぎはあっという間に大きくなり、南の一角で白い煙が立ち上るのが見えた。その光景が私にあの日を思い出させ、動くはずの足が震えて動かない。

その場に膝を突いた私の視界が、過去の記憶と重なりぶれる。怒りと恐怖と哀しみに満ちたその記憶の結末を私は誰よりもよく知っていて、その記憶に押し潰されそうになってしまう。

震える手で固く拳を作り、数度その拳で胸を叩いた。口の中で何度もしっかりとしろと呟き、胸の奥底に僅かに残った勇気を引きずり出す。

うろたえるだけでは何も始まらない。そう、あの時と同じように……。だから、まずは今の状況を冷静に把握しないと駄目だ。

あふれそうになる感情を無理矢理せき止めて、私は大きく息を吸った。

覚悟を決めた私が立ち上がったその時だった。私の目は信じられないものを捉えていた。

東屋の中で見えていたうごめいたもの。それが私のほうへとゆっくり向かってきていたのだ。

その姿は生涯忘れることはないと心に決めたもの、私の心に焼きついて決して消え去りはしないもの。片耳が欠けた獅子族。レブラン兄さんと父さんをその手にかけたあの獣人。

心の中であふれ弾けた負の感情の熱量とは逆に冷たい汗が首筋を流れていく。

なぜここにとその姿が現実だと信じられなかった。目の前の存在を否定しようとしてもそれが消えることはなかった。

そう、これは現実だ。

目の前の全てを肯定した途端《とたん》身体が震えた。それは恐怖ではなく、怒りと憎しみそれだけが私を突き動かした。気がつけば足の震えは収まっており、目の前の獣人から目が離せない。

レブラン兄さんを貫いた、その抜き身の剣が月の明かりを反射してギラついていた。それを無造作に肩に担ぎ獣人が嗤う。

「皇太子の暗殺っつう依頼で雇われて来てみりゃ、まさかこんなとこで出会うなんてなぁ。やっぱり俺達は運命で結ばれてんじゃねぇのか？　くっはははははは」

その言葉に目の前が赤く染まる。この獣人はなんと言った？

皇太子の暗殺？　アルの……？

こいつはまた私の大切な者を奪おうというのか……。自分の中で制御しきれない激情が走るのを感じる。

ああ忘れない、私が忘れられるはずもない。やはり目の前の獣人は私の仇だ。

「余計な横やりが入っちまったせいでおまえさんを逃しちまった上に他のヒト族も売れなくてなぁこちとら大損害だ。そのせいでこんなくだらねぇ仕事まで引き受ける羽目になっちまったんだ。これはおまえの責任ってことでいいよな？」

「ふざけるな！　よくも私だけでなく村の者達までも……！　それにあれもあなたの仕業《しわざ》なのですね！」

未だ煙がくすぶる建物の様子を指させば、獣人がそのにやついた笑みを深くした。

「ああ、俺の仲間の仕事だぜ？　もうちっと景気よく燃えるかと思ったが失敗だな。天下のレオニダス城が焼け落ちたっていやあ、喜ぶやつは多いんだがなぁ」

こみ上げるのは怒り、そして深すぎる憎悪。強い歯ぎしりの音が頭の中まで響く。

言葉を交わすことにすら嫌悪を感じて返事をすることもしなかった。

「というわけで黙って俺についてくるのと無理矢理俺

に連れていかれるのどっちを選ぶ？　俺のおすすめは無傷でおまえさんを売ることができる後者なんだけどなぁ」

嘲笑《ちょうしょう》を含み低くざらついたその声を、私は決して忘れていない。私の頭よりも高い位置で獅子族の耳がひくりと動く。端が欠けた耳のもう一方は歪《いびつ》な形を浮かび上がらせ、太い尾の先で欠けた房が滑稽《こっけい》な影を落とした。

私の大切な何もかもを奪い去ったこの獣人。心の奥底から決して消えることのなかった憎悪が私の全てを支配する
灰色の視界の中に赤色がにじんだほどだ。

ああ、どうして今この手に鋭い刃を持つ剣がないのか。

どうにかして一矢《いっし》報いてやりたいが私の力でできることなどたかがしれている。

村の人達の仇を取りたいのに、レブラン兄さんの父さんの無念を晴らしてあげたいのに……。

私にできることと言えば、誰かがアルの部屋へと様子を見に行きここに侵入者がいることに気づいてくれることを願うだけ。だから、私はこいつをここから決して逃がさない。たとえこの身がここで朽ち果てることになってもこの獣人を絶対にここに繋ぎ止めておかなければならない。そのためには少しでも会話を引き延ばさなければ……。

「あなたはなぜこのようなことをするのですか？　本当に目的はお金だけなんですか？」

そんな私を前にしても憎たらしい獣人は余裕綽々《よゆうしゃくしゃく》と視線を外し、建物の向こうの明るい場所を眺めている。

「なんだ？　それに答えたら諦めて一緒に来るのか？」

「いいえ、お断りします。ですが私にここで死なれても困るのでしょう？　舌を嚙み切ることぐらいなら私にもできるんですよ？」

「ちっ面倒くせぇな。なら答えてやるよ。ああ、俺が欲しいのは金だよ、金っ！　金がありゃあなんだって

できるんだ。金さえばらまきゃアニムスも手に入れ放題、食い放題。金で解決できないことなんてこの世界にはねぇんだよ！」

暗く澱んだまなざしとさっきより低くなった獣人の声。まるで闇から這い上がってきた亡霊のように澱んだ男の気配が闇に広がる。その手に持つ剣の切っ先は私に向けられているが恐ろしさは感じなかった。

「そんなことのために私達を襲ったというのですか⁉ 自分の益のためならば他の人間を不幸のどん底に突き落とす……そんなことが許されると本当にあなたは思っているのですか⁉」

「うるせぇな。恨むなら無力な自分を恨むこったな。ぬくぬくと守られて生きているだけのやつがたいそうな口を利きやがる。ああ、でもおまえの親父は弱かったな。弱いくせにしぶとくて、最期になんて言ったかおまえ知ってるか？『キリル、すまない。おまえの舞をもう一度見たかった』だってよ。ああ、負け犬っていうのは悲しいねぇ」

「お前は！！！！」

その言葉で私の理性は焼き切れてしまった。父さんを、最期まで私の事を案じてくれた父さんをどうしてここまで馬鹿にできるのか。見てほしかった、私がアルの調べにのせて舞う姿を。あの舞ならきっと父さんも褒めてくれるのに……。

そんなことを考えながら気がつけば私は獣人の胸元へと摑みかかっていた。必死に硬い拳を作りその胸元に顔に打ち付けようとするがすぐにその抵抗も封じられてしまう。

獣人の顔が私に迫ってきて、後ずさる間もなく胸ぐらを摑み上げられた。胸元に走った鋭い痛み以上の息苦しさにとっさに手を摑んだが指一本動かせない。鋭い爪が突き刺さり、音を立てて服が裂ける。

「ほっせー首だなあ、おい。あのな、強い者に弱い者が搾取《さくしゅ》されるっていうのは世の中の当たり前の構造なんだ。平和ぼけしたおまえにはわかんねぇだろうがな。今もこうやってお前は弱いから俺に傷一つ付けられない」

ギリギリと首が絞まっていく。

「ほーらほーら、言ってみな。弱くて愚かな私を助けてくださいってな、その上品ぶった口調で言ってみろよ。ははは っ」

「だ、れが、おまえなどにっ！」

片手で胸ぐらを掴まれ持ち上げられた私は喘ぐような呼吸を繰り返す。

なんとか対抗しようと伸ばした手は相手の顔を掠りもせず、汚らしく伸びきった髪にすら届かない。

「ほらほら、早く言わないと首が折れるぜ。惨《みじ》めに懇願したらもしかしたら俺の考えも変わるかもしれねぇぜ？」

「ぐっ、うっ」

「どうしたぁ、この程度で音《ね》を上げてちゃ、てめぇを飼い殺す気まんまんのお貴族様んとこじゃ一週間ももちやしねえぜ」

まともに息ができず、頭の奥が、がんがんと響くように痛む。視界が狭まり、音も遠くにしか聞こえない。

「ま、そのまんま落ちとけや。そのほうが手間がかかんねぇからな。しかし、おまえの親父もおまえも本当に弱ぇな」

意識が薄れていく中でその声だけは、はっきりと響いてくる。自分が侮辱《ぶじょく》されるのはいい。だけど、父さんを馬鹿にするのだけは絶対に許せない。

私は怒りのままほぼ無意識に、自らの髪へと手を伸ばしていた。そこにはアルが返してくれたあの髪飾りがある。それを抜き取った私は、そのままそれを獣人の顔めがけて無我夢中で突き立てた。

「ぐっ、があああぁ！」

いきなり解放された身体を私の足は支えることもで

きずに、その場に蹲《うずくま》る。突然解放されたそれに胸が激しく痙攣《けいれん》し、熱く痛む喉に何度も咳き込んだ。息を吸いたいのに吸い込めず、吐き出すばかり。なんとか息を吸えば、その刺激でまた咳き込む。

だが、見上げたその先の光景に私は息を呑むことになる。

あの獣人の、憎い獣人の片目に母の形見の髪飾りが突き刺さっていたからだ。

肉を穿つ感覚はなかった、だけど確かにそれはそこに存在していた。

「てめぇっ！　俺様によくも傷を!!」
「ぐっ、ああっ！」

苦しさと戻らぬ視界で何が起きたのかわからない。だが身体が地面に叩きつけられ、転がされた。なんとか頭を上げれば、霞《かす》む視界の中で月を背景にした獣人の黒い影が迫ってきた。

逃げなければと思うのに、ひどい痛みで身体は言うことを聞いてくれない。

「殺す！　殺してやる！　畜生、俺の目が！！！　ぐがああ!!」

襲ってくるであろう衝撃に目を瞑ったその時、なぜかその獣人の悲鳴が聞こえた。

何事かと慌てて目を開ければ、視界の中に獣人の姿はどこにもなかった。見えるのは夜空を照らす月ばかり。

『キリルっ！』

不意に鼓膜を震わせたのは聞き慣れた声。すぐにその声が誰なのかわからないほどに朦朧とした私は、背に触れる柔らかな感触と温もりに無意識のうちに寄り添った。

『もう大丈夫だ。あとは俺に任せろ』

その言葉がどんなに力強く、頼もしく聞こえただろう。何度か深呼吸を繰り返せば、かすみがかっていた意識もはっきりとし、自分が黄金色の獣毛に覆われた巨体に包まれていることを知った。

筋肉質な身体を覆う短い獣毛に太い四肢。太い首は豊かな鬣に覆われ、その中から出ているのは丸みを帯びた耳。私の背を撫でているのは長い尻尾だ。

「アル……」

獅子の姿のアル。だけどヘクトル様の時と違い、それを恐ろしいとは思わなかった。思わず伸ばした手でその身体に触れた。掌をくすぐるのは柔らかな毛並み、そして獣毛の下の体温を伝えてくる。

「アル、アル……」

私は子どものように泣きじゃくり、アルの身体に縋りつく。アルはまた私を助けてくれた。あの時と同じように、私を助けに来てくれた。

そんなアルの視線の先で、あの獣人がのそりと起き上がるのが見えた。いつの間にかその姿はアルと同じ獣体になっている。

『もはや言葉は不要。おまえの罪は全て明白だ。キリルの全てを奪ったことその命をもって償《つぐな》え』

そう言い終えるとアルは唸り声を上げる。それは今までに聞いたことのないほどに荒々しいものだった。

そんなアルと対峙するのは、歪な猫科の耳を持つ父さんを殺した時と同じ姿の獅子。

アルが目を細め、頭を低くして喉の奥で唸る。対する相手も同様で、互いに強く睨み合い、前脚が地面を掻き尻尾がゆらりと揺れる。

そんな中、私の身体がアルの身体で強く押された。尻尾が私の腰を叩き、一歩二歩、後ろへと追いやられる。あの獅子はアルの身体に遮られて窺えなくなったが、それでも強い殺気は私にも感じられた。

父さんの時のように私がいることでアルの邪魔になりたくはない。

どうすればと考えている間もなく二頭の獅子はどち

らからともなく咆哮《ほうこう》をあげ、その身体がぶつかり合う。芝が抉《えぐ》られ、細かな土塊が宙を舞い、鋭い牙を剝きだし互いの首に噛みつこうとする二頭の獅子の姿。

その姿にあの日の光景がまざまざと甦ってくる。レブラン兄さんがあいつに剣で貫かれた姿が……、そして今のように向かい合い戦い敗れた父さんの姿が……。

怖くて怖くて、足の震え抑えることができなかった。今すぐにでもこの場から逃げ出してしまいたい、アルを連れてともに……。

目の前の光景から目を逸らしそうになった。でもそれではいけないと心の底で誰かが叫んでいた。私にはこの戦いを見届ける義務があると、私のために戦ってくれているアルの姿から目を背けてはいけないと。

「アル！」

私の声を受けて、力強く跳ねたのは明るい金色の獅子。月を背に空中で一回転した獅子は着地の反動を使って相手の背へとのしかかった。

戦いは一瞬で決着がついた。金色の獅子の下で色なき獅子が力を失ったかのように、その巨体は地面へと倒れていった。

その後に訪れたのは静寂。

まだ城の騒ぎは収まっていないはずだが私の耳にその音は不思議と入ってこなかった。

「アル、怪我はありませんか？　大丈夫ですか？」

黄金の獅子へと駆け寄った私はその身体に触れ、僅かに息を荒くしたその獅子へと全身で縋りつく。

『俺は大丈夫だ。だが、キリルすまない』

「どうしたのですか？　なぜ謝るのです？」

『おまえが襲われている姿を見て頭に血が上ってしまった。俺は怒りのままにおまえの仇を殺めてしまったのだ』

「あなたという人は……」

そう呟いた私の視界に入ったのはあの獣人の骸《むくろ》。

ああそうか、あの獣人は死んだのだ。レブラン兄さんや村人、そして父さんを殺したあの獣人。

誰よりも憎んでいた。この手で必ず殺してやると誓っていた。だが今目の前でこうしてその骸を晒している姿を見ても、私の心はただむなしいだけ。寂しさとも哀しみともつかぬ、訳のわからない感情が冷ややかに私の中に横たわっていた。

仇を取れた喜びなんてどこにもありはしなかった。

「謝るのは私です。私のためにあなたのこの手を汚させてしまった……」

改めてアルの姿へと視線を移す。圧倒されるほどの巨軀の獅子。黄金色に輝く鬣と灰色の瞳。恐ろしいはずの獣人が、憎んでいたはずの獣人が今はこんなにも愛おしい。

『あちらの騒ぎはリカムとバージルが収めているはずだ。おまえを探せと言ってくれたのもあの二人。もしやと思ってここに来てみれば、本当に無事で良かった……。色々と思うところもあるだろうがまずは一度部屋へと戻るぞ』

獅子の姿で私を気遣うアルベルト。彼から香る『番』の証、アラゴの香りが鼻孔をくすぐり私の身体は震えた。

ああ、もう私は認めなければいけない。

たとえ村人達に裏切り者と言われようとも、心の奥底に獣人に対するわだかまりを残していようとも、この人と離れることなどできはしない。

「アル、このような時ですが聞いてくれますか？」

『どうした？』

私をその背に乗せようとしたアルを一旦引き留める。

「まずは私を救ってくれたこと、今日だけではありません。あの日、初めてあなたと会った時のことも含めて本当にありがとうございます」

『それは俺がすべきことだったのだ。こうしておまえが無事であることが俺にとっては何よりの幸いだ』

「それだけではありません。あなたは私の父や大切な人達の仇を討ってくれました……。そのことを……、あの獣人が死んだことを心から喜ばしいとは今の私には思えませんがそれでも私は……」

最後までは言葉にならなかった。

その感情を言葉にするにはあまりに複雑すぎたから……。だがあふれ出る涙をアルが舌で舐め取ってくれる。それすらも全身に喜びが走った。

「アルベルト・フォン・レオニダス」

リカムさんに教えてもらったこの人の名を改めて呼ぶ。

「考えて考えて、そしてようやく答えを見つけ出しました。私はどこか歪んでしまった人間です。それでも、あなたに相応しい人間になれるようこれから努めたいと思っています。ですから……、私をあなたの伴侶にしていただけますか?」

目の前の大切な金色。その鼻先へと私は口づけを落とし、震える声で思いを伝えた。

触れていたアルの身体が一瞬固まったのを感じる。

『キリル、キリル。本当にいいのだな? 俺とともに歩む道は時にひどく険しいものになるかもしれない。それでもともにあってくれるのか?』

「ええ、私の全てをもってあなたのことを支えます。ですから、どうかあなたも私のことを」

『ああ、ああ。この牙と爪に誓おう。常におまえの側にあり、俺はおまえのことを守ると』

狂おしそうな激情に満ちた声はどこか恐ろしくもあり、それ以上にひどく甘く響いた。愛おしげに囁かれ、頭の中には信じられないほどの熱が集まる。自分の放った言葉のあまりの照れくささに火照った顔が熱く、茹だった頭ではどうしたらいいかわからない。

『キリル、俺の全てをもっておまえのことを愛そう。

『番』だからではない、キリルであるおまえのことを誰よりも愛している』

「アル、私も同じ気持ちです。この心は、この気持ちは決してまがい物ではありません。愛しています。心から」

今度は獅子の姿のアルから与えられた優しい口づけ。そんなはずはないのに、その味はアラゴのような甘い味がした。

第九章

あの日の襲撃は随分と周到に計画されていた上に思いのほか大規模だったようで、情報を察知していたバージルさんやリカムさんが警備を強化し、対策はとっていたようだ。それでも、レオニダスをあげた祭りが近いことも相まって外から入ってくる不審者を制御しきれなかったと謝られてしまう。

　だが、元はといえば私がつけられた警護の騎士の目を盗んであの時間に一人あのような場所にいたことが原因。むしろこちらが申し訳ないと互いに頭を下げ合うことになった。

　それよりも、あの片耳の獣人の真の目的がアルの暗殺であったことに皆が今まで見たことのないほどに顔を強張らせていた。このレオニダスという大国の皇太子を暗殺しようという企《くわだ》てが個人によるものとは思えないということでそれは国同士の問題へと発展していくはずだ。

　私を見舞ってくれたヘクトル様が今までに見たことのない凶悪な笑みを浮かべていたことが強く印象に残っている。

　そんな私はというとあの獣人との取っ組み合いで全身に打撲と擦り傷多数。ただ、骨に至るような大きな傷を負うようなことはなかった。それでもアルは私の怪我を見て顔を大きく歪めていた。

　正直自分でも掠り傷だという自覚はあるのだが、なぜか今も寝台の上で絶対安静を言いつけられている。多少抗議の声を上げたもののリカムさんに『番』のアニマっていうのはそういうものだから諦めなさいとどこか達観した表情で告げられ、大人しく従うことにした。

　私とアルのことについて、今は一部の人間が知るだけにとどめられている。ヘクトル様にリカムさんとバージルさん、ダグラス殿とゲイル殿、他に私が名前を知らない人もいるかもしれないが正式なことが決まるまでは箝口令《かんこうれい》が敷かれているのだとか。

　ただ、私とアルが『番』だったということはバレバレだったようで見舞いに来てくださったヘクトル様には自分のことを本当の父と思ってくれと王ではないほうのヘクトル様の顔つきで告げられた。どうやらキリルちゃん呼びはこれからも継続されるらしい。

リカムさんとバージルさんも私が助けられた時からアルとの関係については知っていたようでこうなったからにはキリル様とお呼びしなければいけませんねと言うもので絶対に止めてくれと必死な抵抗をしておいた。あと、リカムさんにはこっそりと全部あなたのお陰ですと感謝の言葉を伝えれば、俺はこうなるのは分かっていたからと笑顔で返された。

そしてダグラス殿とゲイル殿。二人からも祝福の言葉を告げられたがその後はゲイル殿が常にダグラス殿の首根っこを摑んでいるほどに、ダグラス殿は前のめりで『番』のことやアルをどうやって落としたのかと興味津々。最後にはゲイル殿に引きずられる形で部屋から連れ出されてしまった。

アル本人といえば、何かの歯止めがなくなってしまったかのようにあれから私にべったりで、食事は彼がその手で私に与えてくれる。大国の皇太子に着替えを手伝われる私は一体何者なのだろう……。何よりも、まさか風呂にまで一緒に入ろうとするとは思わなかった。

リカムさんにそのことを泣きつけば、やれやれという表情を見せて何かをアルに伝えてくれたのかそれ以来アルの奇行は多少収まっていった。

ちなみに、今回の襲撃は王城だけでなく街にも被害が出たようだがそれを軽微なものへと抑え込んだのはアルの手腕らしい。怪我人はもちろん死人が一人もでなかったと聞いて胸を撫で下ろしたものだ。そのこともあり、アルが次期国王であることへの不安を口にする民達もほとんどいなくなったのは怪我の功名と言えるのだろうか。

ただそうなると、自分がそんなアルの伴侶になるという事実に覚悟を決めたはずなのに不安は募る一方。アルの言葉を信じていないわけではない。そしてこの国の人達はとても優しく強い人達ばかりだ。

それがまた私にとって重圧となってのしかかってくる。

これればかりは自分自身で決着をつけなければならないと色々と考えてはみるものの結局のところ、私の心はいつもそこにたどり着く。深い嘆息とともに呟くのは、いつも同じ言葉だ。

そんなある日、リカムさんから私は思いもよらないことを告げられることになる。

『絆《きずな》の祭り』という名前なのですね」

「ああ、今回賊の入国を許してしまった原因の一つでもあるんだけどね。国をあげての大きなものだからどうしても目の行き届かないところもあってそれで君には大変な思いをさせてしまった」

「いえ、それは私の自業自得ですから」

「まぁ、確かにアルベルト様とのことを考えれば悪いことばかりじゃなかったのかな?」

そうやって面と向かって告げられるとやはりどこか恥ずかしい。私の顔はほんのり色づいているはずだ。

「最も二つの月が輝く日、その日に王族を中心とした祭礼が行われるんだ」

ダグラス殿に街に連れていってもらった時に見た市場の賑わい、確かその時も大きな祭りが近々あるからと聞いていた。

「私達の村でも同じような祭りはありました。二つの月が近づき最も輝く日、舞台の上で舞い手が月への思いを込めて舞を捧げるんです。豊作や村の繁栄を願い、そして二つの月に住む私達の始祖へと感謝を込めて」

「なるほど。同じように思えるけどどこか違うもんだね。舞い手が舞を捧げるというのは同じなんだけどこちらでは二つの月にというよりは、始祖である黒獅子とその伴侶へという意味合いが強いかな。もちろん、その始祖達も二つの月の子だとされているから根本は同じだろうけど」

「私の村に伝わっていたのも半ばおとぎ話のようなものでしたから」

「まぁ、民にとってはある意味大きなお祭りでそれを楽しむという部分が強いからね。儀式を行うのは王族や貴族が中心になるから、でもキリル君の村でも舞というのは共通なんだな」

「……あの、その祭りで舞われる舞というのはどんなものかご存じですか？」

私の問いかけに何か思うところでもあったのかリカムさんは顎に手をあて少しだけ考え込んでいる。

「リカムさん、何かまずかったですか？」

「いや、ごめんごめん。そんなことはないんだけど正直俺もあまり詳しいことは知らないんだよ。前回の祭りを俺は見ていないし、バージルに聞いた限りだと舞の形に決まりはないと言っていたことぐらいかな。あとは複数の舞い手による群舞と黒獅子の伴侶であったヒト族に見立てた一人の舞い手が最後の舞を担当するということ」

「きっと素晴らしいものなんでしょうね……」

舞と聞くとどうしても村のことを思い出してしまう。あの村を襲った者達は全て捕えられたと聞いた。そして、父とレブラン兄さんをその手にかけた仇はもうこの世にはいない。

それでも絶望の中でこの世から去った彼らのことを思うとアルとともに歩む道を選んだ自分の選択が後ろめたさを帯びていく。

自分だけが……私だけが幸せになるという選択を彼らは許してくれるだろうか。

私のこの心の迷いが私の世界に色を戻してくれないのかもしれない……。

「なあ、キリル君。アルベルト様に聞いたんだが君の舞は素晴らしいんだってね」

「はっ？」

思わぬ言葉を受けて間抜《まぬ》けな反応をしてしまう。

「ああ、アルベルト様が教えてくださるんだよ。どれほど君の舞が美しくて素晴らしいのかを。まるで、その様子は月から舞い降りた精霊のように見えると見たこともない表情で俺とバージルに語ってくださるんだ」

あの人は一体何を言っているんだ。恥ずかしすぎて口が自然とぱくぱくと動いてしまい、伝えたい言葉が言葉にならない。アルとは一度お話をする必要が出てきてしまった。

「ちなみに、『絆の祭り』の舞い手の選考が遅れててね。ちょうどこれからなんだ。舞い手は自薦他薦、どのような身分の者でも構わない。求められるのは舞の技術とやる気だけなんだけど……。どうかな、君も参加してみないかい？」

「私が……ですか？」

正直なところ興味がないわけではない。だがあの村で舞い手として踊るのとは訳が違う。アルやリカムさんに聞く限り、その祭りの規模は私の想像をはるかに超えたものだ。

「俺にはそういう素養が一切ないから無責任なことを言ってしまうけど、君が未だに悩んでいること。アルベルト様のことやこの国のこと、君の大切な人達のこと、その答えを見つける助けにはならないかい？」

リカムさんの言葉に驚いてしまう。彼の洞察力や観察眼の鋭さがどれほどすごいものなのかを改めて思い知った。確かにここまでも私の悩みを見抜いてそのたびに道を示してくれたのは彼だったことを思えば不思議もないのかもしれないが……。

だが、舞うことで答えを見つける……。そう言われれば、あの東屋でアルの旋律に乗って舞っていた時のことを思い出す。そして、アルとの答えを見出すために一人で舞い続けていたことを。

「やってみたいです」

気がつけば気持ちが言葉になっていた。

「ですが、アルは嫌がらないでしょうか？　それに私の立場を考えればヘクトル様もどう思われるか……」

「大丈夫。それは余計な心配だよ」

リカムさんが私を見て微笑んだ。

「リカムさん、本当にありがとうございます。このこと、私からアルに伝えてみようと思います」

私の答えにリカムさんも満足げだ。選ばれるかは分からない。でも、可能であれば群舞の舞い手の一人として踊ってみたいというのが今の私の気持ちだった。

そして私はそのことをアルに伝える。アルは少し驚いたようだが快諾してくれた。

この時の私は知らなかったのだ。舞い手を選考するのがこの国の王族や有力貴族であるということを……。つまり、それはヘクトル様でありアルであり、ダグラス殿という王族、そしてリカムさんやバージルさん、ゲイル殿の一族だということを……。


「話が違いませんか……」

「嘘は言っていないからね」

群舞の舞い手の一人としてと願っていた私。そんな私に与えられたのは最後の舞を担当するという重役。


「それに、決して身内びいきで決めたわけじゃないよ。候補者の舞を見て、それを見た全員の総意で君に決まったんだ。特にヘクトル様やアルベルト様はこういうことに私情を挟まれる方ではないからね。選ばれたのは君の実力だよ」

「ですが、そう言われてもこんな大役が本当に私に務まるのでしょうか……。村ですら本当の祭りで踊ったことはないんですよ？」

群舞と違って一人で踊る奉納のための舞。そしてその舞には決まった型がない。そんなところまで村と同じであったことに驚いた。

「キリル、おまえなら大丈夫だ。俺はおまえの舞を側で何度も見ている。あのままに舞ってくれればそれでいい。難しく考えることは何もない」

アルまで真剣な表情で私に言葉を投げかける。

アルのことを思って一人舞っていた時とは訳が違う。

舞には舞い手の気持ちがそのまま表れてしまう。そして、私が今抱えている複雑に絡み合った様々な思い、その思いが舞に出てしまうのが不安だった。

私の中の歪んだ『私』、それが舞の中で顔を覗かせてしまうのではないかと……。

「俺とのことでおまえが未だに割り切れていないことがあることは知っている。それならば、それを全て出してしまえばいい。お前の思いはこの国に住む全ての者が知るべきことだからだ」

ああ、どこまでも私のことを理解してくれているアル。そうだ、私はもう逃げないと決めたのだ。それならば私はこの思い全てを舞に込め月とこの国へと捧げたい。

「アル、ありがとうございます。私、頑張りますね」

気がつけば私は笑顔でそう告げていた。


奏者の奏でる曲と舞い手が舞うそれで儀式は完成する。

祭りのために選ばれた奏者の技術は巧みで、不慣れな私の舞に奏者の技術で旋律を合わせてくれているようにすら感じられた。そのことに感謝しつつも、何度もそれを重ねれば私の舞も徐々に自然なものになっていく。

舞の解釈は舞い手と奏者に任される。それが私にとってはある意味で幸いだったかもしれない。あの村で舞うことのできなかったそれ、月への感謝を捧げるそれを新たな解釈で組み直すだけですんだからだ。

奏者である梟《ふくろう》族の獣人は何度もこの祭りで奏者をこなしてきたのだという。その方から再度、この国での祭りの意味を教えてもらって舞にその思いを込めていく。

私自身が理解し、心で感じ取ったその想いを舞に乗せなければならない。

祭までの残された日はあまり多くない、日々練習を重ねる私達の様子を様々な人達が見に来ていた。

柱の陰から再び不審者と化したヘクトル様が連日の

ように覗き見に来ていたがその視線もいつの間にか気にならなくなっていた。

私はアルにも了解を得て、祭りの日まではとにかく舞だけに集中することにした。

＊＊＊

祭りの当日はあっという間にやってきた。

国をあげての祭りとあってか城に勤める獣人達の様子も普段とはどこかが違う。レオニダスの各地でも行われているというこれが王都となると規模が大きすぎて私にはその全容すら見えなかった。

それでも誰もがこの祭りを待ち望んでいることをこの肌で感じていた。

アルが連れ出してくれる街の様子を見てもそれは感じられた。通りは様々な植物や装飾で飾り付けがされ、王都の各地に当日は露店が立ち並ぶという会場が点在している。

この国に住む皆がそれを楽しみにしていた。

そこにある気持ちは村で感じたそれとなんら変わりはない。だけど、私は密かに重圧を感じていたのも確かだ。

当日の舞台は、村のそれとは比べものにならないあまりに立派すぎるものだった。観客席の多さも、舞台そのものの広さもあまりに違う。慣れるために何度もその舞台でも練習を行った、それでも当日この観客席がいっぱいになり、全ての視線が注がれるのかと思うと僅かな恐怖すら感じたものだ。

練習を重ねた私の舞。それを奏者も他の人々も褒め称えてくれる。それでも何かが私の中で引っかかったままだった。何かが何かが違うのだ……。

そんな時に思い出すのは、父さんの言葉。技術的に完成していてもそれだけ、舞に込められた真の意味を理解し、表現できなければどんなにうまく舞っても形だけのものだというそれ。

私が引っかかっているのはレオニダスという国の始祖達の話。

黒獅子の獣人であった始祖とその伴侶の絆。『絆の祭り』の所以《ゆえん》もそこからだという。

『番』であった二人が愛し合い、そこに幸せがあったからこの国は繁栄してきた。

二人の間には互いを思いやる心と思慕の念、情愛、尊敬、信頼……どれほどの思いがあったのだろう。

それがどこかアルと私の関係と重なる。

それなのに私の心にはアルと幸せになることへの後ろめたさが残ったまま……、それが私を迷わせる。

もう本番まで時間はない。なぜ今さらこんなことに悩んでいるのか、自分の愚かさが腹立たしくすらある。

それでも私の出番はそこまで迫ってきている。用意された衣装は薄絹を幾重にも重ねたものでそれは裾にかけて濃紺から黒へと変化しているのだそうだ。未だ色がわからない私にリカムさんがその色が始祖の伴侶の色だ教えてくれた。ヒト族だった彼の瞳の色なのだと。

腕に巻かれた領巾《ひれ》は引きずるほどに長く、けれど風に吹かれて容易く宙を舞う。今は私が持つ水の精霊術を使って僅かに雫をまとわせて地に伏している。舞が始まれば水を飛ばして軽くし、風にその身を舞わせるのだ。

村にいた頃と同じくらいに長くなった紺色の髪は、何度も梳《す》かれて結い上げられ、髪飾りで留められる。それはアルを傷つけ、あの獣人を傷つけた母の形見ではない。アルが私のために用意してくれた大切なものだ。母の形見のそれは、いつか父の元へと返すと決めた。

舞台の周りにはかがり火が焚《た》かれ、観客席は光の精霊術の淡い光によって照らされてる。

舞台の袖で私は頭の中に残る迷いを慌てて追い出して、目の前のことに集中するように息を大きく吸った。

奏者がトゥリングスをつま弾いて高い音を一つ。

それを合図に私は舞台へと上がる。

見事な群舞に観客席から響いていた喝采《かっさい》が次第に静かになっていく。その場にいる人、全ての視線が私のほうへと集まってくるのを痛いほどに感じた。

続けて次の音。

準備に入る合図でもあるその音に、私も一歩足を進めた。

舞台のすぐ近くにいるのはヘクトル様を筆頭に王族や貴族達。アルもヘクトル様の隣でその灰色の瞳を私へと向けていた。

正装に身を包んだ彼らの姿に、色はなくとも私の緊張はさらに高まる。その中でも、白地に金糸の意匠が施された正装をその身にまとい、鮮やかな色を持つアルから目が離せなくなりそうで。

慌てて数度深呼吸して、私は自分が舞うべき舞台へと視線を落とした。美しく磨かれた石舞台は、繋ぎ目の凹凸すらなく整えられて、私を待っている。

再度トゥリングスの最も高い音が鳴り響く。

一歩一歩、爪先立ちで床を跳ねるように舞台中央に進む。

そこでゆったりと一回転し、再度深く一礼。そして、そして……。

鼓膜は音を捉えている。練習中からずっと聴いていたその旋律は、もう細部まで覚えている。

だが私は、舞うことよりも視線に入る観客席の様子に意識を奪われていた。

そこにいるのは数多の人達、大型の獣人に小型の獣人、背に翼を持つ人もいれば長い耳も持つエルフもいる。大人も子どもも、親の腕に抱かれたまだ小さな赤子すらその場にいて……。

私は思い出してしまった。いや、忘れたことなどなかったけれどそれでも過去が私を呼び止める。

村で子ども達と踊った日のことを、皆と一緒に踊って楽しんだあの日のことを。

村人全員で祭りの準備をした日々のことを。

そんな私達を見守っていた村の人達のことを。

そして、いなくなってしまった皆のことを。

どれほど祭りを待ち望んでも、その日を迎えることができなかった彼らのことを……。

胸の奥が苦しくて息ができない。こみ上げる大きな塊が胸につかえて息苦しい。

幸いであった日々、誰に聞かれても幸せだったと答えることができるあの日常。

あの村の誰もがその日々が続くことを信じて疑ってなどいなかった。

なのにあの日、一緒に踊った子供達はもういない。

私の事を叱ってくれた父さんはもういない。

レブラン兄さんも村の皆も誰もこの世界には一人もいない。

私だけがここにいる。私だけがこれから先も生きていく……。

頬を流れる熱い雫を拭うこともできずに立ち尽くす私の耳には奏者が奏でる音が響いている。その音が戸惑うようなものになっていることにも気づいていた。

舞わなければならないと、自分でもわかっていた。だけど身体は硬直して動かず、誘いかけるように繰り返される旋律にも反応できない。

静かだった観客席からもざわめきが聞こえる。

わかっているのだ、舞わなければならないのだということは……。

わかっているのにそれなのに……。

ああ、このまま儀式は終わってしまう。私の浅はかさがこの国にとって大事なものを台無しにしてしまう。

心の中でこの場にいる全ての人に謝ろうとしたその時、アルが動いた。

涙を拭うこともできず、強張って動かせずにもいた灰色の視界の中で、唯一色をまとったアルが立ち上がった。

その様子に観客席のざわめきはさらに大きくなるがアルはそのまま奏者の元へと向かい、一声かけると奏者からトゥリングスを受け取った。

奏者と入れ替わるようにしてその席に着いたアルがその指で弦を弾いた。

その音に過去へと引きずられた私の心が現在《いま》へと引き戻される。

そのままアルは旋律を奏で始める。それは、あの日あの夜アルが奏でてくれた曲。

私の最も奥深くにあるものがその旋律に強く反応した。

張り詰めた空気の中に澄み渡る美しい音色。灰色の視界の中に浮かび上がる彼を中心に波紋が広がっていく。水面に小石を落としたように広がるその波に視界すら波立つ。

アルの灰色の瞳が私を見つめている。旋律とその視線、どちらもが雄弁に物語っていた。アルの私への気持ちを……。

濡れたまぶたが震えて瞬きを繰り返す。

アルの気持ちを私の全身が心が受け止めていく。

「――っ」

数度、瞬きをして私は喉を震わせた。アルの奏でる旋律が空気を震わせるたびに、私の視界に色が戻っていく。あの日から、ずっと灰色の世界だった私の世界。私の視界を染めた血の赤とアル以外を認識できなかったそれがアルを中心に鮮やかに塗り替えられていく。

視界が揺らぎ旋律の波紋が広がるたびに、久しく見ることのなかった色が私の目を射る。

ああ、世界はこんなにも色鮮やかだったか。そして、こんなにも美しいものだったのか……。

黒く濁った血とは違うかがり火の赤、照明の淡い橙《だいだい》、観客が着ている服の青や黄、そして舞台を囲む木々の深い緑。何より天空で輝く優しい朱と神々しい銀、その月が浮かぶのは深い紺。

世界の色を感じて私は自然と一度目を閉じた。視界は閉ざされたが、その分さらにアルが奏でる音色が力強く響く。その心地よい揺らぎの中で私は確かにアルの放つ強い思いを受け止めていた。

旋律はさらに力強くなる。私に舞わないのかと語りかけ、早くおいでと誘いかけるその音色は力強いが優しく、私は誘われるままに瞳を開けた。

灰色の視線と私のそれが互いに絡み、美しい音色が私を誘う。

そして私は身体の奥底から自らの魔力を解放する。風をまとわせ、水が宙で弾けた。天高く掲げた両手の先には、二つの月。

私は大地を踏み締め、高く、高く、高くへとその身を躍らせた。

いつの間にか閉じていたまぶたを開けばアレクとチカさんが二人とも言葉もないといった様子で私をじっと見つめていることに少し驚いてしまう。

過去を語り終えた私の口からは自然と懐かしい旋律がこぼれていた。それはあの日、アルが私を導いてくれたあの旋律。

よくよく見ればアレクはその瞳に涙を浮かべている。こうなることは予想していた。私の過去を詳しく知れば、心優しいこの子がどれほど辛い思いをするかぐらい親である私にわからないわけがない。

それは誰よりも人の痛みに敏感なチカさんも同じはず、そんな二人に私はできるだけの笑顔を向ける。

「愉快なお話ではなかったでしょう。あの頃の私は幼く、無知でどこまでも愚かでした。いえ、それは今でも変わらないのかもしれません。結局私は心の奥底に歪んだものを抱えたままです。チカさんのようには私は全てを許すことができないままなのですから」

私の言葉にアレクが涙を浮かべたままで首を振りながら驚くほどの勢いで私に顔を向けてくる。

「そんなことはありません！　私はヒト族で兄上は獅子族、ですがそこに母上が注いでくださった愛情になんら違いはありませんでした。それに私は母上の過去がここまでむごく悲惨なものだったとは今の今まで知らなかった……。それが恥ずかしい……。ですが、それは私達がそれに気づけないほど私達のことを深く愛してくださったという証拠ではありませんか！」

「アレク……」

「私は何も知らない本当に幸せな子どもだったと思います。ですが、いつまでも子どもではいられません。母上は私にとって大切な家族であり、目標とすべき人なのですから、どうかそんなふうに言わないでください……！」

アルと結ばれテオドールを授かって、そこに葛藤がなかったとは言わない。だが、獣人の子を授かって初めてわかったこともある。きっと、私にとって義理の母にあたるアルの母上も同じことを感じられたはずだ。この子達を育てていく中で私はようやくその人のことが理解できた気がする。何よりも、アレクの言葉で私が親としてこの子達に向き合えていたとわかり少しだけほっとしたのも事実。

「振り返りたくない過去を言葉にするということ、それがどういうことなのか私は多少なりとも理解しているつもりです。それをこうして私達にお話しいただけたということには何か意味があるのですよね？　私なりにそのことを考えたい……少しお時間をいただいてもよろしいですか？」

「ああ、チカさん。そんなに深い意味があるわけではないのですよ。私はただ、あなた方には知っておいてほしかった……それだけなのです。あの子には、テオドールにはきっとアルが伝えているでしょうから」

「それでも私もアレクさんと同じ気持ちです。知らなかった時と同じままではいられません。この世界に対して私はあまりに無知ですから……。優しく愛にあふれたこの世界《フェーネヴァルト》、だけど生きるということの厳しさはどの世界でも変わらないものですね」

「そう……ですね。生きる意味、生かされた意味、そんなことを考えるときりがなくなってしまうのは確かです。それは今も変わりません」

「貴重なお話を聞かせていただけたこと本当に感謝しています。もしよろしければ二つほどお願いがあるのですが……」

チカさんはやはりどこかこの世界の人間とは違う。いや、異世界の人間なのだから当たり前なのだがそれでも不思議な何かがある。見た目とは違い、本来であれば私よりも長く生きているということも関係しているのだろうがそれでも……。

「お願いとは？」

そんなチカさんが私にする初めてのお願いが妙に気になった。

「一つ目はその……。若い頃のゲイルさんとダグラスさんのことをキリル様がまさかご存じだとは思わなかったので……。えっと、その……機会があればお二人のことをもう少し教えていただけると……」

　恥ずかしそうに顔を赤らめてもじもじと呟くその姿。さっきまでのどこか達観したような姿からは想像のつかないそれに私とアレクは小さく吹き出してしまう。

「それほど愛されているとはゲイル殿もダグラス殿も本当に幸せな方ですね。ええ、構いませんよ。この目で見たことも、この耳で聞いたことも、全て教えてさしあげましょう。それでもう一つのお願いとは？」

「ありがとうございます！　もう一つのお願いは、キリル様とアレクさんがここにこうしていらっしゃるということで答えは見えているのですが……。私はどんな物語の結末もハッピーエンドであってほしいと願っています。ですから、キリル様が色を取り戻されてからのその先を――」

「私も！　私もぜひ知りたいです！　チカさんがおっしゃるようにその先がこの未来に行き着くということはわかっています。それでも私はもっと母上のことが知りたいです」

　思った以上のアレクの反応に少し戸惑ってしまうが我が子ながらその素直な気持ちは何よりも嬉しく思える。

「ええ、もちろん構いませんよ。ですが、随分と長話になってしまいました。一度休憩を挟んで、お茶も新しいものに淹れ直しましょうか」

「それなら私が――」

　アレクがそう言って茶器を手に席を立とうとしたのと同時に部屋のドアが少し間を置いた独特なリズムで軽く叩かれる。この部屋の扉をそうやって叩いて訪れるのは一人しかいない。さっきまでの話の中にも出ていた私の伴侶《アル》だ。

　祭りの準備のために私を迎えにきたのかと思った。だが、窓の外を見ればまだ外は黄昏《たそがれ》時を過ぎたばかり。祭りの本番は月が中天にその姿を見せてから、準備に入るにしてはまだいささか早い。

不思議に思いながらも私はアルを迎え入れた。

「チカユキ殿、久しいな。歓談を邪魔してすまない」

「お久しぶりです、アルベルト様」

慌てた様子でチカさんがその場に立ち上がる。

「今は私人としてのアルベルトだ。そのようにかしこまらないでくれ。アレクも変わりがないようで何よりだ。城を出てからは随分と忙しくしていると聞いているぞ」

「ええ、それはもう目の回るような忙しさです。私が学ぶことはそれこそ山積みなので、ですが父上こそお忙しいのではないのですか？　今日の祭りには他の国からも賓客が多数来ているはずですし……」

確かにアレクの言うとおり。今日のこの日のために各地から様々な人々がこの国を訪れている。それは過去のあの祭りと同じように。

私自身も王の伴侶としてやるべきことをやり、会うべき相手には会って、ようやく今日という日を迎えたのだが。

「王としてすべきことは全て終わらせた。そして、アルベルトとしてなすべきことをようやくなせる。何よりも俺とそしてキリルにとって大切な者がここへと来ている。キリル、その者に会ってほしいのだ」

「私にお客さまですか？」

アルの物言いが妙に引っかかる。各国の重鎮《じゅうちん》を筆頭に、賓客とはすでに顔合わせが終わっている。それ以上にこの国の王と私にとって大切な者という存在が思い浮かばない。それでもアルの申し出を断る理由もなく、私はそれを快諾した。

「わかりました、急ぎ参りましょう。その方はどちらでお待ちなのですか？」

「いや、この部屋で会ってもらいたい。王とその伴侶ではなく、アルベルトとキリルとしてその者に俺達は会わなければいけないのだ」

「え？」

「構わないな？」

先ほどからのアルの物言いは何なのだろうか。普段のアルとはまったく違う、わざと核心を避けはぐらかすようなその言い方がどうしても気にはなる。それでも、アルが理由なくそんなことをする人でないことも知っている。

「わかりました。私人としてのキリルでいいというのであれば、アレクとチカさんにもこの場にいてもらって構いませんか？」

「おまえがそれを望むのであれば俺が断る理由はない」

「えっ、ですが……」

「アルがこんなに煮え切らない物言いをするということは何かがきっとあるということ。それに、なぜかあなた方にはいてもらったほうがいい気がするのです。よろしいですか？」

戸惑い退席しようとするチカさんとアレクに私が微笑みかければ、アルも大きく頷いた。

「キリルから今日、二人へと大切な話をするとは聞いている。それが俺が思っていることと相違なければキリルの直感は間違っていない」

その言葉に二人とも不思議そうに頷きその場にとどまってくれた。

だが、二人以上に私の頭に浮かぶのは疑問符ばかり。確かに、アルに私の過去を二人に告げることはそれとなく教えていたがそれと来客になんの関係が……。

だがそんな疑問が湧き出すのも、アルが自ら扉を開けてその客を招き入れるまでだった。

大柄な人だというのが、その人が姿を見せた時の第一印象だった。アルを筆頭に大柄な獣人は見慣れていたつもりだが、その人も彼らと同じぐらいの上背があり、身体の厚みや腕の太さも負けてはいない。

だがそんなぼんやりとした感想も目の前に立つその人の顔がはっきりと見えた途端消え失せた。

思わず吸い込んだ息が鋭い音を立てる。

高い位置にある茶褐色の短い髪とそこから覗く丸い耳。もみ上げから顎を伝う髭が輪郭《りんかく》を隠してはいるが、その顔立ちは昔の面影を色濃く残したまま。ただ刻まれた皺は深く、髪に僅かに混じる白いものがあれから長い年月が経ったのだということを私へと知らしめてくる。

だが私を見つめるまなざしはあの時と変わらず優しく、私を視界に収めたそれが懐かしげに細められた。

私はその人の名を思わず呼びそうになり、慌てて口を手で押さえてしまったのはその名を呼べば目の前から消えてしまうと思ったから。

私の意識は目の前の現実を未だに受け止めきれていなかった。

「嘘っ……、嘘です……。兄さんはあの日確かに……」

私の目の前で凶刃に倒れた姿を私は確かにこの目で見ている。

レブラン兄さんの身体を貫いた刃も、傷口から流れるおびただしい量の血も。

そして兄さんの身体が力なく山肌を転がり落ちていくその姿も。

「ああ、確かに俺は一度死んだのだと思う。おまえを守れず、村を守ることもできず、戦いに敗れて全てを失った」

そして気づく、彼が片手で杖をついていることに。そんな彼に寄り添い、その巨体に隠れ、支えるようにして小さなヒト族が立っていることに。

「死が目の前まで迫っているのを感じたよ。自分がここで死ぬのだとはっきりとわかった。それなのに俺は死の淵から蘇ってしまった……いや、彼らに助けられたんだ。気がつけば、俺は彼の村で治療を受けていた」

彼というのはその小さなヒト族のことだろう、どこか強ばった面持ちでそのヒト族はぺこりと頭を下げた。

「彼は――ティレルは言葉を喋れない。非礼を許してやってくれ」

その言葉に驚かなかったわけではない。それでも今は確かめなければならないことがある。

「本当に本当にレブラン兄さんなんですか……？　あなたは私の知っているレブラン兄さん……？」

どこか幼子のようになってしまったその問いかけに、幻ではないレブラン兄さんが力強く頷いた。

「ああ、兄さん……！　レブラン兄さん！」

それを皮切りに私は彼の胸へと思わず飛び込んでしまう。彼が杖をついていることも、彼を支えているヒトがいることも忘れたかのようにその胸へ。慌ててアルがレブラン兄さんに手を貸すがそんなことすら気にならなかった。

もう二度と会うことはなかったはずの人。

永遠に手の届かないところに行ってしまったと思っていた人。

幼い頃、父さんに叱られるたびにその大きな獣体で私が泣き止むまで抱き締めてくれた大切な家族。

あふれ出る涙が止まることはなく、私は感情の赴くままに泣きじゃくった。こんなふうに泣いたのはいつ以来だろう、アル以外にこれほど取り乱した姿を見せたのは初めてのことだ。私がようやく落ち着きを取り戻したのは、レブラン兄さんの着ていた服が私の涙で重さを増した頃だった。

私はアルに促されるままにその手を取り、一旦レブラン兄さんから離れるとアルが口を開いた。

「積もる話はあるだろうが彼らも長旅の末にここに来てくれている。少し休んでもらわねば、レブラン殿もティレル殿もそこにかけてくれ」

アルが促せば、レブラン兄さんがそれに頷き、彼を見ていたティレルという名のヒト族がおずおずと兄さんに続く。チカさんとアレクは何も言わずに私の様子を見守ってくれていることにようやく気づいた。

「すみません、取り乱しました。ですが、レブラン兄さんどうして今になって……」

私が疑問を口にすればレブラン兄さんが答えてくれる。

「ティレルの村で気がついた時、俺は村のこともキリルのことも覚えていなかったんだ。血を失いすぎたからなのか、山を転がり落ちた衝撃のせいなのか未だに理由はわからない。それでもあの日の光景だけは脳裏に残っていた。それが何を意味するのかわからず苦しみ続けたがそれを支えてくれたのはティレルだった」

「ティレル殿の村もお前の村と同じだ。いや、おまえの村以上に用心深く、精霊術によって守られたヒト族が多く住む隠れ里。それゆえに我らも今日に至るまでその存在を知ることができなかった」

アルがレブラン兄さんの言葉を引き継いだ。私の村と同じ、その言葉が意味することは私が一番よく知っている。

「俺が全ての記憶を取り戻した時には、もう何年もあの日から時間が過ぎてしまっていた。片足が不自由になってしまった俺には何も残されてはいなかった。いや、何もできなかった……。戦う力もなければ、お前達を探すことも……」

そうやって俯いたレブラン兄さんの手にティレルさんがその小さな手を添えた。

「いや、それは言い訳だな。俺は探さなかったんだ。真実を知るのが恐ろしかった、おまえ達や村人がどうなってしまったのか全てを知るのが怖かったんだ」

「それは私も……」

何もできなかったのは私も同じ。私は幸運に恵まれ、村人の行く末も偶然知ることとなった。そのお陰で父や村人を弔うこともできたが、それすらもアルの支えがあったからこそ。もし、一人であれば私だって兄さんと同じだったはず。

そんな私の声なき声が聞こえたのか、兄さんが昔のように微笑んだ。

「全身傷だらけで、明らかな刀傷を受けた獣人。そんな俺をティレルの村は受け入れてくれた。いや、ティレルが俺を受け入れてくれたんだ。そうして俺は生きてこられた」

レブラン兄さんが呼ぶそのティレルという名。その名に込められた感情にようやく私は気づいた。ああ、兄さんもそれを見つけられたのだと私の涙腺が再び緩む。

「ティレル殿の村は外界との接触がほとんどなかった。レオニダスにありながらも王族すらもその存在を知らず、秘匿《ひとく》されていた。それ故に今まで無事であったとも言えるのだろう」

ならばなぜ今になってという私の視線にアルが答えてくれる。

「ティレル殿の村にはヒト族が多いが獣人もいる。そして、何よりもエルフが多く住んでいる。どういう心変わりがあったのか、今になってウルフェアに住むエルフの長がその存在をほのめかしてくれたのだ。そうして、レブラン殿のことを見つけることができた」

エルフの長という単語にチカさんがぴくりと反応していたが、レブラン兄さんがティレルさんの手を握りしめたままで口を開いた。

「おまえが生きていると聞かされた時は驚いたよ。しかも、王の伴侶となっていると教えられてもなかなか信じられなかった」

その言葉に胸がちくりと痛む。

「村が、村人達がどうなったかはもう兄さんも知っているのですよね。私は結局何もできませんでした。村の長の子でありながら、誰も救うことができなかった……」

「自分を責めるな。いや……、人のことだとなんとでも言えるな……。おまえの気持ちはわかる。俺も自分を責めた。だが、生きると決めた。それだけが、あの日失われた命に報いることだとそう信じて」

辛そうに寄せられた眉間からレブラン兄さんの苦悩が伝わってくる。この人は私だ。過去にとらわれたもう一人の私。私も黙したまま頷いて、固く目を閉じてあふれそうな涙を堪えた。

アルは何も言わない。私の過去を知ったばかりのチカさんとアレクもそれは同じ。

私はなんとか涙を堪えて、ティレルさんへと一度視線を移す。

兄さんがもう一人の私であるならばきっとティレルさんは……。

「レブラン兄さん」

「キリル……」

互いに名を呼べば、懐かしい記憶がこみ上げる。だけど、そこに浸っていては決して前へと進むことはできはしない。

過去は過ぎ去ったもの、そして未来はこれから掴むものなのだから。

「兄さんは一人ではなかったんですね？　私とともにアルがいてくれたように、兄さんの側にはティレルさんがいてくれた。そうなんですね？」

この場の空気に戸惑っているのか目を伏せたティレルさんの頭にレブラン兄さんの手が伸びるのが見えた。頭に乗せられる大きな手。それは昔よくされた親愛の行為。

けれど、もうそこにいるのは私ではない。だけどそれがたまらなく嬉しかった。

「ああ、ともに生きてきた。そして、これからもともに生きていくと約束をした」

その言葉で十分だった。兄さんの口からその言葉か聞けただけで私は救われる。

私は浮かんだ涙を指先で拭い、微笑みを浮かべた。

「あの日、私は兄さんの言葉に祭の後まで答えを先延ばしにしたことをずっと後悔していました。どうしてあの時、きちんと答えを返さなかったのか……ずっとそれが心残りでした」

私の言葉にレブラン兄さんが少しだけ驚いた様子を見せる。私の本当の気持ちを知っているアルが今さら驚く様子はないが、そういえばアルにそのことで嘘をついたこともあった。

そんなアルへと一度視線を向けてレブラン兄さんへとむき直る。


「ですが、もうその答えは必要ありませんね。レブラン兄さん、あなたが生きていてくれたことが何よりも嬉しいです。そして、どうか幸せに」

これは終わりではなく始まり。

「キリル、おまえは今幸せなんだな？」

「ええ、とても幸せです。この人《アル》に幸せというものを教えてもらいました。そして、この子達《アレク》がその証です」

アルとアレクを視線で示せば、二人とも力強く頷いてくれた。

「ティレルさんとおっしゃいましたね」

私の呼びかけに小さなその身を縮こまらせていた彼がびくりと反応する。

「レブラン兄さんをどうかよろしくお願いします。優しく、頼もしい私の自慢の家族ですが少しだけ過保護なところが玉に瑕《きず》です」

そう告げれば思い当たるところがあるのか、ティレルさんの表情がふわりと崩れる。それとは対照的にどこか気まずそうなレブラン兄さんの表情が印象的だ。

ああ、兄さんの大切な人が笑顔の素敵なこの人で本当に良かった。

私がアルに救われたように、レブラン兄さんはティレルさんに救われたのだろう。

今が幸せだからこそ心からそう思える。

いくらでも話したいことはあった。あの日から今日まで兄さんがどうやって過ごしてきたのか、そして私がどうやって生きてきたのか。だけどその全てを言葉にするのはとても難しい。

互いにはにかんだ笑顔を向け合う二人をそんな気持ちで見つめているとアルが唐突に口を開いた。

「これからいくらでも時間はある。失われた空白の時を埋めていくことは容易いことではないが不可能でもない。……それでチカユキ殿、頼みがあるのだが」

「えっ、はっはい」

突然呼ばれたことにチカさんも驚いた様子でその声は戸惑いを隠せていない。

「二人のことを診《み》てやってもらえるか？」

一呼吸だけ置いて、その言葉の意味を理解したのかすぐにチカさんは答えてくれた。

「はい、もちろんです。医師として、アレクさんとともに全力を尽くします」

チカさんの言葉にレブラン兄さんもティレルさんも困惑しているがようやく私にもその意味がわかった。

チカさんの力があればきっとレブラン兄さんの足は元の力強さを取り戻すだろう。もしかしたら、ティレルさんに言葉を与えることすらもできるかもしれない。

ここでアルがチカさんと彼らを引き合わせたのはそういう意味合いもあったのだろう。

私が今一度、隣に座るアルを見つめれば、いつもの静かな灰色の瞳が私を捉えた。

「今宵《こよい》の祭りは『絆の祭り』。こうして一度失われた絆を取り戻すことができたのもきっと意味があるはずだ」

そう呟いて、アルが私を引き寄せ肩を抱く。その温もりに、涸《か》れ果てたはずの涙がまた流れた。

＊＊＊

あの時と同じ舞台、そして同じ光景。けれど、決して短くはない年月をともに過ごした私達はやはりあの時とは違う。

アルは皇太子から王となり、私はただのキリルから王の伴侶になった。

テオドールとアレクセイという子を授かって、私達を取り巻く環境は何もかもが変わっていった。

それでもあの時と変わらないもの、それは今は奏者の席に座るアルへの想い。

愛おしさに満ちたその気持ちとレブラン兄さんとの奇跡とも言える再会の余韻で私の感情は高まり、そして渦巻く。

その感情を鎮めるように、何度か深い呼吸を繰り返して息を整えた。

すでに群舞は終わり、あとは私とアルの時間。

観客席へと目をやればそこには見知った人達の姿があった。

義父上にテオドールとアレクセイ。その側には、ゲイル殿とダグラス殿に挟まれたチカさんが子ども達とともに。あの日以来、私の心とこの国を守り続けてくれたリカムさんとバージルさんの姿も見える。

そして、レブラン兄さんとティレルさん。

そんな人々の姿に、いくらか緊張と昂ぶりに支配されていたはずの精神《こころ》が凪いだものになっていく。

その時が近づくにつれ、自然と観客席のざわめきが消えていった。

ついには音一つなくなり、夜気が張り詰める。

中天には二つの月。そして、私の正面にはあの日と同じように金色の輝きをまとうアルがいた。

絡み合う視線が外れることはなく、ゆっくりとアルの手が弦へと伸びた。

響く一の弦の音。始まりの合図であるその音は舞台全体へと響き渡り、空へと消えていった。

アルの旋律に誘われるままに伸ばした指先を中心に風が小さな渦を巻いていく。

あの時そうだったように身体が自然とアルの旋律を求め始める。

そう、これはあの日の再現。けれど、同じように思えてやはり何かが違う。

それは私が一番よく知っていた。

アルが奏でる旋律に乗せられた魔力に合わせて風が水を運び、細かな雫が霧雨のごとく舞台全体を包み込んでいく。その細かな雫に月の光が反射して、満天の星のごとき煌《きら》めきに満たされる。

軽くなった身体でステップを踏んで舞台の端から端へと跳躍《ちょうやく》すれば、風の渦が私を追いかけ雫が高く舞い上がる。煌めきはさらに強く人々の間を駆け抜けて、かがり火の中で爆《は》ぜていた。


空から降り注ぐ二つの月の明かりは周りの木々の影を大地へと色濃く落とすほどに強い。その光はこのレオニダスの大地をあまねく照らし、この地に宿る未来への希望を芽吹かせているようにすら感じられる。

アルが力強く弾いた弦の音。それに応じるように高く跳ねれば薄絹の領巾が高く舞い上がった。

風を孕み、翼のように広がるそれが自由に羽ばたけるようにと天高く両手を伸ばす。その勢いで舞い上がった領巾は空中にある雫に跳ね、新たな流れを作り出した。

私の腕の中で渦は高く空へと上がり、次第に大きくなっていく。

舞台の上で舞を続けながら、私は過去のこの日を思い出していた。

アルの奏でる音と私を見つめる視線。

今も変わらず与えられるその強い想いが私の世界に色を甦らせた。開花した花びらのごとく世界が色づいたあの感動を忘れることはないだろう。

世界の美しさも素晴らしさも、そして残酷さ醜《みにく》さもあの瞬間に全てを受け入れることができたのだ。

アルに生きる縁を与えられた私。

だからこそ私はあの時舞うことができたのだ。

だが、あの日舞ったのは鎮魂と贖罪《しょくざい》の舞。

自分だけが生き残った罪悪感。

失われた多くの命。

あるべき未来を失った人達の姿。

そんなことを祈りながら二つの月へと舞を捧げた。

その気持ちが完全になくなったわけではない。

だけど、今日祈り舞うのは未来への希望と歓喜の舞。

自らが生きることの意味。

愛しい人と絆を繋ぎ、愛を育むその喜び。

未来へと託される命の営み。

ただ一心に、今を生きる全ての人に祝福をとそのことだけを願いながら舞い続ける。

そんな視界の片隅に村人達の姿を見た気がした。

あの日、踊り方を教えた子ども達。

ともに育った友人、見守ってくれた大人達。

そして、父の姿。

視界の隅で幻影のように浮かんだ彼らは、その姿をゆっくりと消していく。


その表情は惨劇の起きたあの日とは違う、誰もが穏やかな微笑みを浮かべていた。

あの日父が最期に呟いたという、私の舞をもう一度見たかったというその願いを私は叶えられたのだろうか……。

私は一際大きくその場で跳び上がり身体を反らす。

領巾は風に乗って宙に舞い、細かな雫が霧雨のようにあたりへと飛び散った。雫は次第にぶつかり合って月明かりで虹を作り出し、大きな水の珠が幾つも中空で踊り出す。

視線を一度客席へと向ければ、幻影ではないレブラン兄さんがその顔を大きな手で覆っていた。その肩は小刻みに震えている。もしかしたら、兄さんも私と同じ幻影を見ていたのかもしれない。ティレル殿が心配そうに兄さんへと声をかけていて、大切な人にそのような顔をさせてはいけないのにと不思議と心は穏やかだった。

大きく広げた両手の先で雫が集まり水滴となり、手の動きに合わせて渦を巻く。

あたりへと広がる水塊は透明度が高く、その向こうを美しく映し出す。

その場で何度も回転すれば、水塊は弾けてあたりへと波のように広がっていった。

その先にいたのは、チカさんとアレク。

彼らのこの先進む道が二つの月の輝きでどうか照らし続けられることを願わずにはいられない。決して、一人で闇夜を歩むことなく愛する人達と穏やかで幸せな日々が続くことを。

私とアルはそのためにこの先もこの国をよりよいものにする努力を惜しまない。

出会いも愛の形もそれぞれに違うけれど、ヒト族でありながらも獣人との幸いを手に入れた人達がこの世界には間違いなくいる。

その幸いを、私達この世界に住む全ての者が目指すべき幸ある未来がどうか失われることがないように。

この世界に生まれことを誰もが幸せだったと思えるように、私達全ての始祖である二つの月の神に常に感謝を捧げられるように祈り願う。

何よりも私とアルに『番』という運命を授けてくれたことに心からの感謝を込めて……。


そして、二つの月の神々の幸いをも願い私は天高く手を掲げた。

大きく開いた指の向こうに淡く輝く朱色の月。その隣には大きく強く輝く銀の月。

その輝きが私の舞に応えてくれたように今の私にはそう思えた。


アルが奏でていた旋律が消え、高く伸びた私の身体が地に溶け込むように伏していく。そのまま動きを止めても、観客席からは声一つ聞こえなかった。張り詰めた空気はそのままに、あたりは静寂が支配し、風の音すらも聞こえない。

そんな静寂の中、私はそれすらも舞の一つであるようにゆっくりと身体を起こしていた。そうしようと思ったわけではなく、ただ身体がそうしなければと動き、そして客席に向かい一礼。

その瞬間広がるのは私も驚く程の歓声。

音の波のようにそれは広がり、今や舞台が揺るがんばかりとなっていた。

舞台の中央から客席を見渡せば、誰もが大地すら揺れんばかりの拍手と惜しみない歓声を送ってくれている。そんな彼らに再度頭を下げてから、私は見知った人達へと視線を向けて再度一礼。

そして私は、奏者の席からやってきた私の愛おしい獅子の王へと視線を向けた。

威厳を持った足取りでこちらへと向かう彼に手を差し伸べれば、大きな手が私の手を包み込み、逞しい胸へと引き寄せられる。

見下ろす瞳に私が映っている。初めて出会ったあの日から、ずっと私を映していた灰色の瞳が優しい笑みを浮かべた。

甘く酩酊感を覚えるアラゴの熟れた香りが濃くなって、私の唇に彼のそれが触れる。いつもの激しく貪るようなものとは違う、触れ合うだけの優しい口づけ。労《いたわ》りと愛情のこもった口づけはいつかと同じように不思議と甘く、私の身体を震えさせた。

不意に膝から力が抜けて揺れた身体が、さっきよりさらに強く抱き締められる。アルの強い力は私など片手で簡単に抱えてしまう。身体を寄せ合えば『番』の香りはさらに強くなり、触れた吐息はさらに熱さを増していく。

本当はこのまま酔いしれてしまいたかったけれど。

私達の口づけてさらに大きくなった歓声があたりに響き渡る中、我に返ったようにアルの唇が離れたことを惜しいと思ってしまう。

「キリル、おまえという存在を得られたことは私のこれまでの人生において何よりもの幸いだった。俺はおまえにとってよき伴侶となれただろうか」

頭上から響く小さな呼びかけは、激しい歓声の中でもはっきりと私の耳に届いていた。

「何を今さら。私にとってもあなたの存在は何ものにも代えがたい大切なものです。そんなあなたとこれからも共に未来を歩んでいきたいと思っています。アル、この言葉はもう聞き飽きたかもしれませんが何度でも言わせてください。あなたを心から愛しています」

「何度でも何度でもその言葉を俺は欲している。キリル、愛しているぞ愛しき我が『番』よ」

その言葉が終わると同時に再び抱き締められ、先ほどよりもさらに深い口づけを与えられる。

それを見た客席からは空気を震わせるほどの歓声が上がった。

歓声に祝福の声が混じり、さらにはレオニダスを讃える民の声。

遠い月までも届くようなその声に、気のせいか月の煌めきが増しているように私には感じられた。

私はこれからも生きていく、愛する人と。

そして、二つの月とともに。

Fin.

『絆の祭り』のその後で

チカさんにあの時の、初めての『絆《きずな》の祭《まつ》り』で私があの後どうなったのか尋ねられたがそれにはどうしても答えられる部分と答えられない部分があって、だから私はあそこで一旦話を止めたというのもある。
そして私はあの日――アルと初めて結ばれた日の事を想い出していた。

＊＊＊

あの時、舞《まい》の終わりを知らせるようにアルベルトが鳴らした最後の音。

私の中にある葛藤も願いもすべて舞に込めた私は、その陶酔の中で月に祈りを捧げるような姿勢で蹲《うずくま》り、ゆっくりと両手をおろしながら頭を下げた。

音が消えて、大気のゆらぎが鎮まった後、会場には衣擦れの音すらしないほどの静寂が広がっていた。

まるで篝火の木が爆ぜる音や風が梢を揺らす音すらしないほどの静けさがどれほど続いたのか。

すべての力を出し切り、立ちあがる気力すら無い私にはわからない。

静寂という言葉では言い表せないほどに静まりかえった場で、最初に鳴ったのはなんの音だったのか。だがその音をきっかけに小さな音が幾つも重なり、ざわめきが喧噪《けんそう》とも言えるほどに大きくなったのはすぐだった。

会場を埋め尽くす万雷の拍手や歓声に空気どころか大地までもが震えていた。

そんな中心にいる私はようやく顔を上げることはできたものの、茫然自失のまま地に跪《ひざまず》いた状態で動けなかった。

目に入る色鮮やかな世界と、歓喜の声に見開いた目を閉じることもできない。

私はきちんと舞えたのか？

皆が喜んでいるのはそういうことなのか？

自分がなしえたことが信じられず、周りから押し寄せる歓喜に満ちた言葉の意味がうまく理解できなかった。

その内に天高く舞い上がっていた数多《あまた》の滴が小雨となり石畳へと降り注ぎ始めた。だが魔力で集めた滴はすぐに少なくなり、落ちきってしまえば辺りには清浄な空気が満ち満ちているだけだ。
その水滴を浴びて、ようやく頭が働き始めた。

「よか……た」

瞳から溢れた涙が手の甲へと落ちていく。
零した言葉はこの歓声の中では誰にも聞こえなかっただろう。だが背中から伸びた温かくも優しい腕が私をすっぽりと包み込み抱き締めた。

「ああ、素晴らしかった。本当に素晴らしい舞だった」

鼓膜をくすぐる低い声音に私の頬を流れる涙はさらに増え、胸に回された彼の腕に縋《すが》り付く。

「私は、きちんと舞えましたか？」

「ああ、きっと歴代のどの舞手よりも……。よくやったな、キリル」

その言葉は、ほかの誰よりも私の心を揺るがせた。大役を果たした達成感以上の嬉しさが私を満たしていく。

私の手も足も舞い終えたときからずっと震えていた。アルがあの時私を導いてくれなければ、『絆の祭』はもっとも大事な奉納の舞が欠け、台無しになってしまうところだったのだから当たり前だ。

それでも私は舞いきった。百点満点かはわからない、それでも今の私に出来る全てのものは出し切ったとそれだけは自信を持って言える。

視線を向ければ、客席のヘクトル様やダグラス殿、リカムさんの一家も惜しみない拍手を私へと与えてくれる。

その様子に安堵しながらも、身体からすっかり力が抜けてしまいその場から動けなくなっていた私を舞台から下ろしてくれたのはアルだった。

軽々と私の身体を持ち上げ、両手で抱きかかえた状態で表情一つ変えず進むその様子に唖然とするのと同時に、ここが衆人環視であることに気づき私の顔は朱に染まる。

その間にも客席からの拍手と賞賛の声は私の耳に届いていて、それが気恥ずかしくもあったが何よりもうれしかった。


アルはそのまま私を抱いて、黙々と歩みを進める。

そういえば初めて王城へと来たときも、こうやってアルに抱かれていたのだと、呆けた頭で考える。そのときと同じ景色なのに、色があるだけで視界に入る世界はとても優しく見えていた。

そして、アルが向かっている場所。そこがどこかわからないわけではない。

その先に何が待っているのかということも……。

王城の中は、会場とは離れているものの、来客達が酒宴を催しているのか賑やかな様子が伝わってくる。

広い中庭に隔たれているこの区画にまでそのにぎわいが届くほどだが、時折聞こえる獣の咆哮も今の私の感情を揺るがせるものではなかった。

アルに抱かれ、連れてこられたのは彼の部屋だった。

私はどこかまだ夢うつつのような状態の中で、柔らかな寝台へ下ろされていた。

舞の余韻はまだ身体から抜けきってはいなかった。

本当にこれが現実なのか、それとも実は夢なのか……そんな馬鹿なことを考えながらも私は先ほどまでの全てをもう一度心の奥底でかみしめていた。

本当に素晴らしい時間だった。あの舞の間、アルと私は間違いなく一つだったのだから。

舞い踊る中、飛び散る雫で濡れた衣装を抱きかかえればそれがアルを濡らすのも当然で、「あなたが濡れますから」と何度も訴えていたが、それをアルは聞いてくれない。

結局、上等そうなアルの正装はぐっしょりと私から水気を受け取ってしまっている。彼は湿ったその上着を荒々しい手つきで脱いで、傍らの机へと放りだしていた。

その下に着ていたシャツも同じように濡れそぼっていて、アルの逞しい上半身にぴたりと張り付いてしまっている。

透けて見えるアルの身体に見蕩れながらもそれがどこか気恥ずかしい。

アルはそのシャツの襟元を緩め、濡れた髪を掻き上げる。金髪からしたたる雫が男らしいはずなのに妙な色っぽさすら感じさせる。

そんな仕草にどきりとした。

村で農作業をするときに上半身裸になるアニマは多かったが、こんな風にそれに特別な感情を抱いたのは初めてのことだ。

そんなアルが私へと視線を向けて、大きく息を吐き出した。私を見つめる灰色の強い視線を痛いほどに感じる。そんな彼から私も視線を外すことはできない。

「キリル」

名を呼ばれて、その声音に含まれる熱に身体の芯が小さく震えた。

アルの顔が下がってきて、私の前で片膝をつく。その動きに揺れた空気が、甘い匂いを伝えてきた。

自然と引き寄せられた私の目線と彼のそれが強く絡み合う。

灯りが揺らぐのに合わせ、彼の彫りの深い端整な顔立ちの上で影が揺れていた。灯りを映して赤みを帯びたたてがみのように豊かな髪と顎髭は、精悍な顔立ちを引き立たせている。その中で、静かな灰色の瞳が私を見つめていた。

「アル」

思わず名を呼ぶ私の前で、彼が小さく息を呑んだ。動揺を隠すように閉ざされ、すぐに開かれた瞳には何かを決意したような強い力が宿っている。その力に知らず私の背が伸びて、それまでのぼんやりとしていた意識が覚醒した。

身構えた私に、アルがまるで祈りを捧げるように言葉を伝えてくる。

「キリル、お前に一度先をこされてしまったが改めてこの言葉を受け取ってもらいたい」

その先の言葉が何なのか、私ももう気がついている。そして私の答えも決まっている。

だからあれほど聞きたくなかったその言葉を今は、心の底から聞きたいと願っている。

「アルベルト・フォン・レオニダスが始祖より受け継いだこの牙と爪に誓う。お前のことを命をかけて守ることを、そして生涯愛し続けることを。キリル、我が伴侶となりこの先の未来を共に生きてくれるだろうか?」

硬い表情と同じように硬い口調。それはいつものアルだった。

だけど、それが私の愛するアルだった。紡がれた言葉の一つ一つに、私の胸は熱くなる。全ての迷いが完全に消え去った訳ではない。きっとこの先、不安を抱えることも辛いこともあるだろう。

それでも、私の側にはアルがいてくれる。

今の私にとって、その手を取ることに躊躇いはなかった。

私の指が彼に伸びて届く前に、力強く包まれる。

私が返事をしないせいか、表情が少し崩れ、どこか乞い願うような彼の姿に私は微笑んだ。

私を見上げるのは、金に縁取られた彼の中にある灰色の瞳。今その瞳に映るのは、私の濃紺の髪の色。

「あなたが私を望んでくれるのであれば、喜んで。アル、私をあなたの伴侶にしてください」

寝台に腰掛けていた私の側に、一度立ち上がりアルが座る。誘われるままに身体の向きを変えて、彼と再び向き合えば、彼からふわりと香る甘い香りが私の鼻孔をくすぐった。

伸ばした手で彼の頬に触れ、辿りながら柔らかな髪に指先を絡めた。

もう互いに言葉は必要なかった。

声の無い了承、だけれどもその瞳の優しさと共に確実に私の心に伝わった。

どちらからともなく身体を寄せ合った私たちは、しっかりと互いを見つめ合う。

どんな動きもどんな視線も逃さないとばかりに。

「ああ、キリル、キリル。今日は俺にとって人生最良の日だ。何よりも大切な者と心を通じ合わせ、そしてこの先の未来を共に歩めるのだから……」

感極まったように私の名を呼ぶアルの指に顎を捕らえられ上向かされた。すぐに厚めの口唇が私のそれを柔らかに塞ぐ。

それはとても自然な行為だった。あれほど嫌悪していた獣人との行為とは思えないそれは至福に満ちている。ただ、優しかったそれが徐々に激しさをし、自然と身体が反応するが、アルは逃がすものかと言わんばかりに私を強く抱き締める。

湿っていた衣服を通してアルまで伝わった互いの体温の中で、温まっていった。

「キリル、愛している。もう、お前をこの手から決して離しはしない」

「アル、私もあなたと同じ気持ちです」

熱のこもった言葉が耳から頭の中まで響いた。

疼くようなしびれが全身を襲い、全身がぐずぐずと溶けてしまったかのように力が入らない。

アルの手が邪魔だとばかりに、私を包む布を切り裂いた。乱暴な行為のはずのそれに、二人を遮《さえぎ》るものが減ったことに対する歓喜しか感じなかった。

私達を包み込む香りはさらに強くなり、口内をまさぐられる快感に意識がとらわれる。

私の肌の熱すら彼に伝わったようで、視界の中で彼の瞳が愛おしげに笑みを孕んだ。

その瞳に羞恥を感じ、慌てて閉じてはみたものの、いたずらに突かれる口唇に堪えきれないと背筋が震えた。

窓から風が入ってきたのかふわりと日除けの布がたなびいて、銀の月が垣間見える。

そんな風によそ事を考えられたのは一瞬だけ。

『番《つがい》』の香りに煽られたかのように絡み合う舌が燃えたように熱くなる。アルの腕が私を包み込み、私の伸ばした手が彼の背を辿った。

互いの肌を遮る薄い布すらたまらなく邪魔だなと思っていると、勢いよく布を裂く音がまた響いた。

性急に肌を重ねてしまうほどに、私たちは互いを求めていた。

落ち着いたと思った舞のときの昂揚感が、まだ私たちの中にあるように。

相手を思う気持ちと感情が叫ぶように相手を求めている。

獣人のアニマであるアルが『番』をここまで身近に感じていても耐えられたのは彼の忍耐のたまものだろうとリカムさんが教えてくれた。

だから今、どんなに性急にされても、私は構わない。

いや、私のことをもっと、全力で求めて欲しいとすら思っていた。

「ああ、アル、アル……」

うつろに彼の名を呼び続けるとあやすように額や頬にも口付けられ、感じたことのないほどの強い歓喜に胸が打ち震えた。

気がつけばまた涙が溢れ、零した吐息はひどく甘い。

そんな自分が恥ずかしいとは思うけれど、それでも受け入れることは止められない。

「このまま続けても大丈夫か？」

なのに今さらのようにアルベルトが問うのがおかしかった。

「止めてもいいのですか？　いえ、止められるのですか？」

これから私はアルのものになるのだと思えば喜びしかわかないが、私の悪い癖だ。つい、揶揄するような皮肉を口にしてしまう。それは照れ隠しのようなものなのだが……。

「意地の悪いことをいってくれるな。こうなって止まれるほど俺は紳士ではなかったようだ」

「ふふ、ごめんなさい。大丈夫です、分かっていますから。アル、私をあなたのものにしてください。ですが、私は……はじめてですので……」

「んっ……！　大丈夫だ、安心してその身を任せてくれ」

すでに一糸まとわぬ姿となった私たちは、ほんの少しも離れられぬほどに互いを求めていた。彼の身体に見あったものが私の太腿に触れていて、その火傷をしそうな程の熱に煽られる。

私の性器も張り詰めていて、彼の手が触れたとたんに、目の奥が弾けたような快感に襲われた。

アルの手が私の背を辿り、腰へと向かう。肌をまさぐられるだけで全身が震えるほどの快感が走り、大きく仰け反った。突き出した胸に落ちてくる優しい口づけは、すぐに目的のものを見つけたとばかりに、小さいはずの突起に強く触れる。

「ひうっ、ひゃっ」

全身が別の生き物にでもなったように跳ねた。走り抜けた衝動が怖いほどに強く、アルベルトにしがみつく。ところがそうしたことで、より強く舌が突起へと絡みつき、肌に触れる熱い吐息に蕩けさせられた。

快感の中に混ざる鈍い痛みは、アルの鋭い牙を立てられたせいか。でもそれが怖いとは思わず、自然と身体はそれを貪欲に求めていく。

ぬるりと濡れた感触は互いの性器両方で、濡れた卑猥な音が静かな室内に鳴り響く。

まだこの先が長いのだと知識だけでは知っている。太腿に触れる性器がどれだけ大きいかもわかっている。それでも私はそれが早く欲しかった。欲しくてたまらなかった。

だからそっと手を伸ばす。少しでもアルを喜ばせたいと、拙《つたな》い手技で触れたそれは本当に大きくて力強い脈動すら感じるほどで。

「大きい……」

吐息混じりに呟いた途端に、凶悪な程に大きいそれは更に大きく硬くなった。

「キリル……お前は……」

絶え入るような囁きに視線を上げれば、灰色の瞳の奥に隠しきれない肉欲を光らせ、獣の獰猛さをむき出しにしたアルが息を荒くして私を見つめていた。

すでに互いが限界なのだと、絡み合う視線で伝わった。

伸ばした手がアルを掻き抱き、アルの手が私の蕾へと伸びる。

こういう行為に関して知識がないわけではない。それでも、何も受け入れたことのないそこは『番』の香りを嗅いだせいか、アルの指を容易く受け入れた。だが幾ら太い指とはいえ、アルのそれとは比べものにならない。

だが愛おしい『番』に触れてアニムスとして開花を果たした私の身体は、すぐに二本目も受け入れて、体内を占める巨大な異物からの圧迫感にも徐々に馴染んでいく。

「ひぁぁっ、やあ……そこは、んん――っ」

彼の逞しい肩にしがみつき、汗ばんだ首筋に頭を擦り付ける。体内に入り込んだ指は私を激しく翻弄し、狂わせる。

密着したことでよけいに香る甘い香り。

それがアルが流す汗と共に私を包み込んでいく。狂おしい熱が身体を支配し、自分が自分でなくなるような感覚が恐ろしくしがみつく力を強くした。

肌に残る幾つもの痕は、赤みを帯びた印だけでない。時折鋭い痛みを感じるほどに、アルベルトが私の肌に牙を立てる。獅子の本能に基づく求愛行為がこういうものだというのは知っていた。だがそれを実際に施されるたびに、私の身体は震え、アルベルトの口づけが私を慰めた。

次第に強くなる体内を暴かれる圧迫感も、苦しさよりも歓喜が強い。

熱くざらついた舌が肌に触れ、震える肌を撫でられた。その手が私の胸から腰、太腿の外側を通って膝下へと入っていく。私は無意識のうちに身体を捩り、その手の動きを助けていた。

「キリル……力を抜くんだ」

耳元で囁かれるのはアルと思えないほど甘い声。

それだけで、私の身体は力が抜けていく。命令されたわけでも、自分から従おうと思ったわけでもなく、ただその声に身体は痺れ、力が入らなくなったのだ。

ずるい……。

普段のアルからは想像できないほど感情のこもった声は、私をぐずぐずに溶かし、何もかも彼の想いのままだ。

アルの逞しい腕が私の足を持ち上げる。のし掛かってくる大きな身体も、背を支える太い腕も、月明かりに反射する美しい金の髪も。

そして何よりも私を優しく映す灰色の瞳も。

「あ、ぁあっあぁ――っ」

「キリル、キリル」

ほぐされたとはいえ初めて受け入れるにはあまりにきついアルの性器が私の身体を押し開いていく。

元々の体格差もあるが、アルのそれはあまりにも大きい。私は襲いかかる痛みと苦しみとそれに勝る快楽にアルの首に無意識にしがみついて堪えていた。

「ア、アル、すご、入って……きてる」

体内から押し出されるように声が漏れ、しがみついた逞しい身体に堪らずに爪を立てた。

私は今自らの身体でアルを受け入れている。身体の中にアルが存在している。熱い肉とアルの欲が私の中に入り込み、私達は一つになっている。

ああ、なんて幸せなんだろう。

まるで二つの身体が一つに溶け合ったように、元々一つだったものがようやく逢えたかのように、私の中にアルが入ってくることが嬉しかった。

歓喜の中で溢れた涙がこめかみを伝っていく。

だがその直後、私はもっと強い喜びを知ることになった。

途中まではゆっくりだったアルベルトが不意に私に深い口づけをした途端、一気に腰を進めたのだ。

「んあっ、ああっ！」

衝撃に激しくのけぞり、外れた私の口から悲鳴にも似た嬌声が迸《ほとばし》った。

「奥……ふかっ……ああ、アル、アルが、私の中に」

互いの熱が混じりあい、あるべき形にぴたりと合わさると同時に全身が痙攣のごとく震え、視界が白く覆われる。

それと同時にこみあげる多幸感に、私は無意識のうちに微笑んでいたらしい。

再び下りてきたアルベルトの唇が、私のものに何度も軽く触れて、舌が流れた涙をすくってくれた。

「キリル……ああ、キリル」

「んああ、アルっ、……あぁああっ」

口づけは額、まぶた、頬から口唇へと施され、胸の突起も色づくほどに嬲られた。快感に背を反らして身悶えれば、強い力で固定され、自由に動く手で背から腰へと撫でられた。

まるで全身が性感帯にでもなったように快感が駆け巡り、私は泣きじゃくる。

これが『番』に与えられる快感なのかと、強く香る甘い匂いに酔いしれる。

「お前はどれだけ俺の理性を揺さぶるのだ……。美しいキリル……。止めてやりたくてもこれは止めてやることなどできはしない……！」

「あ、ぁあっ、ひゃんっ、すご、あぁ――っ」

時折ゆっくりになる抽挿もすぐに激しくなり、それと合わせて視界が弾けるような快感に何度も襲われる。思わず上げた嬌声は止まらず、苦しい呼吸を整えたいと首を振る。少し待ってと伝えたいのに言葉にはならず、せめて視線で伝えようとアルを見上げて。

ああ無理だと本能的に悟った。

アルは全身に汗を纏い、上気したその瞳は欲情の色をたたえて私を見つめていた。うっすらと笑みを見せる口唇は濡れて光り、いつもより鋭く尖った牙がのぞき、普段より赤みが強い舌が唇を舐めていた。

その艶めかしい表情に魅入られた私はもう動けない。囚われてしまったのだと、私ができることは彼に喰われるだけなのだと、それがどんなに幸せなことかと、激しく揺すられる中で歓喜した。

「キリルっ、いいかっ」

「ん、あっ、はいっ、私もっ、ああっ」

互いの限界が近づいていく。アルの動きが速くなり、私ももう何も考えられないほどに湧いてくる衝動ばかりに囚われる。


「いくぞ」

「ひぁぁぁっ」

どちらが先かなど、二人ともわかっていないだろう。

そして、私の首元にアルがその鋭い牙を立て、そのまま私の肉を穿《うが》つ。それが合図となったかのように私もアルも絶頂を迎えていた。

聞いたことがある、獣人にとって首元へ牙を立てることは求愛行動であり、所有の証を刻みつけているのだと。ああ、これで私は本当にアルのものになれたのだ……。

私の腹の中も外も、焼けるように熱いものに濡れている。

小刻みに震える身体はいまだに強く抱き締められ、腹の奥深く貫く太い性器の存在を強く感じた。

頬にぽたりと落ちた滴に瞳を向ければ、アルが笑っていた。いつもの厳格な顔ではなくて、どこか無邪気な男の笑みはとても嬉しそうなもので、私もつられるように笑みを浮かべた。


「愛しているぞ、キリル」

「私も愛しています。アル……私の何よりも大切な人」

荒い呼吸の中で伝えながら、唇を合わせて舌を絡める。

ようやく手に入れたのだとアルが掠れた声で囁き、それは私のほうだと言葉と共に口づけで返せば、目の前の顔の赤みが強くなった。

同時に体内にいるアルのものも硬く存在感を主張する。

「すまぬ、まだ……」

「はい……私も」

このときの私はアルが隠し持つ貪欲さを何も知らなかった。

だからこそ、与えられる快感に酔いしれてもいた。

そんな私にアルを拒絶する理由など何一つなかったのだ。

長く、とても長い夜はまだまだ明けることはなかった。

＊＊＊

アルと初めて結ばれたあの日。まさか、あれから数日間部屋から出してもらうことすら出来ず、身体をつなげ続けることになるとは夢にも思わなかった。

息も絶え絶えな私をアルはそれでも貪り続けた。それは、まさに己の全てを食われてしまうのではないかと思うほどの激しさで。

そのせいでようやく解放されたとき、私の本性をちらりとアルに見せることになってしまったがそれは致し方のないことだろう。


そんなアルベルト・フォン・レオニダス——私の愛する人は今、夜の東屋でゆったりとトゥリングスを奏でていた。

いつものように、それでも久しぶりの夜の庭で、私はアルに請われるまま舞っていた。

少し速く明るいテンポのその旋律に私の足も小刻みに、小さな跳躍と高い跳躍を繰り返しながら舞を舞う。

それはあの村で子ども達が舞うはずだった群舞の舞。

以前の私ならそれを舞うことは決してなかっただろう。だが、それをなぜかアルに見て欲しいと思ってしまった。そして、舞い始めればアルの調べに導かれるように自然と身体は動き続ける。そんな私を尻目に、アルも軽やかに調べを奏でている。

体格の良いアルの腕に握られれば妙に小さく見えるトゥリングスから、澄んだ音色が風に乗って辺りに響く。夜空にはあの祭のときと同じように二つの月が浮かんでいた。

あの日より少し寂しく見えるのは、寄り添う月が少し離れて見えるからだろうか。これから少しずつ離れ、そしてまた寄り添う周期を繰り返し、そうやって月の神様は互いを眺めながら長い時を過ごすのだ。

くるりと身を翻せば、柔らかく軽い素材の服がふうわりと浮かび、翼が羽ばたくように宙を踊る。

そんな私からアルは決して視線を外さない。

時折絡み合う私達の視線。そこにあるのは互いを慈しむ愛情だけだ。

あの絆の祭の後、アルを受け入れた私が手に入れたもの。いや、その前から私はずっとこの手の中に持っていたのだ。

アルの深い愛情、そしてこのレオニダスの人達からの慈しみの心。

私が今こうして生きていられるのはアルのおかげだが、そう気がつかせてくれたのは常に私に心を砕いてくれたリカムさんがいてくれたからこそ。

ヘクトル様にバージルさん、ダグラス殿にゲイル殿。アルが招いたのかそんな彼らが今も私の舞を見てくれている。

こんなことがお返しになるとはとても思えないが、彼らに心からの感謝を捧げたい。

そして彼らの気持ちに報いるためにも、二つの月に誓いたい。

私は必ず幸せになります、と。

アルと共にこの国を見守って、ずっと彼と共に互いを支え合い生き続けます、と。

すべての感謝と願いを込めて、アルの旋律にそんな想いをのせて月へと捧げる舞を私は舞い続ける。

ひときわ高い音が弾けるように響き、それにつられて一度伏せた視線を上げれば、再びアルと視線が絡んだ。

一度絡んだそれは外れず、私は舞を舞いながら彼へと近づいていく。

伸ばした手に彼の香りを乗せた風が誘うように絡みついてきた。その風に引っ張られるように私は足を動かして、最後の音が空へと弾けたそのとき、私は彼に向けて大地を強く踏み込んだ。

私を強く抱きしめる力強い腕と温かな胸。

銀の月に照らされて、明るく輝く金色が私を覆い尽くす。

私を見下ろす灰色の瞳は力強く、何より深い愛情に満ちていた。

Fin.

「キリル様の舞《まい》もアルベルト様の演奏も本当に素晴らしかったですね……。なんというかまだ夢の中にいるような気分です」

『絆《きずな》の祭《まつ》り』と呼ばれる二つの月と始祖《しそ》である黒獅子に感謝と祈りを捧げるという大祭であり神事。舞台で行われたそのあまりに幻想的な舞を家族とともに見た私の興奮は覚め切らず、自宅への帰路を歩みながらもその余韻は抜けきらない。

「チカの言うとおり本当に見事なものだった。それに、キリル殿の舞も表情も以前の『絆の祭』で見たものとは確かに違っていた。過去のそれは俺ですら心を締め付けられるような悲壮さがあったのだが、今日のキリル殿の姿も表情も……。何より、それを見ていた母上が涙ぐまれていたほどだ。色々と思うところもあったのだろう」

「そういえば、キリル様がこの国にいらしてからはずっとリカム様がおそばについておられたそうですね」

「ああ、その話も聞いたのか。あの人は優しい人だからな、きっとキリル殿が抱えてきたものをずっと共に背負っているような気持ちだったのだろう」

ゲイルさんの言葉に込められているのは様々な思い。私は話でしか聞いていないキリル様の過去だが、実際にそれを見てきたゲイルさんにはまた違う感慨もあるはずだ。

「兄貴もこれで一安心ってところじゃねぇのかね。自分の伴侶が抱えていたものが少しでも軽くなったことを喜んでるのが丸わかりだったぜ」

「えっ、そうなんですか?」

アルベルト様はゲイルさんほどではないが感情が分かりづらい。冷酷とまでは言わないがどこか冷たさを感じる雰囲気がある人だから余計に驚いてしまう。

「ああ、まぁ俺が弟だから分かるぐらいの微妙な変化だけどな。チカがゲイルの感情の変化が分かるのと同じさ。それにえっと、なんつったっけあの二人、キリル殿の村の生き残りとその連れの怪我もお前さんの力で治りそうなんだろう?」

「熊族のレブランさんとヒト族のティレルさんですね。レブランさんの足の怪我は私の治癒術でも治りますし、手術でも治療はできます。ただ、村での生活のことを考えればちょっとずるいかもしれませんが私の力を使ってしまってもいいのかなと……」

「大丈夫だろ。俺の腕と違って目に見えて大きな変化が出るわけじゃねぇ。ゲイルの足を治したのと同じであれば問題ねぇさ。何よりあの二人は王都に住んでるわけじゃないしな。お前さんの力の事が無駄に広まることもねぇだろうさ」

「確かに、ダグの腕とは違って俺の足のことはあまり話題にもならなかったからな。声がでないというヒト族の方はどうなんだ?」

二人の言葉に頷きながらも、ゲイルさんの問いかけに一瞬言葉に詰まってしまった。

「ティレルさんが喋ることができない原因。最大の原因は喉元に負った声帯を傷つける程の深い傷でした。その治療はできます。ただ……」

「ただ?」

祭の騒がしさで疲れてしまったのか眠ってしまったスイとヒカルをその両の手にそれぞれ抱きかかえながらダグラスさんが首を傾げる。リヒトは獣体で器用にダグラスさんの肩に乗っている。

ちなみに私の手がゲイルさんに繋がれているのはもはや言うまでもないことだろう……。

「その傷を負った原因、それが彼の心に深い傷を残していることは確かです。ですが、私は土足でその過去へと踏み込むことはできません。そこにきっと辛い過去があることはティレルさんの様子を見れば分かります。傷は治せても、心が声を発することを拒んでいれば……」

「人の心って奴はなんとも難しいからなぁ……。あの時、キリル殿が色を失っていたのと同じなのかもしれねぇな。でも、そこまで心配しなくても大丈夫だと思うぜ?」

「ああ、俺もダグと同意見だ」

ダグラスさんはスイとヒカル、リヒトにその琥珀《こはく》色の視線をやりながら、ゲイルさんは私に視線を落として小さく微笑む。


「一人でなければ……、いや愛する者を得れば人はどこまでも強くなれる。俺はそれを君に教えてもらった。彼らは一人ではない。その二人には長い間に築き上げた確かな絆があるはずだ」

「それこそ兄貴達みたいにな。時間はかかるかもしれねぇが、悪いことにはならねぇよ。何よりお前さんならそいつらの力になってやることも出来るんだろう?」

「はい、できる限りのことはしたいと思っています。ただ、アレクさんが妙に張り切っているので私の出番はないかもしれませんが」

「アレクも色々と思うところがあるんだろう。あいつは、こういう言い方をしちゃ悪いが苦労というものを知らない。お前さん達ヒト族が味わった苦渋をな。ましてや、自分の親がそこに関係しているとなればなおさらだろうさ」

「そうですね……。しなくても良い苦労であれば……とも私は思うのですが当事者となると複雑なものがあるというのは分からないわけではありません」


今宵は月明かりが強いせいか街灯の明かりが普段より弱い気がする。月明かりに照らされた私達の影が地に落ち一つに混じり合う。それは、私達家族が個でありながら一つの強い絆で結ばれた存在なのだと感じるのはやはり祭の余韻かもしれない。


「そういえば、今日キリル様には色々なことを教えていただいたのですが、ゲイルさんもダグラスさんも若い頃にキリル様との交流があったんですね」

私の不意の問いかけに伴侶二人の動きが一瞬止まる。

「キリル様がこの王都にいらしたころに同年代だった

ということは、お二人とも十代後半ということですよね？　その頃のお二人の事を知ってらっしゃるキリル様がちょっとうらやましくなってしまいました」

「待てチカ、お前さん一体何をどこまで聞いたんだ？」

珍しくダグラスさんが慌てた様子で私に声をかけるその姿が不思議議でつい見つめてしまった。

「いえ、あまり詳しいことまではお伺い出来てないんですよ。ダグラスさんが勉強の時間を抜け出していたとか、キリル様をゲイルさんと一緒に街へと連れ出したとか、あとはダグラスさんもゲイルさんも街で大人気――」

「だ――――っ、くそっしくじった。まさかそんな事まで話されてるとは思っても見なかったぜ」

「チカ……、その……なんだ」

二人とも明らかに挙動不審な様子で子供達も目を覚まし驚いている。私はそんなにおかしいことを言ってしまっただろうか？

「今度もっと若い頃のお二人のことをキリル様から教えていただくって約束しているんです。それがとても楽しみで」

「いや、まてチカユキ君落ち着きたまえ。俺達の若いときの事を聞きたければ俺達から聞けばいいんじゃねぇのかなぁと思うんだが」

「……そうだな、その方が良いかもしれないな」

「ですが、ご自分の口から若い頃の自分の事を語るのって恥ずかしくありませんか？　それに別の人から見たお二人がどうだったかを知りたいというのも……」

「それはそれ、これはこれだ！　ちょっとだけ待て。いや、待ってくれ。何か良い方法をだな！　おい、ゲイルお前はいいのかよ！」

「俺はお前と違ってやましい事をした覚えはないからな。ただ、未熟であった頃の自分の事をチカに知られてしまうというのは少しばかり恥ずかしいが……」

「うが――！！　自分だけ良い子ぶりやがって！！　そうやって俺にだけ恥ずかしい思いをさせるならお前のあんなことやこんなことを――」

「おい、ダグ落ち着け」

私の発した何気ない一言がダグラスさんを大いなる混乱へと導いてしまったようだ。普段とは雰囲気の違う父親達の様子をリヒトも不思議に思ったのかダグラスさんの肩から私の胸元へと飛び込んできた。

『とーしゃたち、どしたれしゅか？』

「うーん、どうしたんだろうね。それより、リヒトも今日は楽しかったかい？」

『ひゃい！　みじゅがぷしゃーってひろがっちぇ、かじぇがびゅーんってふいちぇ、しゅごかったです。おばちゃまもとってもきれいでちた！』

大きな身振りでキリル様の舞の様子を表現するリヒトの姿がひどく愛らしい。そして、この子でもわかるほどにキリル様の舞は本当に素晴らしいものだった。

「今度、一緒にキリル様のところにいって直接それを伝えようね。きっと喜んでくださるから」

『ひゃい！　まちゃみたいでしゅ！』

様子のおかしな伴侶を尻目にそんな会話をしているうちに気がつけば我が家へと到着していた。家につけばゲイルさんもダグラスさんもいつもの様子で別段変わったところはない。

二人の間であれからどんな会話が交わされたかはわからなかったが、うまいこと折り合いがついたのだと思っていたのだ。このときは……。

＊＊＊

「そういう訳で今日は俺に付き合ってもらえるだろうか？」

「いえ、あの、それはもちろん構わないんですが……」

一体全体何がどうなってそういう訳になったのか深くは聞くまい。

今日はゲイルさんとそして明日はダグラスさんと二人きりで出かけるという事になってしまった。「いわ

ゆるデートって奴だ」とダグラスさんは言っていた。

子供達もダグラスさんと一緒に家でお留守番をするそうで、私が朝からゲイルさんに連れ出された場所、それは騎士団の本部だ。

「お二人の間でどんなやりとりがあったのか分かりませんがどうして騎士団《ここ》に？」

私の問いかけにゲイルさんの眉が少しだけ中央により、眉間に僅かな皺が出来る。

「いざ君と二人で出かけるとなってどこに行くか考えたのだが他に思いつく場所もなくてな。ダグは良い顔をしないかもしれないがここに来れば君が喜ぶものを見せてやれるかと思ったんだ」

「私が喜ぶもの……ですか？」

「ああ、ただくれぐれも俺の側を離れないでくれ。あと、無闇矢鱈と手を伸ばさないことを約束してくれるか？」

「えーっと詳細が分からないのでなんともな部分がありますけど大丈夫です。ゲイルさんの側にいるとお約束します」

「なら良かった。さあ、こっちへ来てくれ。丁度この時間なら皆がいるはずだ」

ゲイルさんに促されるままに私は騎士団の建物内を進む。騎士の人に会ったことがないわけではないがそういえばこうやって本部の中へと入るのは初めてだ。レオニダスの王宮とも違う、どこか質実剛健で無骨な造りの建物はまさに武人の集まる場所という空気を感じる。

幅の広い廊下を進み、渡り廊下を抜けたその先に広がっていた光景に私は目を見張る。

これは、確かにゲイルさんの言うとおり私が喜ぶことかもしれない。

目の前に広がるその光景に私のテンションは一気に上がってしまう。

「なんというか圧倒されてしまいますね。あれは野牛ですか？　あっちに見えるのはゲイルさんと同じ熊族ですよね？　大型犬っぽい方もたくさんいらっしゃいますし、猫科の方もちらほらと」

そう、私の目の前に広がっていたそれは獣人である騎士の皆さんが獣体となり訓練を繰り広げている様子だった。同じ体格の者同士、同じ種族同士で訓練をしている人も多いがゲイルさんのような巨軀の熊へと果敢に立ち向かう大型犬サイズの犬族の姿もそこにはあった。

見事な二本の角を持った野牛が額から一本の角を生やした犀《サイ》とぶつかり合っている姿も見える。

「騎士になろうというような獣人は大型種が多く、獣体をとれることも条件の一つだ。いざというときはこの爪と牙が俺達の武器になる。そのためにはこうした訓練も欠かせないからな」

「なるほど……。普段の身体と獣体、どちらが戦いやすいとかはあるんですか？」

「それは一概にはいえないが、身体の俊敏性や筋力で勝るのは獣体かもしれないな。ただ、例えば俺のような熊は獣体では小回りがあまり利かない。小さな相手やすばしっこい者を相手にするのであればこの身体で武器と精霊術を使った方が有利に立ち回れる」

「種族ごとの特性という奴ですね。確かにゲイルさんやダグラスさんの獣体程大きいとあまり動きに融通はきかなさそうですね。グレンさんぐらいの狼であればそのあたりもうまいこと立ち回れそうですけど」

「君はやはりよく見ているな。まさにその通りだ。適材適所といえば良いのか、ただただ大型種の獣人の方が強いかといえば一括りにできないのもそのあたりが関係している。狼になったグレンを獅子のダグラスであれば追えるかもしれないが、俺の獣体ではとても追うことなど出来ないからな」

改めてなるほどともう一度訓練場の様子を見渡す。確かに熊や獅子のような大型の獣には狼や犬と言ったこの中では比較的小柄な獣達が見事な連携で相手を翻《ほん》弄《ろう》している姿も見える。

しばらくはそうした騎士の皆さんの訓練の激しさに驚きと共にある意味感心を覚えていたのだが、そのうちに私の意識はついそわそわと違うものへと向かってしまう。

「あのゲイルさん……」

「駄目だ」

希望を伝える前にまさかの一刀両断。

「君の事だ。あの獣体の騎士達を触りたいと思っている。違うか？」

「えっあっ………、違わないです……」

「君はこういうことに関してはとてもわかりやすいな。だが、安易に騎士達に触れさせれば俺がダグにどんな目にあわされるかわからない。それに、俺自身も君を出来れば他の獣人に触れさせたくはない。まして、ここにいる騎士達はそのほとんどがアニマだ。心が狭いと言われようとだ」

その言葉は全て私の事を心から思ってくれているからというのは分かる。それはとてもうれしい。だが、目の前にリアル動物園、いやリアルサファリパークが繰り広げられているのだ。元の世界ではとても触ることの出来なかった動物たちに接することが出来る貴重な機会にどうしても未練が残ってしまう。

そんな時、訓練の様子を眺めていた私達の後ろから押し殺したような笑い声が聞こえてくる。振り返れば、そこに立っていたのはゲイルさんを産んだその人――リカム様だった。

「くっくっくっ、ああ駄目だ。ゲイルの言葉も様子も面白すぎて笑いをこらえるのにお腹が痛くなってしまう。チカ殿、ここは諦めておいた方がいい。嫉妬に駆られたゲイルやダグラス様がどれほど怖いかは君が一番知っているだろう？」

「リカム様！　いらっしゃってたんですか？　随分とお久しぶりです。中々、スイや子供達を連れて顔を出すこともできず申し訳ありません」

慌てて私はリカム様に頭を下げる。

「チカ殿、俺達は家族なんだ。そんなに堅苦しい挨拶は必要ないからね。まぁ、君のそういうところは美点だし、中々気楽にと言っても難しいとは思うけれどだ。それに、君のお陰で俺は息子の――ゲイルの人間らしいところを見ることが出来てとてもうれしいんだ」

「母上、俺の人間らしいところとは……」

「自覚はあるだろう？　まぁ、それについては今更何も言うつもりはないよ。何より今のお前はチカ殿のお陰でたくさんの大切なものを知ることが出来た。俺はそう思っているよ。だから、チカ殿には感謝をしてもしきれない」

身長も身体の大きさも他の騎士よりも逞《たくま》しいリカム様。だが、その雰囲気はやはりどこか相手の気持ちを和ませてくれる穏やかな空気を感じる。

きっとキリル様もリカム様のそういうところに救われたのだろう。

「さて、ここにこのままいてはチカ殿の行動次第でゲイルが他の騎士達を再起不能にしてしまうかもしれないからね。ちょっと、ついて来てくれるかい？」

そういえばなぜリカム様は今日ここにいたのだろうか。確かもう騎士は引退しておられるはずなのだが……。

「引退したとはいっても元騎士団の副隊長という肩書きがあると色々と用事もあってね。何より身体がなまってしまうんだよ。だから、こうやって定期的に騎士団の訓練の指導に来ているんだ」

「父上の訓練は騎士達に不評だからな……。あの人は自分に出来ることなら誰でも出来ると思っているところがあるせいでその訓練の過酷さといったら……。俺とダグが足腰立たなくなるのは当たり前、並の騎士ではついていくのもの精一杯のはずだ。その点、母上は一人一人の個性や持ち味をよく理解してそのものに一番適した指導を行う。故《ゆえ》に騎士からの信頼は厚い」

「ゲイル、それは俺を買いかぶりすぎだよ」

私は疑問を口に出していないはずなのだが当然とい

った様子でリカム様は私の内心の疑問に答えてくれる。

なんというか、色々と凄い人だなと改めて感じてしまう。外見はバージル様似のゲイルさんだがこういうところはリカム様と通じるものがある。

そして私達はリカム様に促されるまま、来た道を引き返し騎士団本部内を抜けて一旦屋外へと出て、その先の建物へと向かった。


「チカ殿はこの子達に会うのも久しぶりなんじゃないかい？」

「ええ、随分と久しぶりです。元気にしてたかい？　君がダグラスさんのレックスで、君はゲイルさんのノアだね。ミンティアがいないということはグレンさんのところですか？　えっと、それとそっちの子は」

「こいつはイザーク、アルベルト様のアーヴィスでレックスとは兄弟だ。良く似ているだろう？」

そう言われてみると立派な角も体格も良く似ているがイザークの方が一回りほど全てが大きい。キリル様の話の中で出てきた子とこうして会えるのはなんだか不思議な気持ちだ。私がその鼻先に手を伸ばせばどのアーヴィスも人なつこくその鼻を私に擦り付けてくる。その様子がまるで大型犬のようで本当に愛らしい。

「いやー話には聞いていたけど本当にすごいね。怖がらせたい訳じゃないけど、アーヴィスは主人には従順だけど気に入らない人間は食い殺すこともあるんだよ？　それなのにチカ殿に対するその様子……。アーヴィスにまだ認められていない騎士達がみたら悔しがるだろうね」

「レックスもノアもチカと初対面からこうだったからな。チカが持つ特殊な力と称号、その影響もあるのかもしれない」

私はアーヴィス達の鼻先から頭にかけてを満遍《まんべん》なく撫でながらその言葉を聞いていたが、ゲイルさんの言う特別な称号とはアレですねアレ……。『モフモフを愛し愛される者』というちょっと意味をわかりたくない例のアレ……。

魔獣に好かれるというただそれだけの意味であれば

大歓迎ではあるのだが、その効果は獣人にも発揮されているような気がしてならない。

そんなことを考えていると私の頬をぺろりと生ぬるいものが這う感触に驚く。

「ああ、レックスくすぐったいよ。こら、ノアも……。えっ、イザーク君もちょっあははくすぐったいってば」

「おい、お前達」

ゲイルさんが普段より更に低い声でアーヴィス達に呼びかければ、びくりと反応をした三匹共がそこにしゅんと伏せてしまう。どことなく、ゲイルさんに怯えているようにすら見える。

「ゲイル、ゲイル。そんなに強い獣気を出すんじゃないよ。それはチカ殿にも良くない。人並みに嫉妬心をお前が持つことはうれしいけれど、やりすぎも良くないからね」

「……」

二人のやりとりからやはり彼らは親子なのだと改めて実感する。この世界に来て、男である自分がゲイルさんとダグラスさんの子供を産んだ今でもやはり、リカム様がその身体でゲイルさんを産んだという事実はどこか不思議さを感じてしまうのだ。

「あのリカム様、この子達に会えたのはとてもうれしいのですがそのためにここに連れてきてくださったんですか？」

「『至上の癒し手』が無類の動物好きだというのは有名な話だからね。まぁ、それもあるけどゲイルとチカ殿が今日は二人でやってくると聞いて、それならば遠乗りでもしてみたらどうかと思ったんだけどどうだろうか？」

「遠乗りですか……。とても楽しそうですが私、大丈夫ですかね……」

アーヴィスに乗ることは乗馬と同じ。慣れない私が長時間乗るとそれはもう生まれたての子鹿状態まっしぐらなのだ。

ゲイルさんがいつも私を抱きかかえて乗せてくれるものの、それがゲイルさんの負担になっていないか不安もある。

「きっと今までゲイルもダグラス様もチカ殿を守る乗せ方しか教えてくれていないんだろう？　自分で乗るという意識を持った乗り方をこの機会に覚えてしまえばいいよ。そうすれば身体も随分と楽になるはずだからね」

「母上それは……」

「ゲイル、チカ殿が大事なのはわかるが彼も一人の人間だ。お前達にとって守るべき存在なのは確かだけど過保護であるだけが彼のためになるわけじゃない。これは俺からの助言だよ」

その言葉には色々な思いがこめられているのだろう。リカム様自身とバージル様の関係、キリル様とアルベルト様を見守ってきたこと、そして親としてのゲイルさんへの気持ち。それならば私もその思いをありがたく受け取りたいと自然と言葉が出てしまう。

「運動神経は決して良い方ではないのでご迷惑をおかけすると思いますが教えていただけますか？　ゲイルさん」

「ああ、もちろんだとも」

私のお願いにゲイルさんは心良く答えてくれる。その後ろでリカムさんが満足げにゲイルさんを見つめ、ノアがまかせろと言わんばかりに高いいなないきをあげていた。

＊＊＊

「そうだ、そうやって身体の重心を後ろにやりすぎないようにするんだ。うまいぞチカ。だが、少しだけ太ももに力が入りすぎだな。もっと力を抜いてみてくれ」

あれからリカムさんに見送られて私とゲイルさんはノアの背に乗り、遠乗りへと出かけた。目的地はこの王都から少し離れたところにある王家の直轄地であるレティナ湖と飛ばれる場所。家族でも何度か訪れたその場所は、深い森の中で清らかな水を湛《たた》えるとても美しい湖だ。

「こう……でしょうか？　あっ、少し楽になりました」
「ああ、それで大丈夫だ。これなら俺が後ろに乗っていなくても一人でも大丈夫かもしれないな」
「いっいえ、それはまだ早いかと……。きっと、ノアが私に合わせてくれているというのもあると思いますし、ね？」

ノアの背中に生える黒い鬣《たてがみ》へと手を伸ばせば、そうだぞ！　とばかりにノアが鼻をならした。

「そうか、ならば今しばらくはこのまま俺が君の後ろで手綱をとろう。よし、少し歩調を速めてみるか」
「はい、お願いします」

教えてもらったとおりに乗ればなんとか一人で乗れるものの。ノアを一人で制御しているとはとても言えない状況。それでも初めて乗った時の情けない状態に比べれば大きな進歩だとは思う。

ノアが駆ける速度を少しあげれば、木々や風景が次々と左右を流れてゆき、肌に感じる風が心地好い。

「とても気持ちが良いですね」
「ああ、獣体になって走るのとはまた違う良さがあるものだな」
「今日はありがとうございます。ああして騎士の皆さんの様子を知ることが出来たのも勉強になりましたし、見るだけでも皆さんの獣体を楽しめました」
「まだ、お礼を言われるほどのことはしてないのだがな。こうして君と二人でいられることは俺にとっても本当に幸せなことだ。もちろん、子供達がいるときも幸せではあるのだが……」
「ええ、わかります。『幸せ』と言葉は同じでも私も子供達に対するものとゲイルさんとダグラスさん、お二人に対するそれはまた別ですから」

それは正直な気持ちだった。親となった幸せ、子供が大事だと思える幸せ、だけどゲイルさんとダグラスさんは私が自ら選んだ幸せ。それをどれが一番だと決めることは出来ないけれどそれはどれも違ってどれも同じぐらいに幸せなこと。

「ところで、ゲイルさんも騎士の称号はもってらっしゃいましたよね？　ああやって騎士団に所属して訓練もされてたんですか？」

「一応一通り騎士として学ぶことは学び、叙勲《じょくん》を受けたこともある。だが、俺は彼らとは違い進むべき道が決まっていたからな。全く同じとは言えない」

「進むべき道？」

「ダグの護衛だ。いわゆる王族の近衛騎士だな。それはダグが産まれ、俺が産まれた時から決まっていたことだ」

ゲイルさんの言葉にはたとそのことを思い出す。普段の二人があまりに自然なので忘れてしまいがちだが、言ってしまえばダグラスさんが主でゲイルさんは従という関係といっても間違いはないのだということを。

「それが嫌だと思ったことは一度もない。ダグは俺にとって共に育った兄のような存在でもあるからな。だが、俺があいつに『俺はお前に仕える人間なのだ』と何度諭しても駄目でな。結局今のような関係に落ち着いてしまった」

「その光景が目に浮かぶようですが、確かにダグラスさんはそういうことを嫌がられるでしょうね。きっと、ダグラスさんにとってゲイルさんは自分を護るための存在でも仕えるための存在でもなく、対等な……友人というのも違う気もしますがとにかく対等な存在なんだと思います。どちらが上だとか下だとかそんなことは関係のない」

「ああ、そうだろうな。一時俺はあいつをダグラス様と呼んで敬語で話していた時期もあるんだが……」

「きっとすごい顔をされてたんじゃないんですか？」

「良く分かったな。この世の終わりのような顔をしたかと思えば、気持ち悪いものを見たような目でこちらを見てくるんでな、俺も止めざるを得なかった」

馬上でも舌を噛むことなくゲイルさんと会話をすることが出来る。左右の景色の流れも更に速くなり、ノアが徐々にその速度を上げている証拠だ。

レティナ湖まであと少しだろう。

「それはちょっと見てみたかったですね。今度試しに二人でダグラスさんをダグラス様って呼んで敬語で話しかけてみますか？　どんな反応をされるか少し楽しみになってしまいました」

「君は面白いことを考えるな。だが、そうなった時のあいつの顔は見物かもしれないぞ。俺達を病院に連れて行く可能性すらある」

私の提案にちらりと後ろを振り返れば馬上でゲイルさんは苦笑いを浮かべていた。

「じゃあ、今度一緒にやってみましょう！　協力してくださいね？」

「ああ、いいとも」

「約束ですよ？　ですがお二人の関係は本当に素敵なものですね。少しだけうらやましいと思ってしまいます」

「チカ？」

「あっ、いえ、そこまで深い意味はないんです。ですが私にはそこまで互いに信頼を寄せ合うことの出来る友人というのはいなかったのでそういうところがうらやましいなって」

学生時代は医者になるという目標のために勉強することに必死だった。念願の医者になってからはそのあまりの激務故にあらゆる出会いはないも同然。友人と呼べる人間がいない訳ではなかったが、ゲイルさんとダグラスさんのような関係とはほど遠い。

「そう……だな。確かに俺はダグという存在を大事に思っている。だが、そう思えるからこそ俺達は同じだけの思いを込めて君を愛せるんだろうな。対等な存在であり、互いを信頼し、互いが大事であるからこそ、君を愛しこうして家族となれた」

私の項《うなじ》に何かが触れた。その熱さはきっとゲイルさんの口づけだろう。何度か優しくついばまれるように与えられるそれに自然と身体が熱を持ち始める。

「私にとってもそれは幸いなことだと思います。お二人がそうして同じほどの温かく力強い愛を与えてくださるので私はそれに応えることが出来ているんです」

「君がそう感じてくれているのなら俺達は間違っていないということなんだろうな」

「三人で愛を共有する。本来それはとても難しいことだと思います。誰かの思いが強すぎても、弱すぎてもいつかその関係性に破綻が起きてしまう……。だからこそ、私はこの奇跡のような出会いに心から感謝しているんです」

そう答えれば後ろから強く抱きしめられる。逞《たくま》しい胸元へと私は抱え込まれ、私は何も言わずそこへと自らの身体の全てを預けた。

「ああ、そうだな。俺もこの奇跡には感謝している」

ゲイルさんがそう呟いたのとノアがその歩みを止めるのは同時だった。

レティナ湖についた私達がまずしたことは昼食としての腹ごしらえ。出かけると聞いて慌てて用意したのは私の好物カツサンド。それに簡単なサラダとゲイルさんの好物のペイプルを蜂蜜でじっくりと煮込んだものもある。

湖を見渡せる大きな岩の上、私はゲイルさんの膝に乗せられて互いの口へと思い思いにバスケットの中から食べたいものを運んでいく。

湖畔から眺めるその景色はやはり素晴らしく、風によって起こされるさざ波や水面に落ちた葉が生み出す波紋が静寂の中で美しい。

食後のデザートまで全て食べ終えて、精霊術で温めたお茶を飲み終えたころゲイルさんが口を開いた。

「君はキリル殿から俺達の過去を聞いたんだったな。それはキリル殿が王都にやってきたころのことで間違いはないだろうか？」

「はい、塞ぎ込んでいたキリル様をお二人が街へと連れ出してくださったとおっしゃってました」

「そうか……、それを聞いて君はどう思った？」

そう問いかけるゲイルさんの表情が少しばかり厳めしい。一体どうしたというのだろうか？

「とてもお優しいなと思いました。その頃のキリル様のお気持ちを考えればそれがどれほどの慰めになったか」

「そうか……、だがな。それは全てダグのお陰だ。俺は……」

「ゲイルさん？」

言葉を詰まらせたゲイルさんの様子は明らかに何かを思い詰めているような様子。心配になった私は膝の上からゲイルさんの顔を見上げるが、その瞳は閉じられていた。

「若さを理由にすることは出来ない。だが、あの頃の俺はあまりに未熟すぎた。昨日、ダグにはああ言ったが過去を君に知られたくないのは俺の方だ」

「それはどういう……？」

「あの頃のキリル殿を見てダグは心から彼の事を心配していた。そのために出来ることをしてやろうと自ら積極的に動いていた。それはダグだけじゃない、キリル殿の周りにいた人間は俺の両親を含めて誰しもが思っていたことだろう」

そこまでを一息で語りゲイルさんは一旦言葉を区切った。

「だが俺は……、確かに哀れだとは思った。むごい目にあったキリル殿を可哀想な人だとも思った。だが、本当にそれだけだったんだ。彼に俺に出来ることがあるかなんて考えもしなかった。ただ、悲惨な目にあったヒト族を遠くから哀れんでいただけだった」

私はゲイルさんに言葉を返さない。今はまだゲイルさんは私の言葉を求めていないとそう感じたからだ。まずは、その思いの全てを吐き出して欲しいと私も思っていた。

「こんなことを言ってしまえば、君には軽蔑されてしまうかもしれないがあの頃の俺は他人に興味がなかったんだ。もちろんキリル殿の境遇に同情もしたし、それに憤りも感じた。だが、俺はそこまでなんだ。その先へと踏み込もうとしない、他人との関わりを持ちたいと思わない。人の心が分からない冷酷な人間なんだ……」

その独白はどこかゲイルさんが自らへと言い聞かせているように聞こえた。きっと、今のゲイルさんはそんな過去のゲイルさんと折り合いはついているはず。だが、突然現れた過去の自分という存在と今一度向き合っているのだろう。そんな過去のゲイルさんを引きずり出してしまった事を私は申し訳なく思うが、彼は私の慰めも否定の言葉も求めてはいないはず。それならば……。

「ゲイルさん。過去のゲイルさんがどうであろうと私の目の前にいるのは現在《いま》のゲイルさんです。その人はあの日、暗い檻の中で死を待つだけだった私を救い出してくれた人。私が知っているゲイルさんは……、私が愛しているゲイルさんはそういう人です。それだけではだめですか？」

膝の上でゲイルさんへとしっかりと向き合い、その両手を自分の胸元へと導き握り込む。一瞬、ゲイルさんのエメラルドの瞳が大きく見開かれ、それはすぐに細いものへと変わっていく。

「ああ、君は……本当に。いや、それで構わない。君が過去の俺ごと現在の俺を受け入れてくれるのであればそれだけで俺は……」

「大丈夫ですよゲイルさん。ゲイルさんがもし世界の敵になったとしても、私とダグラスさんは絶対にゲイルさんの味方です。どんなゲイルさんでもそれは私の大好きなゲイルさんですから、ってちょっと大げさすぎましたかね？」

「いや、そんなことはない。やはり君が俺の『番《つがい》』で本当に良かったと改めて思ったぐらいだ」

「それは私もです」

そして軽い口づけを交わした私達。さっきまでの表情が嘘のように今のゲイルさんは晴れ晴れとした様子だ。そんな様子に私が胸をなで下ろし、昼食の後片付けをしているとゲイルさんから声をかけられた。

「チカ、まだゆっくりとする時間は十分にある。君さえよければ少し泳がないか？」

その言葉にすぐ返事を出来なかったのは私が驚いていたから。ゲイルさんからこんな風に誘われるのはとても珍しいことだからだ。

「そう、ですね。丁度気温も良い感じですけど、ただ水着をあいにく持ってきていないので……」

「大丈夫だ。ここは王家の直轄地。知らない人間が入ってくることはない」

そうしてゲイルさんは自らの服を脱ぎながら、器用に私の服も脱がしていく。

「えっ、ちょっゲイルさん!?」

こんな言い方をしてはあれだがその手つきと様子はまるでダグラスさんのようで私は驚きのあまりなされるがまま。

「よし、これでいい」

「えっ、うあっひゃあああ！」

ゲイルさんも私も一糸まとわぬ姿になってしまい、そんな私をゲイルさんは腕に抱きかかえそのまま湖へと飛び込んだ。派手な水音と共にあたりには水しぶきが舞い散る。そして私の身体はまばゆい輝きに包まれ、それはゆっくりと消えていく。

そう、湖の中で私は熊のゲイルさんの腕にしっかりと抱きかかえられているのだ。

「ゲイルさん!?　どうされたんですか？　ちょっとびっくりしてしまいました」

『ん？　ダグのようだったと言いたいのだろう？　たまにはこういうのも良いかと思ってな』

「たまに……ならですからね。ダグラスさんが二人だと私の身体が持ちそうにありませんから」

『確かに違いない。さて、泳ぐとするか』

「えっと、私はこのままですか？」

『ああ、君と一緒に泳ぎたい。心配しないでくれ、こう見えて熊は泳ぐのは得意なんだ』

　そういう心配をしているのではないのだけれどという喉元まで出た言葉を飲み込み、私はしばらくゲイルさんのこの遊戯に付き合うことに決めた。実際熊の腕に抱かれて湖を泳ぐというのは中々に心地好いものだった。私の身体に負担にならないよう、器用に熊のゲイルさんは湖の中を泳いでいく。

　どれくらいそうして泳いでいたのだろうか、ゲイルさんの腕に抱かれながら、一時離れてそれぞれが自由に泳ぎを楽しみ、そして再びゲイルさんの腕へと抱かれる。そんな事を繰り返して随分と長い時間泳いでいたように思う。

　そして唐突にゲイルさんが私をその腕に抱いたまま飛び降りた岩場へと上がっていく、そこには私達が脱ぎ散らかした衣服が散らばっているのだが……。

　私はそのままゲイルさんに押し倒される。優しく、私の背中が傷つかないようにと柔らかい衣服の上に。目の前で私の上にのしかかる熊の姿がまばゆい光と共に愛する人の姿へと変わっていく。

　そのまま与えられたのは先ほどの優しい口づけとは違う貪るような激しい口づけ。そして、私を求める愛の言葉。

「チカ、こんな俺の全てを受け止めてくれる君を何よりも愛している。だから、君が欲しい」

　そう囁かれて私は自ら腕を伸ばし、愛しい人を引き寄せる。私も同じ愛の言葉を返し、ゲイルさんの全てを求めれば、目の前の獣はその瞳に情欲の炎をともした。

外ですることに抵抗がないわけではない。だけど、今の私はそれ以上に目の前の獣が欲しかった。目の前の獣に愛されたいと思ってしまった。

互いに求め始めればそれは終わることを知らず、与えれば与えられを繰り返す。

何度もその身を貪《むさぼ》られ、私達が帰路についたころには既に二つの月がその姿を見せ始めていた。

＊＊＊

「というわけでだ、今日は俺とチカユキ君のデートの番な訳だが準備はいいか？」

片腕で軽々と私の身体を抱き上げたダグラスさんの悪そうな大人の笑顔が私の顔の間近にまで迫る。

「あのダグラスさん？　別にそのお二人のお若い頃の事が知りたいというのは純粋な興味であってですね」

「わかってるわかってる。チカが俺達の過去を詮索して何かしたいって訳じゃないことぐらい分かってるんだがよ。まぁ、俺もゲイルも多少なりとも思うところがあるわけよ。それに、二人っきりのデートだぜ楽しまなきゃ損だろうが。昨日は随分とゲイルと仲良くやったようだしな」

その言葉に思わず首元を手で押さえてしまった。昨日湖畔での情事で歯止めのきかなくなってしまったゲイルさんと私。そして私の身体中に鋭い牙と歯の痕が残っていることを思い出したからだ。

「へぇ、その反応ってことはやっぱり仲良くやってんじゃねぇか。というわけで今日はおっちゃんと張り切って参りましょう」

「ちょっ、えっ、ダグラスさん!?」

私を小脇に抱えたダグラスさんはそのまま街の中を猛スピードで駆けて行く。一体どこへ向かうのかと私は必死にお弁当を自分の腕の中で死守しながら考える。

この方向はもしかして王宮に向かっている？
もしそうであればとても珍しい。継承権を放棄しているといっても現国王の王弟であるダグラスさんが王宮へと顔を出せばそれなりに面倒ごともつきまとうそうでよほどのことがない限り自ら進んでは行かないはずなのに。

「デート～デート～チカユキ君と楽しいデート～。あっちでがっちゅんこっちでがっちゅん。チカが喜びゃ俺も喜ぶ～♪」

ダグラスさんは鼻歌交じりに駆けるスピードを緩めない。ちなみにその良く分からない歌の歌詞に深い意味はないんですよね!?　ないと信じていいんですよね!?

舌を嚙みそうで喋ることも出来ない私がそんなことを考えているうちに目的地へと着いたようでその場へと腕から優しく下ろされた。

やはりそこは王宮だったが、普段使う正門とは違いこちらは丁度その真裏だ。

「チカこっちだ。ついてきてくれ」
「あっ、はい」

ダグラスさんは王宮の裏口と思われる場所からも横にそれていく。生け垣で仕切られたそこに沿ってしばらく進むと突然しゃがみ込み何かを操作し始めた。

次の瞬間、大きな音を立てて生け垣の下の何かが外れる。これはもしかして……。

「ダグラスさん……、これってもしかして何かあったときに王族の方々がここから脱出する秘密の抜け道とかそういう奴なのでは」
「そうだぜ？」

満面の笑顔で事もなげに答えるダグラスさん。その男前な笑顔がまぶしすぎて突っ込むことを忘れそうになったが聞くことは聞いておかなければと自分を叱咤《しった》する。

「えーっと、良いんですか？　勝手にこんな風に使っちゃっても」

「良いんじゃねぇのか？　ほら、俺一応王族だしな。ちっせぇ頃からこの抜け道には随分とお世話になったもんだぜ」

生け垣の下に掘られているのであろう地下道を進みながらダグラスさんは答えてくれる。随分と手慣れているると思えばやはりそういうことか。

「もしかして、ここから抜け出してこっそり街に出たりしてました？」

「おっさすがチカさんは察しがいい。大正解だ！」

「いや、多分誰でもわかると思いますよ……。えっとそれにゲイルさんを巻き込んで抜け出していることがバレて大騒ぎになってセバスチャンさんにお仕置きをされたりとか……」

私の言葉にダグラスさんが一瞬大きく身体を震わせ止まる。そして、首だけをギギギギと私の方へまるで人形のように向けてきた。

「チカユキ君。人間思い出してはいけない記憶っていうのもあるもんなんだぜ……。真の恐怖を味わった時とかな……」

虚《うつ》ろな瞳で呟くダグラスさん。やはり、私の推測は間違っていないようだ。だが、あの温厚なセバスチャンさんに怒られてそれほど恐怖を感じるものなのだろうか？　まぁ、ダグラスさんは王族、普段叱られるという経験がなくそのあたりの感覚がわからないのかもしれない。

「あんなガキの可愛い悪戯くらいで崖から突き落としてそこを登ってこさせるとかさせるか……？　下手したら死んでたところだぞ……」

未だぶつぶつと呟くダグラスさんに手を引かれ、秘密の地下道を抜けたその先はどうやら王宮の中庭のようだった。

あたり一面に咲き誇るのは季節の花々、そして深緑の葉を生い茂らせた数多の木々。中には私の好きな桜に良く似たフラリアの木が花びらを散らしている姿もあってその様子に目を奪われる。


「チカがキリル殿の過去の話を聞いたってんならまずはここだと思ってな。中庭での話も聞いてるんだろ？」

「ええ、キリル様が日々眺めて過ごされていたことやアルベルト様との逢瀬もこの中庭の奥だったと聞いています」

「へぇ、そこまで聞いてんのか。そうやって過去を話せるようになったってことはキリル殿も少しは吹っ切ることができたのかねぇ……」

「どうでしょう……。ただ、お話を聞いた限りでは過去ではなく未来を見据えておられるように私は感じました。それにレブランさん達の事もありましたしね」

「お前さんがそう感じたなら間違いねぇ。兄貴も随分と苦労してたからな。良い傾向だと思うぜ？」


そう言いながらダグラスさんに手を引かれるまま、私は中庭の中心へと連れて行かれる。

そこにあるのは赤みの強い黄金色の果実を枝につけた巨木。遠くからでも香るその香りは私の知っているものにとても良く似ていて、それがキリル様がおっしゃっていた果実であることにすぐに気づいた。


「これはアラゴ……ですか？」

「ああ、それもやっぱり聞いてたか。このアラゴは兄貴が植えたんだぜ。キリル殿の故郷にたくさん生えていた思い出の木。それを植えることが良いことなのか悪いことなのかと随分と悩んでいたようだったが、まぁ結果としては良かったんだろうな」

「難しい判断を良くなさいましたね……。ですが、とても香りの強い果物ですね。私の世界にあったマンゴーという果実に本当に良く似ています。確かキリル様とアルベルト様の『番』の香りもアラゴの香りに良く似たものだと聞きましたが」

「そんなことまで聞いてんのか!?　まぁ、キリル殿もヒト族だからな。その辺の感覚は獣人とは違うのかねぇ」

口笛を吹き、どこか面白そうに言葉を発するダグラスさん。

その様子が気になって私は質問を投げかける。

「何かまずいんですか？　『番』の香りを教えると問題があったりするんでしょうか？」

「いや、何が問題って訳じゃねぇんだけどな。俺達獣人の気持ちの問題って奴かもしれねぇ。愛しい『番』とのつながりを感じさせてくれる大切な香りだからな。他人には内緒にしておきてぇもんだろ？」

そう言ってダグラスさんは私をひょいと抱き上げ、慣れた手つきで私の首を片手で支えるとそのまま私の唇をその大きな唇で覆ってしまう。

もう何度ダグラスさんと口づけを交わしたかわからない。だが、その口づけはいつ与えられても官能的で、大きな厚い舌で口全体を上顎から下顎まで蹂躙《じゅうりん》されると全身に快楽の波が激しく訪れる。緩急付けた巧みなそれは時に快楽の責め苦を与えられているよう感じられることすらある。

そして鼻孔をくすぐるのは、ダグラスさんと私とが『番』であることの証である熟れた果実の濃厚な香り。

ようやくその長い口づけから解放された時、私とダグラスさんの唇を結ぶ細い唾液の糸がひどく卑猥に見えた。

「ダグラス……さん。こんなところで人に見られたら……」

「抜かりはねぇよ。今日はここ一帯の人払いを兄貴に頼んであるからな。チカがレブラン達を診てくれる礼だそうだ」

「それでもやっぱり恥ずかしいですから……」

「ああ、チカはいつまでたっても初心で本当に可愛いねぇ。まぁ、俺はあのむっつり熊と違って紳士だからな。ここではこれ以上のことはしねぇよ」

一体ダグラスさんは何を知っているというのか……。まさか昨日のことを全て知っているわけではないだろうが……。

「ダグラスさん、そういえば今気づいたんですが私とダグラスさんの『番』の香りって果物のような香りがしませんか？」

「へぇ、チカはそう感じるのか。まぁ俺も似たような感覚かもしれねぇな、熟れた果実が発酵した果実酒のような酒精の香りも感じるが」

「やっぱりそうですよね。ということは、アルベルト様とキリル様がアラゴの香りってことは兄弟で『番』の香りが果実の香り。なんだか不思議な気がしますね」

「ん、んー。正直兄貴と同じと言われても全く嬉しくもないんだがお前さんの好奇心が満たされたならそれでもいいのかね。それより、よっと」

そう言うとダグラスさんはその場でアラゴの巨木に駆け登り、その枝の先になっていたアラゴの果実を一つとってしまった。

「えっえぇ……。これってアルベルト様のご家族にとって大事な思い出の……というか良いんですかこんなことしちゃって」

「ほれほれ、よく考えて見ろって。俺は兄貴の弟でチカはその伴侶だ。ほら、俺達も兄貴の家族だろ？　それにこれも許可はもらってる。遠慮なく食べちまえ」

差し出されたアラゴの果実を受け取り、一瞬躊躇《ちゅうちょ》したもののその皮をゆっくりと剝いて一口かじる。口の中でとろける果肉と少しだけ癖のある濃厚な甘み。やはり生で食べてもこれはまさにマンゴーだ。

あふれ出る果汁が私の手から袖へと流れてしまい、慌ててそれを拭おうとしたらダグラスさんにその手を力強く握りしめられた。

それに驚き動きを止めた私を尻目に、ダグラスさんの長い舌がたれてしまったアラゴの果汁ごと私の腕から手首をゆっくりと舐めていく。タレたその瞳で上目遣いで、私の肌をざらりと舐めながら見つめるダグラスさん。捕食者を思わせるその男臭い色っぽさにごくりと自分が唾液を飲み込む音が妙に大きく聞こえた。

ダグラスさんの舌は手首で止まることはなくそのまま私の指までを官能的な舌づかいでなめあげる。私の皮膚とダグラスさんの粘膜がこすれる感覚、時折肌をこするダグラスさんの無精髭のちくりとした肌触りに背筋をぞくりと何かが駆け抜ける。

今日のダグラスさんは一体どうしてしまったのだろう。元々ゲイルさんとは対称的に大らかで色々な意味で奔放な人ではあるが、ここまでの性的な色っぽさを私に対してむき出しにしてくるのは閨の中でだけ。

真っ昼間からこのような場所で行われるどこか卑猥なその行為に私は慌てて声を上げてしまう。


「あっあの！　残りはお弁当と一緒にいただきませんか？　私だけじゃなくダグラスさんにも召し上がってもらいたいですし、アラゴもとっても甘くて美味しいですよ？」

「ああ、そうするかね。この先に兄貴がよく使ってる東屋があるはずだ。そこで飯にしようぜ」

そこはきっとキリル様とアルベルト様が逢瀬を重ねたその場所だということはすぐに分かった。

思っていたよりもその東屋《あずまや》は遙かに小さく、私とダグラスさんが共に入れば定員ぎりぎり。ゲイルさんがいたら多分座れなかったかもしれない。

そして今日も私の居場所はダグラスさんの膝の上。出かけることは分かっていたのであらかじめ準備しておいたおにぎりや唐揚げ、卵焼きといったまさに正統派のお弁当を二人で分け合いともに食べる。

おにぎりの具に残念ながら私の好物であるカリルの酢漬け——いわゆる梅干しは入っていない。好き嫌いのないダグラスさんがこれだけは悪魔の実と呼んで食べてくれないからだ。


「ふぅ、やっぱりチカの作る料理は美味いな。つい食べ過ぎちまうぜ」

「いつもと同じ家庭料理じゃないですか。でも、満足してもらえたなら作ったかいがありました」

「ああ、いつも美味いものをありがとな。家のことや子供のことはついお前さんに頼っちまう」

「そんなことはないと思いますよ？　家事は私の趣味のようなものですし、子供達の事はゲイルさんもダグラスさんもとても良く見てくださっていますから」

そこに嘘もお世辞もない。料理は私の仕事だが他の家事はゲイルさんもダグラスさんも手伝ってくれる。それにギルドの長として、腕利きの冒険者として私以上に多忙な二人だが時間があれば子供達の面倒もとてもよく見てくれている。

まだ幼いあの子達が父親二人を大好きだというのがその証拠だ。

「それならいいんだけどよ。元々子供を相手にするのは嫌いじゃなかったが、他人の子供と自分の子供ってのはここまで違うもんなのかねぇ」

「それは私も同じ意見ですね。あの子達のためなら私はどんなことでもできますから」

「ああ、その気持ちは良く分かるぜ。だが、お前さんが子供を守るなら、そんなお前を守るのは俺達だ。いいな?」

その言葉には有無を言わせない力強さがあった。私は琥珀色のダグラスさんの瞳を見つめ返し、同じぐらい力強く頷いた。

さて、お腹もいっぱいになれば若干まぶたも重くなる。お弁当を準備したのだからきっと外で食べることになるだろうと思い、その先の事も私は見据えておいたのだ。

「ダグラスさん、お願いがあるんですが」

私が小さなポーチから取り出したのは我が家の獣達が愛用しているブラッシング用の櫛だ。それを目の前に掲げればダグラスさんが笑いをかみ殺す。

「くっくっく、お前も本当に好きだねぇ。俺含めて馬鹿でかい獣が二匹、それに近頃はリヒトもおねだりしてるだろ? 嫌になんねぇのか?」

「嫌になるなんてとんでもありません! 私にとってお二人の獣体をブラッシングする時間はまさに至福の時!! ダグラスさんの長くなめらかな毛に櫛を通すときの手触り!! ゲイルさんの短く硬い毛を小刻みに梳かしていくその感覚!! リヒトの毛は柔らかでふわふ

わでつるつるでそれはもう！！！」

「わっわかった。わかった。チカユキ君、少し落ち着きなさい。ちょと待ってろすぐ獣体になるからな」

まだまだどれだけブラッシングが魅力的な行為なのか伝えるべきことは山のようにあったのだがダグラスさんは私を制止し、その身を黄金の獅子へと変えた。

『これで良いか？』

「はい！　ささ！　私の膝の上に頭を！　どうぞどうぞ！」

『んー、本当に普段のチカしか知らない連中がその様子を見たら驚くだろうなぁ。まぁ、見せてやんねぇけどな』

そう言ってダグラスさんは横たわり、その頭は私の膝の上だ。私の膝が小さいのかダグラスさんの頭が大きすぎるのか、かなりぎりぎりの体勢だが私もダグラスさんも慣れたもの。私はそのままゆっくりと櫛をダグラスさんの鬣《たてがみ》や胸元の毛、そして全身へと通していく。

ああ、これはまさに至福の時間。巨大なモフモフの塊が私の前で無防備にそのお腹を見せてくれているのだ。しかもいつのまにかダグラスさんは小さな寝息を立て始めている。

私はまってましたとばかりに更に櫛を通していく、時にその背中の柔らかな毛皮の感触を楽しみ、こっそり胸元の毛に埋もれてみたりという遊戯を楽しみながら。

気がつけば私もそのまま眠ってしまっていたようで、今はダグラスさんの胸の中。柔らかく温かな胸の毛に包まれ、前脚で抱きしめられたまま横たわっていた。

まだダグラスさんは小さな寝息を立てたまま。私はこっそりと胸元に顔を埋めたままでその耳や脇の下、鼻先からマズルをゆっくりと指でなぞっていく。

『こら、悪戯をする悪い子にはお仕置きをしちまうぜ？』

その大きな口で頬をなめられ、カプリと頭に優しく牙を立てられた。

「おはようございます。すっかり寝入ってしまいましたね」

『お前さんはともかく、俺達はチカのブラッシングのテクニックにはあらがえねぇからな。だが、時間的には丁度良い』

「時間ですか？　まだなにか予定が？」

『ああ、今日のデートの締めって奴だ。さあチカ、俺の背中に乗りな』

私はそれ以上詳しいことを聞かないままでしゃがんだダグラスさんの――獅子の背中へとその身を預ける。

私をその背に乗せたダグラスさんは走るでもなくゆったりとした歩調で中庭を更に奥へと進んでいった。

「ここは確か……」

『一度だけ来たことがあったよな。『始祖の湯殿』、まぁ簡単に言えば王家所有の温泉なんだが今は一般公開の時期じゃねぇから貸し切りだぜ？』

「はっ入れるんですか？　しかも貸し切り!?」

『始祖の湯殿』とはこのレオニダスの始祖である黒獅子がその伴侶と共に傷を癒やしたとされる由緒ある温泉のはず。確か縁結びのような言い伝えもあったはずだが詳しいことは忘れてしまった。

だが、温泉！　なにより温泉である！　一度アニムスの皆さんと入ったことがあるがここの泉質は肌に蕩けるような優しさでまさに至福の温泉なのである！

『まぁ、予想してた通りだが、ほんと獣体と風呂の事になるとお前さんは別人みてぇにみえることがあるな』

「うっ……、それはお恥ずかしい……」

『いや、悪いとは言ってねぇよ。そんだけ喜んでくれたら兄貴と親父に頼んで貸し切りにしてもらった甲斐もあるってもんだ。あっ、ちょっと待ってろよ』

そう言うとダグラスさんは大きく息を吸い込み、あたりに響き渡る遠吠えをあげた。

「どっどうしたんですかダグラスさん？」

『いや、チカが風呂に入ると知れば悪い虫がのぞきにこねぇとは限らねぇ。俺の知ってるその虫はとにかく悪知恵が働く奴でなぁ。もしのぞいたら、親父……じゃなくてその虫の俺が知ってる恥ずかしい過去を全部国民にぶちまけてやるって威嚇しておいた』

隠せてない……、誰のことか隠せてないですダグラスさん。それにいくらヘクトル様がヒト族をお好きといっても私のようなものの裸を見たいと思われるはずもないのに、やはりダグラスさんは少し過保護だと改めて思う。

『そんじゃ入るか、今日は特別に混浴だからなー。いやー楽しみだぜ』

「えっ？」

『なんだ不満か？　いつも家じゃ一緒に入ってるじゃねぇか』

「いえ、確かにそうなんですが本当に良いんですかね？」

『許可はもらってると言ったろ。ほれ、行った行った』

なんとなくこのやりとりに既視感を感じつつも私はダグラスさんに促されるまま脱衣所から浴室へとそのまま足を踏み入れる。なんといっても目の前に温泉が待っているのだ。小さなことなど気にしてはいられない。

「あああ、身体に染み渡りますね……。やっぱり温泉というのは自然が私達に与えてくれる最高の贈り物だと思います」

「まぁ、気持ちは良いと思うがそこまでのもんかね？」

「そこまでのものですよ！」

広い温泉の片隅で、私は人の姿に戻ったダグラスさんに後ろから抱きかかえられて膝の上。一人で入ろうとした私の無言の抵抗を一切無視し、片腕に抱えられて今ここに至る。

この体勢は正直恥ずかしい。何より後ろにこう……あたるのだ……ダグラスさんの立派なものが時々……。

意識をしない、意識をしなければ大丈夫。そう自分に言い聞かせながらたわいもない会話を続けていく。

「ですが、本当にこんなことまでしてもらう必要はなかったんですよ？　ゲイルさんにも言いましたがキリル様に伺おうと思ったことに深い意味なんてないんですから」

「ああ、うん。そのことなんだがな」

ダグラスさんの様子が急におかしくなる。それは、まさに昨日のゲイルさんと同じだ。

「人の口から話されるより、自分の口で話しておいた方がいいと思ってな。チカがどこまで聞いてるかわかんねぇが俺はその……まぁ自分で言うのもなんだが自然と人が寄ってくる性質でな」

ああ、と腑《ふ》に落ちる。きっとダグラスさんは自分が過去に付き合った相手がいることを気にしているのだろう。だが、そんなことは私にとっては些事に過ぎない。

「ダグラスさんがアニムスの方からもてるということは私でも分かりますよ？　精悍な顔立ちと立派な体格なのに人なつっこさがあって、とても格好いいですし。周りへの気遣いやその優しさには誰もが魅了されてしまうと思います」

「おおお……。褒めてくれるのはうれしいんだけどよ。チカ、そんな真っ正面から言われるとさすがのおっちゃんも恥ずかしいわ」

「ですが本当の事ですから、お付き合いされていた方が何人もいらっしゃるというのは当たり前だと思います」

「ああ、分かってたのか。まぁそうなんだけどよ、ただ俺が付き合ってた相手というのがな…、アニムスだけじゃなくてアニマも相手にしてた訳だ」

その言葉に私の頭にいくつかの疑問符が浮かぶ。この世界には男しかいない。ただ、子を孕ませる性と孕む性が存在する。それがアニマとアニムスで……。

「ええ!?」

「まぁ、驚くのも無理はねぇわな。アニマ同士で伴侶になる奴もいるっちゃいるが少数派であることに違いはねぇし」

「いや、えっと」

「あの頃の俺は寄ってくる連中はどんな奴でも相手をするただの節操なしだったからな。享楽的で刹那主義でお前さんからすれば嫌悪すら感じるんじゃねぇのか?」

「いやいや、待ってください！　そうじゃないんです。そうじゃありません！」

　私の必死すぎる声にダグラスさんがきょとんとした表情をしている。そんな表情でも額に張り付いた前髪をかき上げる仕草がひどく色っぽい。

「えーっとですね。どこから説明してどこから質問すればいいのやらという感じではあるんですが、まずこの世界でアニマ同士の恋愛というのは普通の事なんですか?」

「普通……といって良いのかは分からねぇが禁止されてる訳でもねぇし、そういう好みの奴もいるってことだ。それでなくてもアニムスの数は少ねぇからな。だが、アニマ同士、アニムス同士となると子供は望めない。そこに納得した連中は自由にしてるって話なんだが」

　なるほど、元の世界での同性愛とそのまま置き換えるのも難しいけれどなんとなくその感覚に近いことがダグラスさんの説明でようやく理解出来る。

「ダグラスさんはアニマが特別好きという訳ではないんですよね?」

「正直アニマもアニムスも関係はねぇな。ちっこくて守りたくなるような奴が獅子の本能のせいか好みってる部分はあるが、俺よりでかい奴と付き合ってたこともあるしな。もちろんチカ、お前がアニマだろうとアニムスだろうと俺はお前が好きだぜ?」

「あっありがとうございます。えっとですね。誤解を解いておかねばならない部分としては私はダグラスさんがアニムスの方とだけでなくアニマの方とお付き合いをされていたとしても全く気にはなりません。むしろ、私の伴侶がそれだけ魅力的な方なんだということをうれしく思います。それに私の世界でもそういう関係性がなかった訳ではないので」

女性という概念がないこの世界。

そのことを今ダグラスさんに一から説明するのはいささか難しい。ダグラスさんは頭の良い人だが自分の常識から外れすぎたものをすぐに理解しろといっても無理な話だろう。

それに私自身が元より男性という同性を愛しているということ、それをうまく説明出来ればいいのだがそれもやはり難しい。

それならば、伝えるべきはただ一つ。私の正直な気持ちだけ。

「本当に俺の節操なさを嫌だとは思わねぇのか？」

「思いません。それに過去ばかり見ていては人は先に進めません。私は現在《いま》を生きていきたいと思っています。ダグラスさんが私のことをどれだけ愛してくれているかは私が一番良く知っていますから、それ以外のことは本当に些細な事なんです。あっ、ですがもし今私以外にも思われている方がいるのであれば――」

「それはねぇから！　その先に続くのはきっとお前さんのことだ、言ってもらえれば身を引きますとかいいだすんだろう？　それはない。絶対にだ」

「ならそれで十分です。なによりきっとキリル様もそんなダグラスさんの自由さに触れて考えることや気づくことも多かったと思いますから」

それに対する答えは背後からの項への口づけだった。ついばむように与えられるその刺激、項から肩へとかけてゆっくりと与えられるそれは妙に執拗で。

そして、私は禁断の質問を口にしてしまう。

「あの、アニマ同士の恋愛というのがありだとすればもしかしてダグラスさんとゲイルさんは……」

「チカユキ君」

「えっ、あっはい」

ダグラスさんの声が突然冷たく地を這うようなものになる。

「そんな気持ちの悪いことを考えてはいけません。絶対に」

「ですが、お二人がむつみ合う姿もそれはそれで素敵だと思うんです。ゲイルさんがダグラスさんをリードする姿とか、ダグラスさんがゲイルさんを押し倒したりとか……。あっアニマ同士の場合ってどちらが……」

「チカユキ君」

「はっはいい！」

先ほどより耳元で囁かれる低音は更に冷たく低い。

「このままにしておいたらお前さん、ろくなことを考えそうにねぇからな。何も考えられなくしてやるよ。なぁ？」

「えっあのごめんなさ……ひゃっ！」

怒らせたかと思い、謝れば最後までその言葉を紡ぐ前に柔らかい二の腕に軽く歯を立てられた。

「心配すんな。怒ってるわけじゃねぇ。お前さんが想像したその光景を忘れさせるのが目的だ。あとは、ゲイルに対する俺の嫉妬だな」

「嫉妬……？」

なんのことかと首を傾げれば、膝の上でぐるりと体勢を変えられてダグラスさんと向き合う形になってしまう。そのまま、今度は首筋にダグラスさんの歯が立てられ、ゆっくりとその痕を舌が這う。

「チカ、お前は全く気にしてねぇみたいだけどな。自分の身体を良くみてみな？　どっかのムッツリ熊がつけた歯形やらなんやらでチカの綺麗な肌が大変なことになってるじゃねぇか……。いらぬ心配もなくなったし、これを見て俺が黙ってられると思うか？　この痕を全部、俺で塗り替えるまで今日は終わらないと思っておけよ」

そのまま湯船からあげられた私は、温かい岩の上に押し倒される。そして目の前には情欲の炎を瞳に宿し、舌なめずりをする獣の姿。ああ、この光景にも何やら既視感を感じてしまう……。

私の胸元の小さな突起に舌を這わせ、柔らかく歯を立てられれば全身に言いようもない快楽が走り始める。

こうなってしまえば私の全身ははしたなく愛されることを求めてしまう。

目の前の愛しい獣にこの全身を余すことなく貪って欲しい。

その願いを口に出し、ねだるように手を伸ばす。

それに応じるように獣は笑った。

「そうやって煽《あお》って後悔してもしらねぇぞ。どれだけの人間の体を知っていても全てを貪りたいと思ったのはお前だけだ。愛してるぜ、チカ」

そして私は愛される。

場所を変え、形を変え、奥深くまで穿たれて何度も何度も意識を飛ばす。

甘すぎる責め苦は決して終わることはない。全身でダグラスさんを感じながら、私の最も奥い場所でもダグラスさんを感じながら……。

私の意識が失われても、私を貪ることを獣が止めることはない。

獣と私の狂宴が終わったのは、月がその姿を見せてしばらくしてのことだった。

＊＊＊

そして、私は目を覚ます。

そこは見慣れた寝室のベッドの上。

あれらは昨日のことだったのか今日のことだったのか……それとも随分と前のことだったのか……。

寝起きの思考はうまくまとまらない。

そんな私の両脇には私を抱き込むようにして私が愛する焦げ茶の熊と黄金の獅子がいた。

肩に僅かな疼きを感じれば、そこにはどちらのもの

ともわからない大きな歯形が残っている。私はその歯形に自ら口づけをして再び眠りについた。
この世界で誰よりも愛しい腕の中で。

Fin.

この世界での年明けを迎えておよそ二ヶ月、そう、日本の暦《こよみ》であればそろそろ年頃の女性達がそわそわと浮き立つあの季節。

それは義務感や惰性ともいうのかもしれないが……。医局の私の机の上には各部署のスタッフからの色とりどりの包装紙に包まれた義理チョコという名のブツが山と積まれるは風物詩。

もちろん私だけではなく、独身の男性スタッフは皆似たり寄ったりの状況だった。

それが毎年お返しに頭を抱えることになる『バレンタイン』である。

なんでこんなことを思い出したのかというと私がふとチョコの事を思い出し、それを食べたくなったからという単純な理由だ。

この世界にもチョコに似たものはある。

もちろん名前も違うし、味も違うのだ。なんといっても甘さやチョコレート特有のとろけるようなまろやかさは皆無。コーヒーに砂糖をぶち込んで固めたらこうなるのではないかという代物で私の口にはどうにもあわないものだった。

それをセバスチャンさん（一家に一人セバスチャンさん）の協力の下《もと》ちょっとした改良を加え、地球のそれに近づけたものを『チョコレート』と呼んでいる。

私の朧《おぼろ》気《げ》な記憶を元にセバスチャンさんの技術で作り出された様々な種類の『チョコレート』は家族にも大好評なのだ。

ダグラスさんはチョコレートの中にとろりとした果実酒を仕込んだものが、ゲイルさんは果実酒の代わりに蜂蜜を入れたものが大好物。幼い子供達も干した果実を刻んで加えたものや、いわゆる生チョコまでどんなチョコレートも喜んで食べてくれている。

ただ、チョコレートを差し入れたヘクトル様が中心となって何やら王室御用達の菓子として専門店をどうのこうのと商業ギルドの長と二人で悪い顔をしていたがそれは見なかったことにした。

加えて私の最近の楽しみは、仕事の休憩時間にシナモンに似た香りのスパイスを少し入れたホットチョコレートを飲むこと。そして、思い出として地球の『バレンタイン』について何気なく話してみればアレクさんがものすごい勢いで食いついてきた。

「なんと!! チカさんの世界にはそんなはぁとふるでらぶに溢れたイベントがあるのですか!?」

「えっ、ええ……はぁとふる……? 私が住んでいた国では『バレンタイン』という日に愛する人、お世話になっている人にチョコを贈るという文化というか習慣は確かにありましたが……」

「そのお話もっと詳しくお聞かせください!!」

瞳の中に爛々《らんらん》と輝く光をともした彼の並々ならぬ気迫におされて私は知る限りの情報を彼に提供した。

といっても本当に私の知る限りの内容なので大したものではないのだが……。

そもそもバレンタインに対して、その深い意味合いを考えている人なんているのだろうか、なんとなくお菓子会社の思惑に躍らされているよなぁという気持ちが私には強い。

それをアレクさんは「なるほどそれなら……」「いえ、いっそ国の行事として……」などと顎に手をあて真剣な面持ちでつぶやきながら聞いている。

その様子がどことなくヘクトル様の姿に似ていて、やはり血は争えないものだと妙に感心してしまう。

そして次の休みの日、気がつけば私はレオニダス城の厨房に立っていた。

「只今より! アニムスのアニムスによるアニムスのための【いつもアニマの押せ押せの強引さで気がついたら『番《つがい》』や伴侶にされているアニムスの気持ちも考えろ! たまにはアニムスだって自分から告白がしたいし、相手も選びたいぞバレンタイン】のためにチョコを作る特別講習会を開催いたします!」

アレクさんが高らかに宣言すると、厨房に集まったアニムス達から盛大な拍手が鳴り響く。

彼の隣に立たされ呆然とする私には一体何が始まったのか未だに状況を理解できていない。

とりあえずその講習会の名前に大いに突っ込みたい。

アレクさんはなんと言った？

アニムスだって告白したい？

押せ押せで強引なアニマ？

まぁ、この世界に来てから随分経つが確かにアニマに分類される彼らの本能への忠実さは私の二人の伴侶を見ても良く分かる。

今、私の目の前にいるアニムス達は自分たちの回りにいるアニマへの不満、そして逆に憧れのアニマに対する気持ちをそれぞれが思い思いに口にし、たいそう盛り上がっている。

職場での飲み会で色々な意味で良い感じのお年頃の女性ナースを中心にコメディカルのスタッフが集まるとこんな感じだったなぁ……としみじみと懐かしくもなったが今はそんな場合ではない。

どうして私がここに立っているのかそれが問題だ。

「今回チョコの作り方を教えて下さるのは『バレンタイン』の伝道師であるチカさん、そしてアニマではありますが困ったときのセバスチャンのお二人です！

どうぞよろしくお願いいたします！」

「アニマの身でありながらこのような場に呼んでいただいたこと光栄でございます。アニムスの皆様のお役に立てるのであればこれほどうれしいことはございません。こちらこそどうぞよろしくお願いいたします」

「よっ、よろしくお願いします……？」
バ、バレンタインの伝道師？
また私に怪しい肩書がついてしまう……。

これはあとでギルドタグの内容を確認しておかなければなるまい。

隣に立っているセバスチャンさんの存在もだが、状況に頭が追いつかないままに困惑ばかりが募っていく。

「では早速始めようと思います！　こちらに材料と道具は用意しています。お二人には実際に作っていただきながら私達にご指導をお願いします！　さぁさぁ、参加者の皆さんはこちらに！　それでは始めましょう！」

今日のアレクさんのテンションはいったいどうした

というのだろうか。

アレクさんに誘導され、チョコ作りを教える側と教わる側がそれぞれ定位置につく。

よく見ると生徒側にいるアニムス達には、私の知る人物も多く含まれていた。

ミンツさんを含めたギルドで一緒に働いているスタッフの皆さん、そしてキリル様（一国の王妃がこんなところにいてもいいのだろうか……）、さらにはリカム様（何だかとても複雑そうな顔をしているような……）もいる。


「えーっと、あの、セバスチャンさん。私詳しいことは何も聞かされていないんですが、これは一体どういうことなんでしょうか？　何かご存知です？」

「私はアレクセイ様からチカユキ様とご一緒に『バレンタイン』のためにチョコの作り方を教えて下さいと、直々のご依頼を頂きまして参上した次第にございます。そういう仔細《しさい》でございますので、てっきりチカユキ様がこの講習会を主催されているものと思っていたのですが」


「いいえ全くの寝耳に水です」

「左様でございましたか。ちなみに『バレンタイン』のためのチョコとはそれほど特別なものなのでしょうか？」

「いいえ単なるチョコなんですが、『バレンタイン』という日にチョコを贈ることから……」

私は先日アレクさんに話したことと同じ内容を手短にセバスチャンさんにも説明する。私の拙い説明をセバスチャンさんは首を小刻みに動かしながらなるほどなるほどといつものように余計な補足の必要もなく難なく理解してくれた。


「なるほど。そういった由来の上になりたつ、心温まる素晴らしい行事なのでございますね」

「そうです。……、えっいやそこまでたいしたものではないんですよ？」

「それならばこのセバスチャン、本気を出さぬわけには参りませんな。チカユキ様にはぜひとっておきのチョコレートをゲイル坊ちゃま……とダグラス様に贈っていただきとうございます故」

私の説明のどこがセバスチャンの琴線に触れてしまったというのだろうか……。

あのセバスチャンさんが本気を出すとは一体どんなチョコが出来てしまうのか色々な意味で怖いというのが正直なところ。

「お、お手柔らかにお願いしますね……？」

こうしてアニムスによるバレンタインのためのチョコ作りは幕を開けた。

ちなみに時間の都合により詳細は割愛させていただくが、既に伴侶のいる私やキリル様、リカム様、ミンツさんを除いた独身のアニムスの皆さんは尋常ではない雰囲気で殺気のようなものを放ち、目を血走らせながらセバスチャンさんの指導の下、チョコ作りに勤しんでいる。

一方、キリル様は落ち着きこなれた手つきでチョコ作り自体を楽しまれているようだ。そういえば、家族のために自ら城の厨房に立ってお菓子作りをされると聞いたことがある。きっと慣れた作業なのだろう。

そんなことを考えていた私はキリル様のその膝の上にいるものを見て目を丸くしてしまう。

そこにはちょうどキリル様に背中を預け、抱かれるようにしてヒカルがいたのだ。

無邪気な表情で手や顔をベタベタにしながらヒカルは楽しそうにチョコを触っている。

「キ、キリル様？　どうしてヒカルがここに……」

「おや？　チカさんはご存知なかったのですか？　それは申し訳ありません。ダグラス殿にはお許しをいただいたのですが……。そうですね、愚かな親心だと笑って下さっても構いません。アニムスから愛するアニマへと贈り物をするというこの『バレンタイン』、それを知ったテオドールはまるで飢えた獣のようで……一人でブツブツと思い悩んでいるようなのです。ここまでお伝えすればチカさんならどういうことか分かってくださるでしょう？」

私は首だけで大きく、とても大きくうなずいた。

ヒカルがここにいてテオ様が飢えた獣状態……そこから導き出される答えは一つだ。

ダグラスさんがどのような気持ちでそれを許したのかは私にはわからない、というかヒカルを過保護とも言える程に可愛がっているダグラスさんが良くテオ様関係のことでそれを許したなと思わないでもないがここにヒカルがいるということはそういうことなのだろう。

そんなヒカルが一生懸命に混ぜくりまわしているチョコが少しでもテオ様の慰めになることを私は願わずにはいられない。


最終的にチョコをどのような形にするかという問題が持ち上がりバレンタインの伝道師に祭り上げられた私の意見が求められたのだが、やはり定番を押さえておくべきだろうとハート型の意味を伝え、皆がその形にチョコの型を整えていく。

相手への想いを込めた短いメッセージを添えて『バレンタイン』のためのチョコは完成した。

ミンツさんのチョコには『二人共もっと働いて私に楽をさせるように』という心からの……心からのメッセージが……、（本当に心からなのだろう……）リカム様のチョコには『そろそろ年を考えて盛るな去勢しろ』とちょっと私には何を言っているのかわからない……わかりたくないメッセージが添えられていた。

そして、キリル様のメッセージカードにはとても綺麗な真紅の花が添えられており、そこには『あなたが与えてくれる愛情に心からの感謝を』と綺麗な文字で書かれている。

キリル様が少し照れくさそうにされていたのが印象的で、お二人の間の確かな絆を感じさせるものだった。

ちなみにヒカルの力作にはハート？　になんとかなっているチョコの真ん中に大きくヒカルの手形が押されていた……。


「バレンタインの伝道師チカさんとセバスチャンのおかげで今日のこの良き日は無事終了です！　皆さんとても喜ばれていましたよ！」

「これで多くのアニムスが想い人と結ばれると良ろしいですねチカユキ様」

「そうですね、私が言えたことではありませんがどちらかというと受け身なアニムスから能動的に動くというきっかけを作るには良い機会かもしれませんね」

「チカさん……、相変わらずお堅いというか真面目過ぎます……」


アレクさんに突っ込まれながらも、愛しい想い人のために熱心にチョコを作る皆さんの姿を見て、私自身もそれに触発されたかのようにチョコ作りに没頭して結構な力作を作り上げていた。

私を心から愛してくれる愛しい伴侶と、そして子供達の分。

『いつもありがとうございます。心から愛しています』というメッセージを添えたチョコを、私はその日の内に伴侶達に渡した。

無論『バレンタイン』の説明も含めてである。

「ありがとうチカ。こんなに嬉しい贈り物は君という存在を得て以来だ」

「くっ……、チカの愛情たっぷりの手作りチョコだ。今すぐ食ってじっくり味わいてぇが、こんな可愛いメッセージまで添えられちまったら食べるのが勿体なくなっちまうじゃねぇか……！」


二人共ソファに腰掛けたままチョコを握りしめ、涙ぐんでいる。

私は二人の反応に驚いてしまったというのが正直なところ。まさかそこまでとは……。

「だが食べなくてはチカのせっかくの思いが無駄になってしまう。惜しむ気持ちもよくわかるが、ここはチカのために食べるぞダグ」

「くぅっ……ありがとよチカ。俺達はこのチョコの形とお前からのメッセージを生涯忘れはしねぇからな……!!」

「あっ……えっ……、そっそんな大したものではないんですよ？　ま、また作りますから泣かないでくださ い」

伴侶二人の予想を遙かに超えた反応に私は戸惑いつつもなんとか言葉を紡ぐ。

ゲイルさんとダグラスさんは涙をにじませながら口へとチョコを運び、その隣で私が作ったチョコをうれしそうに頬張っていた子供達は父親達の明らかにおかしな様子を見て不思議そうに首を傾げていた。

こうして私の不用意な発言という些細なことがきっかけでレオニダスに……いやこの世界で初の『バレンタイン現象』が起きて、アニムス達がアニマへとチョコを贈るという姿がいたるところで目にされるようになる。

だが、さらにその一ヶ月後、今度は怒濤の『ホワイトデー現象』が起きるのをこの時の私は想像すらしていなかった……。

「チカ。これが俺達からの『バレンタイン』のお返し……もとい『ホワイトデーチョコ』だ。どうか受け取って欲しい！」

はにかむように強面《こわもて》を僅かに緩めてそう言ったゲイルさんの真横には、ゲイルさんの獣体——すなわちあの大きな熊の姿を象った等身大のチョコが立っていた。

もう一度言う、『等身大』の熊の姿のチョコが立っていた。

私はそれを呆然と見上げ、半開きの口のまま硬直してしまう。

『とーしゃんしゅごいれしゅ!!　ちょこのくまのとーしゃんれしゅ!!』

ゲイルさんの熊チョコを見たリヒトは大興奮でぴょんぴょんと熊チョコの周りを飛び跳ねていた。

ヒカルもリヒトの横でうれしそうにキャッキャッと熊チョコへと手を伸ばしている。

複雑な気持ちでそれをみていた私は今度はダグラスさんに声をかけられた。

「チカ！　チカ！　俺も自分の獣体で作ってみたんだ

けどよ、どうよ！　こっちはゲイルのよりサイズはちっこいがその分精巧にできてるだろ！　見ろよこの鬣と尾！　まるで本物の俺みたいじゃねぇか？　毛並みも俺のくせっ毛を出来るだけ再現してまさに最高傑作だ！」

ダグラスさんが背中に隠していたモノを私に見せてくれた。

それは確かにゲイルさんの熊チョコに比べると幾分スケールが小さいが、その代わりにゲイルさんの熊チョコ以上にリアルな、単刀直入に言ってしまうと獅子の置き物のようなチョコで、こっちもある意味凄すぎて私はどうリアクションをすればいいのかわからない。

確かに大きく口を開き、四肢で地面を踏みしめるその獅子の姿はとても素敵だと思うのだが……、あくまでこれはチョコであり……。

とりあえず頭の中には、はてなマークが乱舞している。

「えーっと……、まずはお二人ともこんなに凄いチョコレートをありがとうございます。ちなみに『ホワイトデー』のことは誰から聞いたんですか？」

「ああ、それはだな――」

そして、二人の口から告げられた犯人の名前。それは祐希《ユーキ》君だった。

祐希君は何を思ったのか、私に内緒でゲイルさんとダグラスさんに『ホワイトデー』という『バレンタインデー』のお返しをする日があることを教えたらしい。

さらにどういうつもりなのか、『ホワイトデー』でお返しをする際は自分達の姿をチョコレートで作って相手に贈るのが最大級の愛情表現であり、習わしなのだと二人に教えたそうなのだ。

一体何てことを二人に吹き込んでくれたんだ祐希君……。

だが、悪戯は大成功と満面の笑みの彼の姿が頭に浮かび私は額を押さえた。

しかし被害はそれだけに留まらなかった。

「ちなみに親父もスッゲーのを職人に作らせてるらしいぜ。お前さんから貰ったギリチョコ？　とかのお礼をするんだって張り切って計画立ててたぞ。この前、街中の菓子職人が親父のところに呼ばれてたからな。だが、俺のこのチョコの――」

ダグラスさんはまだぶつぶつとつぶやいているがそれより私は街中の菓子職人という部分が気になってしょうがない。ヘクトル様はやるときはやってしまわれる方なのだ。『静かなる賢王』としての能力と権力を駆使して作られるもの、それはいったいどんなものが……。

いや、考えては駄目だ。駄目だ。

しかし、ヘクトル様にまで『ホワイトデー』の誤情報が広まっていたとは……いや待てよ。ヘクトル様もご存知ということは、まさかバージル様やテオ様にも……？

知るのが怖いが一応確認してみなければとゲイルさんへと声をかける。

「ああ、父上も俺と一緒に母上にお返しをするといってチョコレートを作っておられたぞ。俺と同じ等身大の姿のチョコをな」

リ　カ　ム　様　本　当　に　ご　め　ん　な　さ　い

「テオも俺と一緒にえらくはりきって同じもんを作ってたぜ。誰に渡すためのものかは……、まぁ、この際目をつぶってやるさ……」

「ということは、もしかしてアルベルト様もですか？」

「もちろん俺やテオと一緒に悪戦苦闘してたぜ。兄貴やテオは手先の不器用さが玉に瑕でなぁ」

「ちっちなみにそれは何処で作られたので……？」

「「レオニダス城の厨房だ」」

で　す　よ　ね……!!

二人の声が見事にハモる。

こんな派手で目立つ物をうちで作っていればすぐに私が気づくし、あの厨房以上に最適な環境は他にありませんよね！

この食べづらいことこの上ない『ホワイトデーチョコ』とやらも『バレンタイン』と全く同じ道のりを辿ってきたことに私はもうただ言葉を失うのみ。

今頃これと同じ物をプレゼントされているであろうリカム様やキリル様はどんな反応をされていることやら……。

そんなことを考えながらゲイルさんの巨大な熊チョコとダグラスさんの精巧な獅子チョコを交互に見ていると、家の前から大きな音が聞こえる。

そして、嫌な予感を覚える間もなくとても聞き覚えのある雄叫びが聞こえてきた。

「チィイイイイイイイイイカァァァァァァァァァァちゃあああああああああああん！！！」

あ、何かもう逃げようかな……。

一瞬本気でそう思うも時既に遅く。

「ぜぇぜぇ、おまたせしたなチカちゃんよ!!　この儂のとっておきの『ホワイトデーチョコ』を持ってきたぞい!!　さぁとくとご覧あれぃ!!」

勢いよく扉を開けて入ってきたヘクトル様は、何か大きな布を被せた荷台のようなものを引っ張りながら家の中に入ってきた。

豪華な装飾のついたその布を取り払うと、そこに鎮座していたのはそれは立派なヘクトル様の雄々しい獣体の像。

ゲイルさんの熊チョコの二倍の大きさはありそうなチョコでできたそれはそれは立派な……。

ああこれ、テーマパークの真ん中とかにありそうだな……。

「あ、ありがとうございます……？」

「ぬぬぅ!!　何と薄いリアクションなんじゃ!!　これほど気合いの入った『ホワイトデーチョコ』は他になかろうというのに!!　どうしたというのじゃ!?」

「アホか、気合い入れ過ぎなんだよ。チカの顔見てみろよ、完全にドン引きしてんじゃねぇか」

「黙れ小童め!! 貴様のモノはなんてお粗末な大きさなんじゃ！ そんな粗末なものでチカちゃんを喜ばせようとは片腹痛いわい!!」

「んだとぉ!? 何でもデカけりゃいいってもんじゃねぇだろ!! 重要なのはテクなんだよ！ 大きさだけが問題じゃねぇだろ！ こちとら自作だぞ!! 気合いの入り方が違うんだよ!!」

「いーや、小手先だけの小細工で本当にチカちゃんが喜んでくれると思っておるのか!? チカちゃんが本当に求めているのは見た目だけでなくその全てで身も心も溶かして、快楽へと誘う魔性の――」

「てめぇに何が分かるってんだ！ チカは俺とゲイルのモノでいつも可愛らしい涙を流して、身も心もとろっとろっだっつうの！ 老いぼれは及びじゃねぇんだよ！ それに――」

あのお二人とも、それはチョコの……チョコのお話をされているんですよね？ 本当にチョコのことですよね？


何やら混ざりたそうなゲイルさんを横目に二人の口喧嘩は止まらない。

「ふぁっふぁっふぁ!! ぬぁにが身も心もじゃあ!! おおっと老いぼれて足腰の弱った儂は出がらしの息子からかけられた実の親に対する優しさの欠片もなく、心無い言葉にショックをうけて、息切れ、動悸、めまいがして心身ともに打ちのめされた結果、足がもつれてしまい立ってはおられぬぅぅぅ!!」

そう言ってヘクトル様は大げさに天を仰ぎながらよろよろとよろける演技をし、ダグラスさんの獅子チョコの首の部分に手をかけもぎ取ってしまった。

後に残るは無残に首がもぎ取られた獅子の胴体のみ。

「あ、あああああああああ!!!!!! 何しやがるクソ親父ィーッ!!!!!」

「ふぁーっふぁっふぁっすまんすまん！ 『老いぼれ』なものでな足がもつれてしもうたわい!!」

「くぉのやろぉぉ……ッ!! そんなイキの良い老いぼ

れがどこにいるっつうんだよ！　そっちがその気ならこっちにも考えがあんぞ!!　こんなもんこうしてやらぁ!!」

全身の毛を逆立て怒りに震えるダグラスさんは、無残な姿になった自分の獅子チョコをヘクトル様の獅子チョコへ向けて全力で投げつける。

ダグラスさんの豪腕で放たれたチョコはヘクトル様のチョコのちょうど首の部分にぶちあたり、ヘクトル様の（チョコの）頭部はゆっくりと落下していく。

その先には勇ましい姿の（チョコの）ゲイルさんがいて……。

盛大な音を立てて（チョコの）ゲイルさんは押しつぶされてしまった。

「ぬぉあああああ！！　きっきっ貴様なんということをぉぉおっ！！！」

「俺の、俺のチカへのチョコがぁぁあっ！！！！　ダグラァ――――スッ!!」

「ちょっ、いやすまんすまんって!!」

自分の分身の哀れな姿に絶叫をあげたゲイルさんはゆっくりと腕をあげるとそこから（チョコの）ダグラスさんに向かって特大の炎の魔術を解き放つ。

炎を間近に受けた（チョコの）ダグラスさんはもちろん炎が消えた後には原型をとどめていないほどに溶けた三体のチョコの像とそこから流れ出る滝のようなチョコ。

いったい……、いったい誰がこれを片付けるというのか……。

私の気持ちを知ってか知らずか三人の取っ組み合いと膠着《こうちゃく》状態は続き、互いに獣の如く威嚇《いかく》しあっている。

呆然とする私の足元でリヒトが目の前の悪夢のような光景を気にもとめないといった素振りで溶け出したチョコに突進していってしまった。

『おかしゃん！　ちょこれーちょおいしいれしゅね！』

私はチョコまみれのリヒトとヒカルとスイを抱き上

げ、目の前で繰り広げられている熊と獅子の取っ組み合いから目をそらし、こっそりと家の外へと出る。
子供たちを抱きかかえ一呼吸して周りを良く見回すと、そこには所在なさげに何かを包んだ包み紙を持ち、うろうろとしているテオ様がいた。

「テオ様？」
「チッチカ殿!?　それにリヒトにヒカル、スイまでも……一体その姿は……？」

確かに子供たちはチョコまみれだ。
テオ様が驚かれるのも無理はない。

「いえ、ちょっと色々とありまして……」

私が家の中へと視線をやると、中から聞こえる雄叫びのような声の数々にテオ様は色々と察してくれたようだ。

「そ、それでだな……、チカ殿……今日、俺がここにきたのは……」

なんというか今までに見たことのないテオ様の様子。アルベルト様に良く似てあまり感情を表に出さないテオ様が今は明らかに漏れ出る感情を隠しきれていない。
しかし、その理由に察しはつく。

「はい、ヒカル。テオお兄ちゃんがヒカルにご用事があるみたいだよ。ご挨拶は？」

私は抱きかかえていたヒカルをテオ様へと預ける。
ヒカルを抱き上げたテオ様の表情は見ているこちらが驚くほどに柔らかい。
可愛らしく挨拶をするヒカルにテオ様は持っていた包み紙をほどき、その中身を差し出す。

「お前にもらったチョコのお返しだ、ヒカル。皆ほど上手にはできなかったのだが……。もらってはくれないだろうか？」

確かにテオ様が差し出しているチョコはいびつな形で、きっと不器用ながらに自らの手で作り上げようと相当の苦労をしたのだろうというのがとても良くわかるものだった。

そこには『ヒカルへ』というただ一言が添えられている。

ヒカルは差し出された塊にゆっくりと手をのばすとそれを小さくかじり舌足らずにおいしいと笑顔をみせている。

そして、それを幸せそうに見つめるテオ様。

うん、そうだ。

これがバレンタインデイとホワイトデイの恋人たちのあるべき正しき姿。

『かーしゃん、りひちょもちょこれーちょがまだたべたいれしゅ』

「うん、そうだね。私が作ったものがまだあるだろうからセバスチャンさんのところに行こっか」

『ひゃい！』

嬉しそうに尻尾をふるリヒトとテオ様を促《うなが》し、私はセバスチャンさんのもとへと向かう。

背後の家の中から聞こえる獣達の遠吠えや唸り声は聞こえないのだと自らに言い聞かせつつ……。

バレンタインのチョコを安易な気持ちで配るのはやめよう。主にヘクトル様に……。

心の奥でそう誓いながら。

追伸：私の知るアニマとアニムス達のその後
私同様にバージル様から等身大の熊チョコを贈られたリカム様。
リカム様から贈られたメッセージの意趣返しなのか等身大の熊チョコの……その……大事なところがこれでもかとご立派に作られていてバージル様は随分とドヤ顔だったそうだ。
しかし、リカム様はそれを見ても顔色一つ変えずバージル様の目の前でその部分を叩き斬り、バージル様は悶絶されていたとかいないとか……。

私達の家族の騒動を知ることになったキリル様やミンツさんのところはアニマ達が暴走することもなく穏やかに互いの気持ちを確かめあったと後に話を聞いた。

肝心のアレクさんが誰にそのチョコを渡したのかそれは謎のままだ。

後日、この話を聞いた祐希君が涙を流し、お腹が痛くなるまで笑い転げたことを最後に記しておく。

Fin.

あとがき

「愛を与える獣達」ではお久しぶりの茶柱一号です。

とうとう五巻目です。まさかの五巻目です。

同じシリーズである「恋に焦がれる獣達」とあわせるとなんと八冊目の商業単行本となります。リブレさんからお声をかけていただいた時にはシリーズとしてこれほど長く続けさせていただけると思ってもみなかったので未だに何か盛大なドッキリを仕掛けられているのではないかとたまに疑っております。

今回のお話は今までほとんどスポットをあてていなかったチカユキさんにとっては義理の兄とその伴侶であるアルベルトさんとキリルさんの過去を描かせていただきました。

この世界のヒト族の過去となるとどうしても重苦しく悲しい過去を描く必要があるもので読者の皆さんには読んでいただく上で大分心が痛い思いをさせてしまったかもしれません。しかも、この本の前に出ている「恋に焦がれる獣達２」でもエンジュとウィルフレドという過去に苦しむ二人のヒト族を描いているものでまたか！　と思われた方もいらっしゃるかと思いますがこの世界を描く上で必要なことだったとご容赦いただければ幸いです。

キリル、エンジュ、ウィルフレドといった復讐を望んだヒト族とその道を考えもしなかったチカユキの何が違ったのかが読者の皆様にも伝わっていることを願っております。

また、今作では妙に出番の多かったリカムさん。（読者さんにも不思議と根強い人気がある彼なのですが）彼とバージルさんがゲイルを授かるまでのお話も今後是非書いていければと思っております。

書けばかくほど書きたいものが増えるという現実。とてもうれしいことではあるのですがどなたか私に一日が四十八時間ぐらいになる魔法をかけてください……。

チカユキさん達カップルの長編を期待されていた方にはショートという形のお届けとなってしまいましたが、次回の「愛を与える獣達」は丸々一冊チカユキさん達カップルのお話になる予定です！（そう言いながらバージルさんとリカムさんのお話とかが混ざりそうな予感がしないでもないのですが）

今年中にはそちらの愛を与える獣達をお届け出来るように頑張ってまいります。

松基羊先生によるコミカライズも連載中から大変ご好評をいただいておりましてただただ感謝です。また、この四月発売の小説ビーボーイさんでは「愛けも恋けも特集」ということで、鯨爺じん先生とむにお先生のダブル表紙＋愛を与える獣達の書き下ろし＋愛けも恋けもワールドミニガイドブックというびっくりするような企画を立てていただきました。

どちらも関わってくださった皆様のおかげで本当に素晴らしいものに仕上がっておりますので

ぜひお手元にお迎えしていただければ幸いです。

そして今回からは高嶋上総先生が素敵すぎるキャラクターと挿絵を描いてくださっております。気高くどこか妖艶さすら感じるキリルさんと誇り高く威厳に満ちたアルベルトさんのどちらにも茶柱が思い描いたものがそのまま詰まっていて本当に感謝しかございません。

素晴らしいものになるようにと尽力してくださった皆様にこの場をかりて御礼を申し上げさせていただきます。

本当にありがとうございます。

世間はまだまだ予断を許さない状況ではありますが、この作品が皆様のお家時間を少しでも彩るものになれば茶柱にとってはなによりの喜びです。

次回は、恋に焦がれる獣達をお届けする予定となっております。

どうぞこれからも愛を与える獣達の世界をよろしくお願いいたします。

令和三年　三月　茶柱一号

初出一覧

金色の獅子と月の舞人　書き下ろし
「絆の祭り」のその後で　書き下ろし
チカユキさんのデートな日々　書き下ろし
愛に蕩ける獣達　この作品は「ムーンライトノベルズ」
(http://mnlt.syosetu.com/)に掲載されたものです。
※「ムーンライトノベルズ」は「株式会社ナイトランタン」の登録商標です。

BEASTS
GIVING LOVE

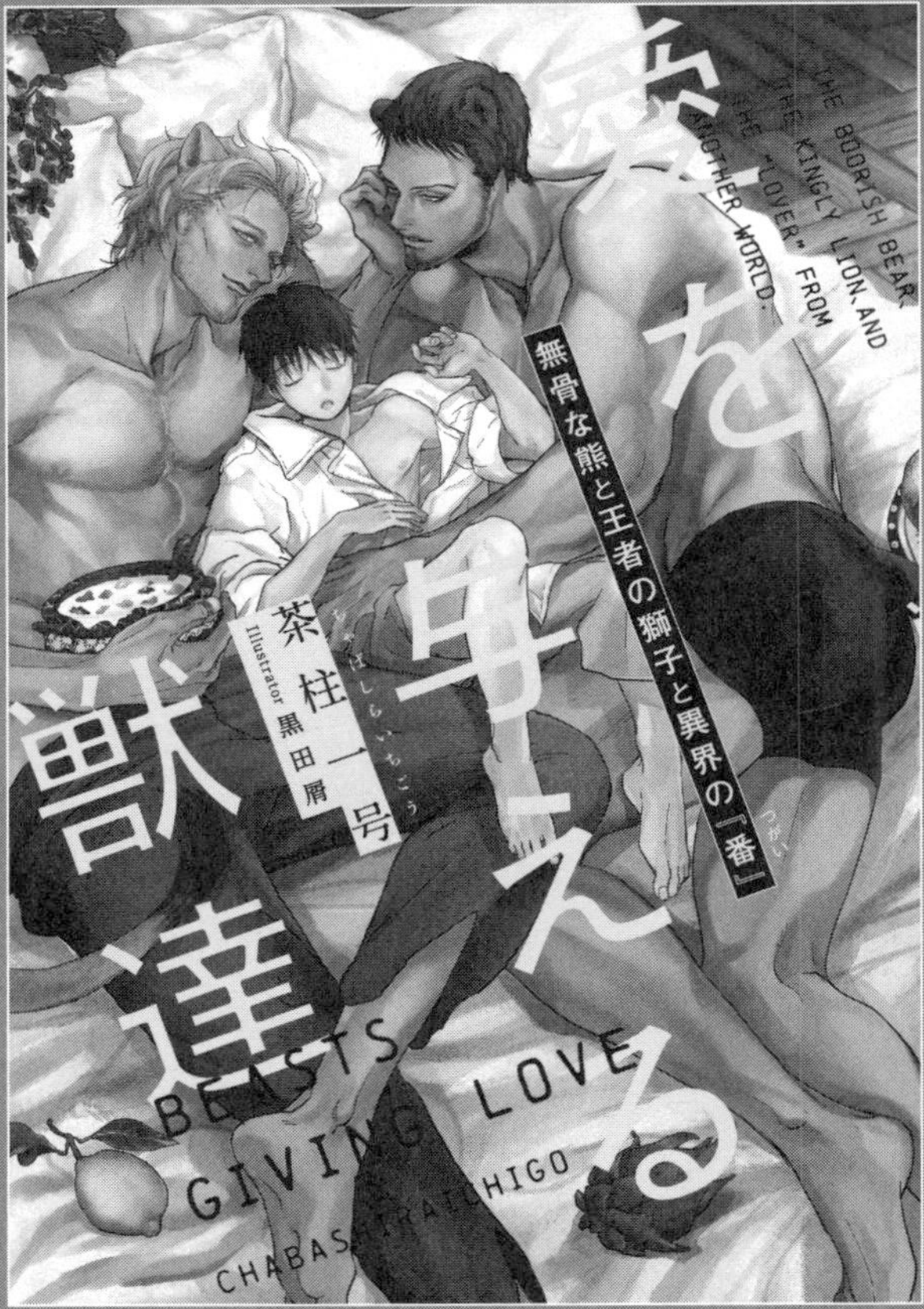

愛を与える獣達　無骨な熊と
王者の獅子と異界の『番』

著者―茶柱一号　イラスト―黒田 屑

四六判

――気が付くと、まったく知らない世界にいた。
ここは獣人が支配する世界（しかも♂しかいない！）で、
なぜか自分の身体は少年に!?
獣人×溺愛ファンタジー開幕！

BEASTS
GIVING LOVE

恋に焦がれる獣達
～愛を与える獣達シリーズ～

著者──茶柱一号　イラスト──むにお

四六判

異世界の獣の子たちはみんな大きくなって、
悩んだり落ち込んだり、そしてときめきながら恋愛中！
泣けて笑えて胸キュンの愛けもヤングジェネレーション♡

なんと！
コミックスでも
「愛けも」が読める…!!!!
松基羊先生の手によるコミカライズで、
ダグラスが、ゲイルが、そしてチカさんが
大活躍しています！
どん
もちろん
セバスチャンも
大ハッスル♥
大好評発売中！
BBCDX
「愛を与える獣達　上」
「愛を与える獣達　下」
松基 羊
[原作]茶柱一号
協力／DeNIMO

世界の乙女を幸せにする小説雑誌♥
小説b-Boy
ビーボーイ
読み切り満載!!
4月,10月
14日発売
A5サイズ
人気作家陣の
豪華新作めじろおし!
ヒットシリーズ最新作も登場♥
コラボ、ノベルズ番外ショート、
特集まで盛りだくさんでお届け!!
ビーボーイ編集部公式サイト
https://www.b-boy.jp
雑誌情報、ノベルズ新刊、イベントはここでお知らせ!
小説b－Boy最新号の試し読みもできるよ♥
イラスト／みずかねりょう

BBN B●BOY NOVELS ビーボーイノベルズ

SLASH B●BOY NOVELS ビーボーイスラッシュノベルズ

毎月19日発売!

新書判

「発情」シリーズ　岩本 薫　ill／北上れん

「眷愛隷属」シリーズ　夜光 花　ill／笠井あゆみ

「最凶の恋人」シリーズ　水壬楓子　ill／しおべり由生

多彩な作家陣
美麗なイラスト
恋心が溢れ出す
BL小説レーベル!

試し読みもできる❤
ビーボーイ編集部公式サイト
https://www.b-boy.jp

弊社ノベルズをお買い上げいただきありがとうございます。
この本を読んでのご意見、ご感想など下記住所「編集部」宛までお寄せください。

リブレ公式サイトで、本書のアンケートを受け付けております。
サイトにアクセスし、TOPページの「アンケート」から
該当アンケートを選択してください。
ご協力お待ちしております。

「リブレ公式サイト」
https://libre-inc.co.jp

愛を与える獣達
金色の獅子と月の舞人

著者名　茶柱一号

発行日　2021年 8 月19日　第 1 刷発行

発行者　太田歳子

発行所　株式会社リブレ
〒162-0825 東京都新宿区神楽坂6-46
ローベル神楽坂ビル
電話03-3235-7405（営業）　03-3235-0317（編集）
FAX 03-3235-0342（営業）

印刷所　株式会社光邦

装丁・本文デザイン　円と球

Printed in Japan
ISBN978-4-7997-4925-8